Natascha Rodrigues

Und zwischen uns ein Jahr

atb aufbau taschenbuch

Natascha Rodrigues, geboren in Hamburg, studierte Romanistik und Germanistik. Sie promovierte in spanischen Sprachwissenschaften und arbeitete als freie Autorin und Redakteurin für unterschiedliche Verlage. Heute ist sie Kommunikationsberaterin und lebt mit ihrem Mann und ihren Kindern in Hamburg. »Und zwischen uns ein Jahr« ist ihr erster Roman.
www.rodrigues-autorin.de

Marie fliegt mit ihren beiden Kindern übers Wochenende nach Paris. Dort findet eine Feier zu Ehren ihres Vaters statt, der einige Monate zuvor überraschend verstorben ist. Alte Wunden brechen auf, Marie provoziert eine Aussprache mit ihrer Mutter, in der es um Jahrzehnte totgeschwiegene Konflikte und Verletzungen geht. In dieser aufgewühlten Atmosphäre begegnet sie Serge. Es passiert nichts zwischen ihnen, aber es liegt etwas in der Luft. Obwohl sie ihren Mann Johannes liebt und mit ihm und ihren beiden Kindern ein glückliches Leben führt, schleicht sich eine Sehnsucht in ihre Gedanken, die sie nicht mehr loslässt. Auch wenn sie es sich zunächst nicht eingestehen will, eines ist schnell gewiss: Sie muss Serge wiedersehen. Immer tiefer taucht Marie in den Strudel ihrer Gefühle ein und läuft schließlich Gefahr, sich selbst zu verlieren.

NATASCHA
RODRIGUES

Und zwischen uns ein Jahr

ROMAN

atb aufbau taschenbuch

FSC
www.fsc.org
MIX
Papier aus verantwortungsvollen Quellen
FSC® C083411

ISBN 978-3-7466-3090-8

Aufbau Taschenbuch ist eine Marke
der Aufbau Verlag GmbH & Co. KG

1. Auflage 2014

Umschlaggestaltung Mediabureau Di Stefano, Berlin
unter Verwendung eines Motivs
von plainpicture/STOCK4B-RF
Satz Greiner & Reichel, Köln
Druck und Binden CPI – Clausen & Bosse, Leck
Printed in Germany

www.aufbau-verlag.de

Prolog

Sie spürt die drei Wörter noch immer auf ihrer Brust, obwohl er sie nur ganz zart mit dem rechten Zeigefinger auf ihr Shirt geschrieben hat.

Drei Wörter, zwölf Buchstaben, und die Welt brennt.

Sie muss sich schützen vor dieser brennenden Welt, muss die Flammen ersticken, bevor es zu spät ist. Sie darf ihm nicht vertrauen, darf diesen drei Worten keinen Glauben schenken.

Sie hat dafür gesorgt, dass niemand ihr zu nah kommt, hat sich eingerichtet in ihrer Einsamkeit. Unverletzbar muss sie sein. Nie wieder Verlust, nie wieder Schmerz spüren. Nie wieder Vertrauen haben, nie wieder verlassen werden.

Vor noch nicht einmal einem Jahr war sie ein behütetes Mädchen gewesen, kaum vierzehn Jahre alt, schüchtern und unerfahren mit Jungs.

Wie hätten sich die drei Wörter auf ihrer Brust in dieser heilen Welt angefühlt?

Es wäre der Beginn gewesen und nicht das Ende.

Aber die heile Welt gibt es nicht mehr. Nichts ist sicher.

Und dennoch wird sie niemals den Moment vergessen, als sein Finger sanft über ihre Brust fuhr und diese drei Wörter schrieb. Heiß vor Glück war ihr gewesen, und für einen Augenblick, als sie die Treppe hinauflief und den Geschmack dieser süßen Wörter überall spürte, hatte es nur sie und ihn gegeben. In diesen paar Sekunden wäre alles möglich gewesen.

Eins

Angekommen. Ich stehe vor einem großen, fast herrschaftlichen Landhaus. Paris scheint hier weit weg zu sein. Fabienne, die Schwester meines Vaters, lebt hier schon seit einigen Jahren. Sie selbst öffnet mir die Tür, breitet theatralisch die Arme aus, küsst mich mit ernster Miene erst links, dann rechts und führt mich in den Garten. Festlich gedeckte Tische, an denen noch niemand sitzt. Die Gäste, um die vierzig insgesamt, die meisten von ihnen im Alter meines Vaters, stehen in kleinen Gruppen beieinander. Auf den ersten Blick sehe ich kein bekanntes Gesicht. Ein paar Kinder laufen über die Wiese, zwei Jungen versuchen eine üppige Kastanie zu besteigen. Buntes Treiben. Das Haus ist direkt am Wasser gelegen. Meine Tochter Viva kommt strahlend auf mich zugelaufen.

»Mama, das ist schön hier! Ich will Boot fahren.«

Zu schön hier. Zu fröhlich. Das ist ein Sommerfest. Keine Gedenkfeier. Was machen wir hier eigentlich? Ich fühle mich falsch hier, verloren unter all den festlich gekleideten Menschen, fast alles Fremde. Zwischen ihnen wandeln lächelnde junge Damen mit Tabletts voller perlender Champagnergläser. Unpassend, deplatziert. Sind wir hier auf einer Vernissage oder was? Mein Vater ist gestorben, verdammt noch mal. Das hier ist eine Feier ihm zu Ehren. Kein Freudenfest.

»Nein, es wird kein Boot gefahren«, sage ich barsch zu Viva. »Dafür sind wir nicht hier.«

Ihre Mundwinkel zucken leicht, sie läuft weg. »Blöde Mama.« Sie hat Tränen in den Augen.

Viva hat recht, ich bin blöd. Sie ist fünf Jahre alt. Was fahre ich sie so an? Sie kann schließlich nichts dafür, dass mein Vater vor zwei Monaten plötzlich gestorben ist und ich es immer noch nicht fassen kann. Herzinfarkt mit siebenundsechzig. Einfach so. Paul war kein Risikokandidat, im Gegenteil. Er schien immer kerngesund zu sein und um einiges jünger als andere in seinem Alter. Aus heiterem Himmel brach er während eines Vortrags an der Uni zusammen. Er starb, noch bevor der Krankenwagen kam. Noch bevor ich kam. Gelegentlich war ich zu Vorträgen von ihm gegangen, warum nicht zu diesem? Ich hätte seine Hand halten müssen. Ich hätte mit ihm sprechen müssen. Er hätte nicht allein sein dürfen.

Jemand berührt leicht meinen Arm. »Entschuldigung«, sagt er leise. Es ist Serge. Wir haben uns ein Taxi hierher geteilt. Als wir ankamen, klingelte gerade sein Telefon, und so bin ich allein vorangegangen. Serge ist Leos Sohn aus erster Ehe. Danach hat Leo meine Mutter geheiratet. Die beiden sind ein Paar, seit ich zwölf bin. Tränen laufen über mein Gesicht, ich merke es erst, als ich Serge ansehe. Er führt mich die Wiese hinunter auf einen kleinen Bootsanleger. Von hier aus kann man den Garten nicht sehen, das bunte Treiben bleibt zurück, nicht einmal die Stimmen dringen bis hier hinunter.

»Hast du ein Taschentuch?«

Er schüttelt den Kopf. Ich fahre mir mit der Hand übers Gesicht, aber die Tränen sind schon getrocknet. Sicher ist meine Wimperntusche verwischt. Am Ende des Stegs setzt Serge sich und lässt die Beine übers Wasser baumeln. Seine Kleidung, schwarze Hose, schwarzes Sakko, dunkles Hemd, trägt er so lässig, dass man, trotz der Hitze, nicht auf die Idee käme, ein Trauerfall könnte der Anlass dafür sein. Ich stehe unschlüssig da. Wenn ich mich hier mit meinem eleganten schwarzen Kleid hinsetze, habe ich danach vielleicht nicht nur Flecken im Gesicht, sondern auch noch Holzspäne auf dem Hintern. Kommentarlos breitet Serge sein Sakko neben sich aus. Ich setze mich darauf. Die Beine angewinkelt, starre ich geradeaus.

»Deine Wimperntusche ist verwischt«, sagt Serge mit nüchterner Stimme.

Ich fahre mir mit der Hand übers Gesicht.

»Besser?«

Er sieht mich an, verbirgt ein Lächeln. »Es ist nur ein kleiner, schwarzer Fleck auf deiner Wange, warte kurz.«

Er lässt seine Hand ins Wasser gleiten und berührt dann leicht, nur mit den Fingerspitzen, mein Gesicht.

»Weg«, sagt er und wendet den Blick ab. »Keine Spur mehr von deiner Trauer.«

»Sehr witzig!«

»Entschuldige. Aber du warst so offensichtlich darauf bedacht, dass ich dir deine Tränen nicht ansehe. Warum, was ist so schlimm daran?«

Serge wirft einen Stein ins Wasser, dreimal hüpft er, bevor er versinkt.

»Das ist doch der Sinn dieser Veranstaltung, zu trauern und Tränen zu vergießen, oder?«

Ich bin mir nicht sicher, ob er das ernst meint oder ironisch.

»Und wo sind deine Tränen?«, frage ich, plötzlich wütend.

Zu meinem Erstaunen lächelt Serge.

»Ihm hätte es hier unten auch besser gefallen als da oben«, sagt er sanft. »Ich mochte ihn, deinen Vater.«

»Warum?«

»Er konnte gut zuhören.«

»Wie bitte?«

Mein Vater hat mich so gut wie nie nach meinem Leben gefragt. Er war nicht neugierig. Selbst für meine Arbeit interessierte er sich kaum. Obwohl ich für das Nachrichtenmagazin schreibe, das er regelmäßig liest. Las.

»Ich finde nicht, dass mein Vater der große Fragensteller war.«

Wieder hüpft ein Stein übers Wasser.

»Ich habe nicht gesagt, dass er viele Fragen gestellt hat. Ich habe gesagt, dass er gut zuhören konnte.«

Serge redend, Paul aufmerksam zuhörend. Ich stelle es mir vor, und seltsamerweise gelingt mir das sehr gut.

Ich lasse meinen Blick übers Wasser gleiten, sehe erst jetzt die vielen kleinen Boote in der Ferne. Vielleicht tue ich ihm ja auch unrecht, meinem Vater.

»Ja, ich verstehe, was du meinst«, sage ich schließlich. »Das hatte ich leider nicht mit ihm.«

Wir sehen einander an. Seine Augen sind grün. Die Haare fallen ihm ins Gesicht. Eigentlich passen die einzelnen Teile nicht zusammen. Die schmalen Augen, die langen Wimpern, die große, etwas schiefe Nase, der sinnliche Mund. Eine andere Nase, und er wäre schön. Ein anderer Mund, und er würde hart, vielleicht gemein aussehen. Ich lächle in dieses Grün hinein, habe das Gefühl, dass meine Mundwinkel dabei zittern, und wende rasch den Blick ab. Warum irritiert er mich so?

Noch immer spüre ich seine Fingerspitzen auf meiner Haut. Dabei hat er doch nur einen kleinen Mascarafleck aus meinem Gesicht entfernt.

Eine Weile noch sitzen wir einfach nur da, ohne zu reden.

»Ich muss da wieder rauf«, sage ich schließlich. »Meine Kinder suchen mich bestimmt schon.«

Serge nickt. »Danke«, sagt er leise, als wir hinaufgehen. Ich nicke, als wüsste ich, wofür. Vielleicht für den Moment der Stille eben.

Im Garten finde ich Viva in Tränen aufgelöst auf Florians Arm. Er ist mein kleiner Bruder, der Sohn von Eva und Leo, einundzwanzig Jahre alt. Groß, schlaksig, strahlend braune Augen, ein jungenhaftes Grinsen. Der Held meiner kleinen Tochter. Seit unserer

Ankunft gestern, Florian hatte uns vom Flughafen abgeholt, weicht sie nicht von seiner Seite. Mein Sohn Anton steht daneben, auch ungewohnt blass unter seinen Sommersprossen. Mit seiner sonst immer sehr gesunden Gesichtsfarbe und den blonden Haaren ähnelt er seinem Vater Johannes sehr. Selbst dieses Lächeln in den Augen haben sie beide gemeinsam.

Sie hatten mich alle drei gesucht und nicht gefunden. Ich nehme Viva und Anton fest in den Arm und sehe dabei Florian an, bedanke mich bei ihm.

Der Garten hat sich mittlerweile gefüllt. Einige sitzen an den Tischen, die meisten stehen, unterhalten sich, ein Glas in der Hand. Menschen, von denen ich behauptet hätte, ihnen noch nie in meinem Leben begegnet zu sein, kommen auf mich zu. Auf Französisch sagen sie mir, dass ich fast noch ein Baby war, als sie mich das letzte Mal gesehen haben. Es sind alles alte Freunde meines Vaters. Sie erzählen mir lange Geschichten von damals, als ich viel kleiner war als Viva jetzt. Alle sind herzlich, küssen mich links und rechts oder nehmen mich sogar in den Arm. Fremde Menschen. Einige haben Tränen in den Augen, ringen sogar um Fassung. »Dein Vater Paul war mir ein so guter Freund, ein Leben lang. Er hat immer viel von dir erzählt. Er war so stolz auf dich«, sagt ein Mann. Er spricht Deutsch mit französischem Akzent. Das Gesicht sagt mir nichts. Aber ich sehe große Trauer darin und erschrecke.

»Mama, wer ist das?« Viva zupft an meinem Kleid. Der Freund meines Vaters streicht ihr über den Kopf, sie weicht zurück, nimmt meine Hand. Ich beiße mir auf die Lippen. Das alles hier geht mir so nah und ist mir zugleich so fremd. Mit Viva an der Hand schaue ich mich nach vertrauten Gesichtern um. Ich sehe Eva, meine Mutter, etwas abseits mit Leo. Sie stehen eng beieinander, er neigt den Kopf zu ihr, sagt etwas, und Eva nickt lächelnd. Dann umarmen sie sich.

Plötzlich vermisse ich Johannes. Als er ein paar Wochen vor unserer Abreise erfuhr, dass er am Tag unseres Abflugs abends einen wichtigen Termin in der Kanzlei haben würde, überredete ich ihn, in Hamburg zu bleiben. Es reichte mir, dass er in Gedanken bei uns sein würde. Aber jetzt reicht es mir nicht. Er fehlt mir.

Viva wird ungeduldig, reißt sich von mir los und rennt auf Florian zu. Er fängt sie auf und wirbelt sie durch die Luft. Dann nimmt er sie Huckepack und läuft mit ihr auf einen der Tische zu. Dort sitzt schon Anton, der die beiden beobachtet und herzhaft lacht, als Florian ihm Viva in den Schoß fallen lässt.

»Und wenn sie verrecken würde, wäre das auch nicht mein Bier!«, sagt eine Stimme hinter mir, die wie Serges klingt. Erstaunt drehe ich mich um und sehe, dass ich recht habe. Er steht mit seinem Vater halb durch einen Baum verdeckt nicht weit entfernt und nimmt keine Notiz von mir.

»Mein Gott, Serge, es ist doch deine Mutter!« Leos Stimme klingt sanft, bittend.

Ich höre Serge leise lachen. »Du willst es einfach nicht kapieren, oder? Hör zu, Vater«, das Wort *Vater* lässt Serge wie ein Schimpfwort klingen, »ich mache die Show hier zwar mit, aber das heißt noch lange nicht, dass sich etwas geändert hat. Ich scheiße auf deine Ratschläge. Lass mich in Ruhe. Misch dich nicht in mein Leben ein. Nur so kommen wir miteinander aus. So oder gar nicht!«

Eine ganze Weile warte ich reglos auf Leos Antwort, aber es kommt keine. Schließlich wende ich langsam den Kopf und sehe ihn allein dort stehen. Ich lasse den Blick schweifen auf der Suche nach Serge und entdecke ihn neben Anton am Tisch sitzend. Er feixt mit meinen Kindern und macht Späße, als wäre nichts gewesen. Ich drehe mich um und gehe langsam auf Leo zu. Um ihn nicht zu erschrecken, spreche ich ihn schon an, als ich noch ein paar Schritte entfernt bin. Nun würde der offizielle Teil beginnen, sage ich. Er strafft die Schultern, blickt sich um und nickt lächelnd, als er mich sieht. Seine Augen sind blank vor Traurigkeit. Serges Werk. Verletzt und stehen gelassen. So würde ich mit meiner Mutter nie umgehen. ›Lass mich in Ruhe. Misch dich nicht in mein Leben ein.‹ Nun, meine Mutter mischt sich schon lange nicht mehr in mein Leben ein. Aber sie redet immer alles schön, auch unsere verdammte gescheiterte Familie, und schon oft hätte ich ihr gern die strahlende Maske vom Gesicht gerissen. Sie ist mir so fern, aber immer noch kann sie mich verletzen, immer noch lasse ich es zu. Serge offenbar nicht, er setzt Grenzen, ohne Rücksicht zu nehmen. Das beeindruckt und erschreckt mich gleichermaßen.

Leicht legt Leo seine Hand auf meinen Rücken und führt mich zu den Tischen. Die meisten Gäste sitzen bereits. Anton und Viva winken, sie haben einen Stuhl frei gehalten. Ich frage Leo nach meiner Mutter, ich kann sie immer noch nirgendwo entdecken. Sie habe sich kurz zurückgezogen, antwortet er. Sie sei etwas nervös wegen der Rede, die sie gleich halten wolle. Überrascht sehe ich ihn an. Ich habe gar nicht gewusst, dass sie eine Rede vorbereitet hat. Etwas irritiert mich daran.

Es beginnt mit Johann Sebastian Bach, Flöte in e-Moll. Plötzlich ist es ganz still, fast andächtig. Violoncello solo. Suite Nr. 1 G-Dur. Anton greift unter dem Tisch nach meiner Hand. Ich drücke sie sanft. Er schluckt, versucht zu lächeln, stattdessen kommen Tränen. Neun Jahre ist er alt, mein kleiner Held. Ich blicke zu Florian, auch ihm steht das Wasser in den Augen. Er sieht weg, lächelt etwas unbeholfen, streicht sich durch die kurzen Haare. Ich fühle mich seltsam verloren, der Szene entrückt. Ich spüre nur Antons Hand in meiner, sonst nichts.

Sie spielen etwa eine halbe Stunde. Danach ist die Atmosphäre völlig verändert. Vielleicht hat sie es extra so gemacht, die kluge Fabienne. Diese getragene Stimmung, diese Nähe zu Paul, alles ihm zu Ehren, ein letztes Mal das Gefühl, er ist da und kommt doch nie wieder. Diese Stimmung von Anfang an hätten wir alle nicht lange ertragen.

Auf die Musik folgt die Rede von Fabienne. Sie spricht viel über früher, ihre und Pauls Kindheit und Jugend in Frankreich, über die Eltern, meine Großeltern, die bei meiner Geburt bereits beide tot waren. Auch die darauffolgenden Reden alter Freunde von Paul erzählen von längst vergangenen Zeiten. Mein Gefühl, gar nicht richtig hier zu sein, bleibt. Alles ist so unwirklich. Dann erhebt sich meine Mutter und beginnt zu reden. Auch sie spricht über früher. Aber dieses Mal bin ich beteiligt. Sie erzählt, wie jung sie und mein Vater waren, als sie sich kennenlernten. Wie glücklich sie waren, als ich geboren wurde. Was für eine tolle Familie. Dass wir das auch blieben, als sie und mein Vater nicht mehr zusammenlebten. Immer füreinander da, oft auch zu dritt beisammen. Ich spüre Wut in mir aufsteigen. Große, fette Wut. Mein Herz beginnt zu klopfen, ich schlucke, atme schneller. Was fällt ihr ein? Sie hat sich von meinem Vater getrennt, als ich vier war. Klar, sie haben das Beste daraus gemacht, aber immer noch eine tolle Familie? Alles wurde totgeschwiegen, kein Wort darüber, warum Eva gegangen war. Ich weiß es bis heute nicht. Inzwischen ist sie in ihrer Rede bei Leo angelangt. Was für ein guter Freund ihr Paul auch nach ihrer zweiten Heirat geblieben sei. Wie sehr er sie unterstützt habe, als sie mit Leo von Hamburg nach München gegangen sei. Was sie für ein gutes Gefühl gehabt habe, mich bei Paul zu lassen. Dass wir alle zu einer großen Familie geworden und es bis heute geblieben seien. Was für ein guter Vater, was für ein guter Freund, was für ein gutes Gefühl. Worte, die zum Himmel stinken. Ich war vierzehn, als meine Mutter mit ihrem neuen Mann Leo nach München ging. Ich war noch ein Kind. *Sie* war mein Anker gewesen, nicht mein Vater. Bei ihr habe ich gelebt, nicht bei Paul. Trotzdem hat sie mich zurückgelassen, hat mir mein Zuhause genommen. Schöngeschwiegen haben sie es damals, meine Eltern. Und jetzt stellt sie sich wahrhaftig auf der Gedenkfeier meines Vaters hin und behauptet, wir wären damals alle zu einer großen Familie geworden. Verdammte Heuchlerin!

Plötzlich klirrt etwas in meiner Hand. Ich drücke zu, versuche festzuhalten, sehe Blut, Scherben. Anton und Viva schreien, Serge springt auf, um mir zu helfen. Ich habe das filigrane Weinglas zerbrochen. Eva hat aufgehört zu reden. Hektik. Jemand kommt mit ein paar Stoffservietten und wickelt sie um meine Hand. Ich zwinge mich zu einem Lächeln, versichere Anton und Viva, dass nichts passiert sei, nur ein kleiner Unfall. Viva schaut erschrocken auf die Servietten, das Blut sickert schon durch. Sie sieht blass aus, Antons Mundwinkel zucken. Florian nimmt beide in den Arm, plappert drauflos und lenkt sie ab.

»Das muss richtig verarztet werden«, höre ich Serge mit fester Stimme sagen. Er hilft mir hoch, begleitet mich ins Haus. Über die Schulter ruft er Florian etwas zu. Fabienne eilt herbei, geleitet uns in die Küche. Serge führt mich zu einem Stuhl, ich setze mich vorsichtig. Mir ist schwindelig, meine Beine zittern, ich fühle mich seltsam leicht.

Mit Johannes wäre das nicht passiert. Er hätte seine Hand zur rechten Zeit beschwichtigend auf meine gelegt. Er hätte die richtigen Worte gefunden, um meiner Wut den Wind aus den Segeln zu nehmen.

»Ich brauche ein Desinfektionsmittel, eine Pinzette, sterile Kompressen, Mullbinden und Verbandszeug.

Eventuell auch ein Klammerpflaster«, sagt Serge ohne Zögern auf Französisch zu Fabienne. Sie stöckelt eilig los und rückt mit einer kompletten Erste-Hilfe-Ausrüstung an. Nachdem Serge ihr gedankt und versichert hat, dass wir gut allein zurechtkämen, verlässt sie eilig und sichtlich erleichtert die Küche.

Ich blicke weg, als Serge die Glassplitter aus meiner Hand entfernt. »Die Blutung geht schon zurück«, sagt er. Dann spüre ich mehrmals einen kurzen Schmerz, ein heftiges Ziepen. Auch wenn ich nicht hinsehe, merke ich, dass er es rasch und geschickt macht. Danach desinfiziert er die Wunde und drückt etwas Weiches in meine Handfläche, ich nehme an, eine Kompresse. Vorsichtig schließt er meine Finger darum. Es tut sehr weh, aber es lässt sich aushalten. »Kannst du die Hand wieder öffnen?«, fragt er. Langsam versuche ich es, spüre den Schmerz, aber ich kann all meine Glieder bewegen. Er fährt mit seinen Fingerspitzen leicht über die Innenfläche meiner Hand.

»Spürst du das?«

Ich nicke.

»Überall?« Er sieht mich aufmerksam an.

»Wie meinst du das?«, frage ich irritiert.

»Ich meine, ob es eine Stelle an deiner Hand gibt, die sich taub anfühlt.«

Ich schüttele den Kopf. »Nein, ich habe es überall gespürt.«

Bis in die Fußspitzen. Und auf meiner Wange, diese kleine Stelle von vorhin. Aber das sage ich natürlich nicht.

Eine ganze Weile ist es still, Serge arbeitet ruhig und konzentriert. Ich starre derweil auf Fabiennes Kücheneinrichtung. Viel Holz, wenig Glas, kein Chrom und Stahl. Eine Küche, um bei einem ständig vollen Glas Rotwein lange Gespräche zu führen und den Regen ans Fenster prasseln zu hören. Passt gar nicht zu Fabienne. Aber was weiß ich schon. Sie ist meine Tante, doch eigentlich ist sie eine Fremde für mich. Paul hat zwar gelegentlich von ihr erzählt, aber ich habe sie das letzte Mal gesehen als ich elf oder zwölf war. Nein, das stimmt nicht. Als ich nach dem Abitur eine Weile in Frankreich war, habe ich sie für ein paar Tage besucht. Damals wohnte sie noch mitten in Paris. Sie war sehr nett zu mir, und trotzdem hatte ich das Gefühl, dass sie froh war, als ich wieder abreiste. Mir ging es genauso. Sie ist ohne Zweifel klug und charmant, aber zugleich allzu affektiert und angestrengt. Ihr Getue nervte mich damals, und es nervt mich auch heute. Sie hat sich mit diesem Fest Mühe gegeben, und ich bin ihr dankbar dafür. Aber außer Paul verbindet uns nichts.

»Findest du, die Küche passt zu Fabienne?«

Serge blickt nur ganz kurz auf, zieht eine Augenbraue hoch, ich muss lachen. Dann ist es wieder still. Nur die Küchenuhr tickt laut, und aus weiter Ferne erklingen Stimmen aus dem Garten. Die Gäste werden inzwischen zu Abend gegessen haben.

»Fertig«, sagt er schließlich. Ich blicke auf meine verbundene Hand. Es pocht noch ein wenig darin, das ist alles.

»Woher kannst du das?«

Er zuckt die Schultern. »Von früher. Verlernt man nicht.«

Ich nicke, als würde das alles erklären.

»Danke.«

»Gern geschehen.«

Wir sehen einander an. Dieses Mal wende ich den Blick nicht ab, tauche ein in dieses Grün.

Ein Klingeln lässt mich aufschrecken. Es kommt aus meiner Handtasche, die auf dem Küchentisch liegt. Sicher Johannes. Wie selbstverständlich öffnet Serge meine Tasche, holt das Handy heraus und reicht es mir.

»Hi.«

»Na, Prinzessin? Wie geht's?«

Ich blicke rasch zu Serge. Versteht er Johannes' Worte? Er sieht mich an, deutet fragend zur Tür.

Ich schüttele den Kopf.

»Gut, ja. Alles o. k.«

»Klingt aber nicht so.«

»Doch, doch. Aber wir sind hier noch bei Fabienne, ich kann nicht so gut sprechen.«

»Es ist doch grad ganz leise da bei dir. Ich höre nichts im Hintergrund.«

»Ja, ich bin kurz in der Küche. Aber ich muss gleich zurück.«

»Du klingst komisch. Ich kenne dich. Irgendetwas ist doch.«

Ich stehe auf, will ein paar Schritte gehen, Serge den Rücken kehren. Aber ich falle gleich wieder auf meinen Stuhl zurück, meine Knie sind noch weich, meine Hand pocht.

»Alles gut. Wirklich. Lass uns morgen früh telefonieren.«

»Sie nerven dich alle, stimmt's?«

»Ja. Du kennst doch Eva. Und das ganze Drumherum ist auch nicht besser.«

»Gut, Prinzessin«, sagt Johannes sanft und entschieden. »Dann hast du ja jetzt lange genug ausgehalten. Ruf dir ein Taxi, und fahr mit den Kindern ins Hotel.«

»Mach ich. Schlaf gut.«

»Du auch. Küss die Kinder von mir.«

Ich drücke auf die rote Taste, gebe Serge das Handy, und er legt es zurück in meine Tasche.

»Dein Mann«, sagt er. Es ist keine Frage.

»Ja, Johannes. Er wollte wissen, wie es mir geht.«

Ich sehe Serge an, lande wieder mitten im Grün seiner Augen.

»Und, wie geht's dir?«, fragt er.

Ich würde gern sein Gesicht berühren.

»Gut«, sage ich, reiße mich los von diesem Grün und richte den Blick auf meine verbundene Hand.

»Du hast mich ja bestens versorgt.«

Er schiebt seinen Stuhl zurück und steht auf.

»Na, dann bleibe ich mal dabei und hole uns was zu essen.«

Schon nach ein paar Minuten kommt er mit einem vollen Tablett wieder. Darauf zwei Flaschen Bier, Besteck, zwei Teller mit diversen kalten Vorspeisen, Baguette. Erst jetzt merke ich, wie hungrig ich bin. Seit dem Frühstück heute Morgen habe ich nichts mehr gegessen. Serge öffnet die Bierflaschen und reicht mir eine.

»Danke, ich mag kein Bier.«

»Das war das Einzige, was es in Flaschen gab.«

Er sieht mich an, ohne eine Miene zu verziehen. Ich probiere ein Lächeln, und da breitet sich ein Grinsen auf seinem Gesicht aus. Er hält mir immer noch die Flasche hin. Schließlich nehme ich sie, stoße mit ihm an und probiere. Zu meiner Überraschung schmeckt es richtig gut. Mit nur wenigen Zügen trinke ich das Bier aus.

Serge hebt eine Augenbraue, sieht mich an.

»So bist du also, wenn du etwas nicht magst«, sagt er. »Dann möchte ich dich aber gern mal erleben, wenn du etwas magst!«

Ich starre ihn an, wende dann rasch den Blick ab.

Tust du doch gerade! Fast hätte ich es laut gesagt.

»Offenbar mag ich es doch«, antworte ich stattdessen, mit immer noch klopfendem Herzen.

Wir essen alles auf. Plötzlich bin ich schrecklich müde. Serge stellt das Tablett auf die Anrichte, räumt Teller und Besteck in die Spüle. »Ich rufe jetzt ein Taxi. Wollt ihr mitfahren?«

Ich nicke, dankbar, dass ich mich um nichts kümmern muss.

Kurz darauf sind wir auf dem Weg nach Paris. Ich sitze vorn, Serge mit den Kindern hinten. Mein Kopf ist wach, mein Körper so müde. Das Pochen in meiner Hand ist wieder stärker geworden. Ich drehe mich um. Viva und Anton schlafen tief und fest, beide mit dem Kopf an Serges Schulter gelehnt. Wir sehen einander an. Vorsichtig legt er den Arm um die beiden, schaut hinaus. Ich drehe mich wieder nach vorn. Aus dem Radio dringt leise ein französisches Chanson, alt und wehmütig, Jacques Brel vielleicht, *La Chanson Des Vieux Amants*. Es ist still im Auto. Ich lehne meinen Kopf ans Fenster, schließe die Augen, versuche, an nichts zu denken, aber ich bleibe bei unserer Hinfahrt hängen.

Viva und Anton wollten gemeinsam mit Florian fahren, und Leo schloss sich an. Eva hatte sich schon morgens auf den Weg gemacht, um Fabienne bei den Vorbereitungen zu helfen. Blieben also wir beide. Als wir nebeneinander im Taxi saßen, wurde mir bewusst, dass ich mich nicht erinnern konnte, je mit ihm allein gewesen zu sein. Meine Mutter ist jetzt zwar seit weit über zwanzig Jahren mit seinem Vater verheiratet, aber Serge und ich sind uns nur wenige Male begegnet. Plötzlich fragte ich mich, wie es eigentlich für Serge gewesen war, als Leo ihn und seine Mutter verließ und mit meiner Mutter nach München ging. Serge war damals genauso alt wie ich. Spontan platzte ich mit der Frage heraus. Serge sah mich nicht an und sagte lange nichts. Ich erschrak fast, als er schließlich doch zum Reden ansetzte.

»Ich habe mich für meine Mutter verantwortlich gefühlt«, erzählte er. »Ich war ständig an ihrer Seite, habe meine Freunde vernachlässigt, mich von ihr vereinnahmen lassen. Einmal bin ich zu Leo gegangen und habe ihm gesagt, dass sie immer so traurig sei, und gefragt, ob er nicht zurückkommen könne, weil ich es allein nicht schaffe. Er konnte mir nicht in die Augen sehen. Kein Wort hat er gesagt, um mir zu erklären, dass es nicht meine Aufgabe sei, meine Mutter glücklich zu machen, und nicht meine Schuld, wenn sie es nicht ist. ›Es tut mir leid. Ich kann nichts tun‹, war das Einzige, was er gesagt hat.«

Ich bekam eine Gänsehaut, als Serge mir das erzählte. Leo hatte Serge seinem Schicksal überlassen und sich seine Wunden bei Eva geleckt. Was wäre gewesen, wenn Serge es nicht geschafft hätte, ohne die Hilfe seines Vaters zurechtzukommen?

»Zwei Jahre später, mit vierzehn, als Leo mit Eva nach München zog, fing ich an, eigene Wege zu gehen. War immer seltener zu Hause, suchte mir neue Freunde, blieb über Nacht weg. Der Einzige, mit dem ich mich damals gelegentlich traf, war dein Vater.«

Seltsam, ich wusste nichts davon.

»Und dann?«, fragte ich.

»Dann kam die Schauspielerei. Ich begann, als ich sechzehn war. Sie hat alles verändert. Sie holte mich von der Straße, sie war ein Ventil. Hier konnte ich meiner Wut Ausdruck verleihen. Exzessiv sein. Leidenschaftlich.«

Ich erinnere mich noch daran, er wurde damals geradezu frenetisch als das neue Talent am Himmel gefeiert. Seine Paraderollen waren die jungen Getriebenen, nahe am Abgrund. Verlorene Helden. Ich habe mir damals alle seine Filme angesehen. Er hatte auf der Leinwand eine geradezu unheimliche physische Präsenz. Man spürte seinen Schmerz, seine Zerrissenheit und seine gewaltige Kraft, und man konnte sich dem nicht entziehen.

Abruptes Bremsen. Ich schrecke aus meinen Gedanken auf. Wir sind da, das Taxi steht vor unserem Hotel, Serge reicht dem Fahrer ein paar Scheine, der gibt ihm raus. Die Kinder schlafen immer noch. Ich habe nicht einmal mitbekommen, dass wir schon in der Stadt sind, bin völlig in meine Gedanken versunken gewesen. Benommen sehe ich Serge an. »Nimm du Viva, ich trage Anton nach oben. Geht das mit deiner Hand?«, fragt er. Ich nicke. Als ich unsere Zimmertür aufschließe, nimmt Serge mir Viva ab, geht voran und legt beide Kinder aufs Bett. Mit einem kleinen Seufzer dreht sich Viva auf die Seite und schmiegt sich dabei an Anton. Beide schlafen immer noch tief und fest. Nur das matte Licht der Straßenlaterne scheint durchs Fenster, sonst ist es dunkel im Zimmer. Serge und ich stehen nebeneinander. Ich höre seinen Atem. Ich spüre seine Nähe. Es fühlt sich an, als würde er mich berühren. Als würden seine Hände über meine Haut gleiten. Nicht nur über meine Wange und meine Handfläche, sondern über meinen ganzen Körper. Dann macht Serge eine Bewegung, der Moment ist vorbei.

»Ich geh dann mal.«

Seine Hand streift kurz meine Schulter, und schon ist er auf dem Weg zur Tür. »Schlaft gut«, sagt er, ohne sich noch einmal umzuwenden. »Du auch«, rufe ich ihm leise hinterher, aber die Tür ist schon ins Schloss gefallen. Als ich es endlich geschafft habe, mich mit einer Hand abzuschminken und aus- und anzuziehen, als ich endlich im Bett neben Anton und Viva liege, bin ich steif vor Erschöpfung und finde es zutiefst tröstlich, ihre Wärme zu spüren.

***

Morgens weckt mich das Zimmertelefon. Florian ist dran. Er habe Viva gestern versprochen, dass er heute eine Bootstour mit ihr machen würde. Was ich davon hielte, wenn wir das zu fünft, gemeinsam mit Serge, machen würden. Eva und Leo, setzt er nach einer Pause hinzu, hätten andere Pläne. Ich bin noch schlaftrunken. »Wie spät ist es überhaupt?«, frage ich mit belegter Stimme. »Ich bin noch gar nicht richtig wach.« »Schon zehn«, antwortet Florian. »Komm schon, Paris wartet!« Langsam schaltet sich mein Gehirn ein. Ich würde Serge wiedersehen. Ich müsste meiner Mutter nicht begegnen. Freude und Erleichterung. Aber ewig kann ich es nicht aufschieben. Ich muss heute mit ihr sprechen. »Kommen Eva und Leo dann später hinzu?«, frage ich. »Serge lädt uns heute Abend alle zum Essen ein. Im Marais-Viertel.« Wann haben sie das bloß alles besprochen? Ich willige ein. Wir verabreden uns für 11.00 Uhr unten in der Lobby. Anton und Viva schlafen noch tief. Ich gehe ins Bad, stelle mich vor den Spiegel, schaue mich an. Schmales Gesicht, etwas blass. Dunkles Haar, das mir bis über die Schultern reicht. Große Augen, dunkelbraun, leichte Ringe darunter, der Tribut an den Abend gestern. Keine Falten. Wie lange noch? Immer öfter sehe ich Leute in meinem Alter, die alt aussehen. Richtig alt. Sie haben Falten um die Augen, um den

Mund, am Hals. Das werde ich auch irgendwann haben. Irgendwann, demnächst, morgen.

Mein Blick fällt auf meine rechte Hand. Jetzt ist es mir peinlich, dass ich für so viel Aufsehen gesorgt habe. Ein geradezu theatralischer Auftritt, gar nicht meine Art. Zugleich gefalle ich mir darin, mich endlich einmal nicht beherrscht und meiner Mutter damit die Show verpatzt zu haben. Eva und ihre Shows, ich werde künftig nicht mehr darin mitspielen, auch nicht als Gast.

Als ich mit Anton und Viva in die Lobby komme, sind Florian und Serge schon da. Von weitem sehen sie gleichaltrig aus. Beide groß, schlaksig, in abgewetzten Jeans, Turnschuhen, T-Shirts, die ihnen aus der Hose hängen. Zwischen ihnen steht ein prallgefüllter Rucksack. »Verraten wir nicht«, sagen sie, als die Kinder natürlich wissen wollen, was darin ist. Dann flüstert Florian Viva etwas ins Ohr, und sie strahlt. Wir fahren mit der Metro zum Bootsverleih. Die Stimmung ist fröhlich, alle reden durcheinander, die Kinder lachen ausgelassen. »Und wie geht es Lucy?«, fragt Florian an Serge gewandt.

»Gut«, sagt der lächelnd. »Sie ist gerade in Zürich, zu einem Gastspiel.«

Lucy ist Serges Freundin. Sie ist Theaterschauspielerin, laut Eva eine sehr gute. Serge und Lucy. Ich kann ihn mir gar nicht mit einer Frau an seiner Seite vorstellen.

Als wir schließlich zu fünft im Boot sitzen und über die Seine gleiten, gelingt es mir zum ersten Mal, seit wir in Paris sind, zu entspannen. Ich spüre die Sonne auf meinem Gesicht, es ist Mitte Juni, ein strahlender Tag. Die typischen Pariser Häuser und das bunte Treiben auf den Boulevards gleiten an uns vorbei. Die Trauer ist weit weg, die Kinder kreischen vor Lachen, Serge und Florian tun so, als müssten sie durch Blei rudern und würden mit letzter Kraft vorwärtskommen, sie ächzen und stöhnen, sind beide sehr überzeugend, vor allem Serge. Zunächst lachen die Kinder nur befreit, dann werden sie unsicher, sie schwanken zwischen Lachen und Angst, Anton greift schon ins Ruder, um zu helfen, Vivas Lachen wird schriller, da ruft Serge: »War nur ein Spaß«, und er und Florian rudern umso kräftiger. Die Kinder schreien auf, nachträglich entzückt über den Schreck. Viva stürzt sich auf Florian, der verliert fast das Gleichgewicht und wäre um ein Haar ins Wasser gefallen. Es ist das pure Leben. Hier und jetzt, das erste Mal auf dieser Reise, habe ich das Gefühl, mein Vater ist ganz in der Nähe. Es ist ein Gefühl der Freude, nicht der Trauer.

Ich lehne mich zurück, schließe die Augen. Die Stimmen und das Lachen auf dem Boot werden leiser, dann höre ich eine Weile nichts, nur ganz in der Ferne, gleite in einen Traum. Ich sitze im Flugzeug, und die Maschine hebt gerade ab. Hinter mir höre ich das unterdrückte Lachen von Viva und Anton. Ich drehe mich um und sehe Serge zwischen den beiden sitzen. »Wir haben ihn einfach mitgenommen«, sagt Anton, als wäre Serge ein Überraschungspaket, das sie an Bord geschmuggelt hätten.

Plötzlich spüre ich einen leichten Ruck und zucke erschrocken zusammen. Ein kurzer Moment, dann weiß ich wieder, wo ich bin. Als ich die Augen öffne, haben wir am Ufer angelegt. Ich blicke rasch zu Serge, erröte, als könnte er meinen Traum erraten. Aber er ist bereits vom Boot gesprungen und lüftet gerade mit Florian das Geheimnis des Rucksacks. Zunächst breiten sie eine Decke aus. Dann kommen diverse Köstlichkeiten zum Vorschein. Selbst an Teller und Besteck haben sie gedacht. »Wo habt ihr das denn alles aufgetrieben?«, frage ich verblüfft. »Wir haben das Personal bestochen«, antwortet Florian mit breitem Grinsen. »Bestochen oder verführt?«, entfährt es mir, und ich füge ein Lachen an, das mir sofort peinlich ist.

Jetzt spüre ich den Blick von Serge.

»Verführt!«

»Gut gemacht«, erwidere ich und blicke ihm in die Augen. Es ist ein Spiel. Wer hält dem Blick des anderen länger stand? Er gewinnt.

Es wird ein ausgiebiges Picknick. Danach liegen wir alle drei träge in der Sonne, und die Kinder spielen Fangen. Als ich ihre Stimmen nicht mehr höre, blicke ich auf und sehe, dass Viva auf Florians Bauch sitzt und ihn mit einer Blume kichernd an der Nase kitzelt. Nach einigem Suchen entdecke ich auch Anton. Er hockt ziemlich weit oben in einem Baum und winkt. Ich winke zurück.

Es dämmert bereits, als wir aus der Metro steigen und zurück zum Hotel gehen. Plötzlich ein Leuchten über uns, als hätte jemand Licht angezündet, und so ist es auch. Die Straßenlaternen sind angegangen. Es ist fast eine andächtige Stimmung, als würde Paris in diesem Moment allein uns gehören. Wir schweigen friedlich vor uns hin, selbst die Kinder sind still.

Zurück auf unserem Zimmer, rufe ich Johannes an.

»Marie, es ist schrecklich leer hier ohne euch«, sagt er sanft und ohne Einleitung. »Aber bald ist es geschafft. Morgen um diese Zeit seid ihr endlich wieder zu Hause.«

Ich stimme ihm zu und warte auf ein Gefühl der Vorfreude, das sich nicht einstellt. Endlich bin ich hier angekommen, jetzt will ich gar nicht morgen schon wieder weg. Ich erzähle Johannes von unserem Tag, auch von dem Zauber, der eben auf dem Nachhauseweg in der Luft lag.

***

Als wir uns zwei Stunden später in der Lobby wiedertreffen, ist dieser Zauber verflogen. Ich höre meine Mutter schon lachen, bevor ich sie sehe, und mein Magen krampft sich zusammen. Ich habe keine Ahnung, wie ich mit ihr reden soll. Ein Vierteljahrhundert ist vergangen, seit sie fortging, und nie haben wir geredet. Wie plötzlich damit beginnen?

Das Restaurant ist im Marais-Viertel in einer kleinen Gasse. Nur wenige Tische, keine Touristen, keine Karte, kein Name. Wunderbare Musik. Der *Chef de Cuisine* kommt an unseren Tisch, gibt Serge die Hand, klopft ihm auf die Schulter. Er erklärt uns auf Französisch die Speisekarte, spricht Empfehlungen aus. Außer Serge,

Eva und mir versteht ihn keiner richtig. So dauert es eine Weile, bis wir bestellt haben.

»Schöne Musik«, sage ich an Serge gewandt. »Wer ist das?«

Er zuckt mit den Schultern. Er habe sie noch nirgendwo anders gehört, immer nur hier. Serge ist schon seit sechs Wochen in Paris. Als Leo ihm von der Ehrenfeier für meinen Vater erzählte, war er hier mitten in den Dreharbeiten zu seinem neuen Film. Vor ein paar Tagen ist sein Filmteam abgereist, und er ist geblieben, um bei Pauls Feier dabei zu sein. Ich frage mich, ob er wohl immer mit seiner Crew hier war und die Party geschmissen hat oder allein, zu nachtschlafender Zeit, in Gedanken versunken. Ich kann mir beides vorstellen, aber vielleicht sind auch beides nur dumme Klischees, schließlich kenne ich ihn kaum.

Ich setze mich neben Eva, und ihr kurzer irritierter Blick verrät mir, dass sie damit nicht gerechnet hat. »Hier hätte es Paul auch gefallen«, sagt sie laut, als alle Platz genommen haben. »Ich meine«, korrigiert sie sich selbst »es gefällt ihm sicher, uns jetzt alle hier sitzen zu sehen.« Sie blinzelt nervös. Beide Sätze klingen falsch, und keiner sagt etwas. Alle sehen betreten ins Nichts, selbst die Kinder sind still.

Als kurz darauf die Getränke kommen, hebe ich das Glas. »Auf Paul.« Wir stoßen alle an. Dann beugt Serge sich vor und beginnt leise, Viva, die neben mir und ihm gegenüber sitzt, eine Geschichte zu erzählen. »Lauter«, fordert Anton neben ihm, »ich will auch zuhören.« Alle stimmen ein.

Serges Geschichte handelt von einem bekannten Schauspieler. Ein Gentleman der alten Schule, ernsthaft und distinguiert. Beim Dreh in Paris zeigte er sich dann von einer ganz neuen Seite, die alle überraschte. An einem Abend in einer Gegend mit vielen Bars bekamen sie einmal auf offener Straße mit, wie ein Mann eine Frau beschimpfte und schubste. Der bekannte Schauspieler ging zu ihm und bat ihn in perfektem Französisch, sofort die Hände von der Frau zu lassen. Der schubste ihn grob weg. Die Filmcrew stand schon bereit, ihn zu retten. Aber der Gentleman der alten Schule holte aus, versetzte dem Mann einen gezielten Kinnhaken, und der fiel um wie ein Baum und blieb erst einmal liegen. Einen Moment reagierte niemand, es war totenstill, keiner hätte ihm das zugetraut. Dann begann der Aufruhr. Aufregung auf allen Seiten, schließlich kam sogar die Polizei. Nur der Schauspieler blieb seelenruhig. Später erzählte er dann der Crew, er habe als junger Mann viele Jahre geboxt und es gebe, wie sie ja gerade alle gesehen hätten, Momente im Leben in denen das sehr zuträglich sei. Es ist eine kleine, amüsante Geschichte, das Faszinierende daran ist Serges Funken sprühendes Mienenspiel. Er erweckt den boxenden Gentleman für uns zum Leben. Wir sehen den vornehmen, distinguierten Herrn in einer Pariser Bar, wie er sich vor einem Rüpel aufbaut, ihn erst mit Worten versucht, zur Vernunft zu bringen, und ihn dann einfach ohne Zögern mit einem Schlag niederstreckt. Auch das Staunen und die Fassungslosigkeit der Filmcrew macht Serge wunderbar nach. Nicht nur die Kinder hängen an Serges Lippen und lachen Tränen.

Danach betteln Anton und Viva um eine weitere Geschichte. Serge schaut die beiden mit blitzenden Augen an und fordert sie auf, selbst eine zu erzählen. »Aber nur leise«, sagen beide flüsternd, an Serge gewandt. Viva klettert unter den Tisch und auf seinen Schoß. Die drei neigen die Köpfe zusammen, und Leo zieht den neben ihm sitzenden Florian ins Gespräch. Nur Eva und ich sitzen schweigend da.

Ich hole tief Luft wie ein Kind, das seinen Mut zusammennimmt. »Warum hast du gestern diese Rede gehalten und die ganzen Lügen erzählt?« Ich spreche leise, aber deutlich. »Welche Lügen?« Sie weiß wirklich nicht, was ich meine, blickt mich arglos fragend an, nur ihr eines Auge zuckt. Dieses Jahr wird sie sechzig, und das sieht man ihr nicht an. Sie hat ein glattes, hübsches Gesicht, leuchtend braune Augen, dunkles, lockiges Haar. Ich mochte es nie, wenn Leute sagten, wir würden einander ähnlich sehen. Ich wollte nie so sein wie sie. Immer diese adrette, glatte Fassade, immer schön alles weglächeln.

»Wir waren keine glückliche Familie«, sage ich scharf. »Du hast Papa verlassen, als ich vier war!«

»Wir haben uns voneinander getrennt, und danach haben wir das Beste daraus gemacht«, sagt sie leise und beschwichtigend. »Wir waren beide immer für dich da. Wir sind Freunde geblieben. Meine Güte, Marie, was wirfst du mir eigentlich vor?«

»Dass ihr nie mit mir darüber geredet habt!«

»Du warst vier!«

»Aber ich bin nicht immer vier geblieben.«

Sie seufzt. »Marie, da gab es nicht viel zu reden. Dein Vater und ich waren die perfekten Freunde, aber eben nicht das perfekte Paar. So einfach ist das.«

Ich lache bitter auf, es klingt nicht sympathisch. »Ja«, schnappe ich. »Für dich war immer alles einfach. Als ich vierzehn war, bist du dann einfach mit Leo nach München abgehauen, hast mich einfach zurückgelassen wie einen alten Koffer und ein neues Leben begonnen, eine neue Familie gegründet, dich einfach frei gemacht. Das stimmt, das ist einfach!«

Es macht mir Mühe, leise zu sprechen. Mein Herz klopft, die Wut steckt mir im Hals, ich würde sie gern anschreien. Ich würde ihr gern etwas Verletzendes sagen und in ihrem Gesicht lesen, dass es mir geglückt ist.

»Marie, du warst doch schon groß«, sagt sie leise. »Du hattest dein Leben. Ich wollte dich da nicht rausreißen.«

»Lass uns einen Moment rausgehen«, sage ich, mühsam beherrscht. Ich will nicht weiter mit leiser Stimme reden, will mich nicht länger zusammennehmen. Ich stehe auf, mein Stuhl quietscht laut. Nur Florian blickt kurz fragend auf, die anderen sind ins Gespräch vertieft oder tun zumindest so. Ich gehe leise vor die Tür und höre, dass Eva mir folgt. Als wir ein paar Schritte gegangen sind, drehe ich mich abrupt zu ihr um, und wir prallen fast aufeinander. Sie weicht einen Schritt zurück.

»Sag mal, merkst du eigentlich noch was?«, fauche ich sie an. »Hast du eine Ahnung, wie ich mich damals gefühlt habe? Ich war nicht erwachsen, ich war vierzehn! Mein Zuhause war bei dir!«

»Und warum hast du mich dann so gut wie nie besucht in München? Ich habe dich fast täglich angerufen, ich habe jedes Wochenende gefragt, ob du kommst.«

Ja, sie hat fast jeden Tag angerufen. Ich habe munter getan und ihr von meinem schönen Teenagerleben vorgeschwärmt, das es nicht gab. Ich wollte mir keine Blöße geben, wollte nicht, dass sie merkt, wie einsam ich bin, wie sehr ich sie vermisse. Ich wollte ihr nicht sagen, dass ich jeden Mittag, wenn ich von der Schule kam und die Treppen zu Pauls Wohnung hinaufstieg, einen Kloß im Hals hatte, weil ich wusste, was mich dort erwartete. Ich wollte nicht am Wochenende nach München, weil ich wusste, dass ich am Sonntagabend wieder zurückmusste und dass der Montag dann noch schlimmer sein würde als sonst.

Ich sehe sie an, diese schöne, alterslose Porzellanpuppe mit arglosem Blick. »Hast du es immer noch nicht kapiert?«, frage ich mit belegter Stimme, mein Gesicht ganz nah an ihrem. »Es geht darum, dass du einfach abgehauen bist, ohne mich. Ich stand dir und deinem neuen Glück im Weg, also hast du dir eingeredet, dass ich ja prima aufgehoben bin bei meinem Vater, deinem besten Freund. Aber so war es nicht. Paul war nicht da! Er war kein treusorgender Vater, es war, als würde ich allein leben. Ohne Familie. Paul hat sich nicht die Bohne dafür interessiert, was seine halbwüchsige Tochter tat oder nicht tat. Schule lief, Freundinnen hatte ich, also alles bestens. Details? Nein danke! Für ihn waren wir auf Augenhöhe, da musste er sich nicht kümmern. Ich hatte mein Leben, er hatte seines. Verdammt, du kanntest Paul doch ganz genau, du hättest das wissen müssen! Hast du überhaupt eine Ahnung, wie sehr ich dich vermisst habe? Es war fast, als wärest du tot. Aber das warst du nicht. Du warst einfach nur weg. Freiwillig!«

Bevor Eva nach München ging, war ich mittags nach der Schule nach Hause gegangen, und wir hatten immer gemeinsam in unserer kleinen Küche gegessen. Sie war damals Assistenzärztin und hatte eine halbe Stelle im Krankenhaus bei uns um die Ecke. Ich mochte unsere damalige Wohnung. Hell und sonnig, immer etwas chaotisch. Auch wenn wir aus dem Urlaub kamen, sah es aus, als wären wir nur einmal kurz für fünf Minuten weg gewesen. Im Wohnzimmer stand ein altes Klavier, auf dem wir beide gelegentlich spielten. Die Küche roch immer nach Zimt, und ich liebte es, dort mit Eva zu sitzen und ihr zu erzählen, was in der Schule so passiert war. An diese gemeinsamen Mittagsstunden habe ich später oft gedacht, als meine Mutter weg und ich allein bei Paul war. Jedes Mal wurde mir schlecht vor Sehnsucht.

Wie behütet ich war, wie selbstverständlich dieses Gefühl, nach Hause zu kommen und dort empfangen zu werden, das wurde mir erst bewusst, als Eva nicht mehr da war. Mein Vater hatte eine sehr schöne Altbauwohnung mit zweihundert Quadratmetern, Bücherregalen bis unter die Decke, antiken Möbeln und klassischer Musik. Wenn ich mittags kam, war kein Mensch da. Paul erschien immer erst abends. In den ersten Wochen hatte Maria, die Haushälterin, mich empfangen und mir auf Pauls Geheiß Gesellschaft geleistet. Höflich und mit gefalteten Händen saß sie mir gegenüber, schwieg und wartete darauf, dass ich endlich aufgegessen hatte und sie abräumen und gehen durfte. Am linken Nasenflügel hatte sie eine Warze, aus der ein paar blonde Haare wuchsen. Darauf starrte ich, während ich aß. Ich bat Paul, ihr zu sagen, sie solle mir irgendetwas zum Essen vorbereiten und dann gehen. Ich würde es mir aufwärmen, wenn ich aus der Schule käme. So war ich dann jeden Mittag bis zum Abend, und manchmal auch dann, für mich allein. Es sei denn, ich war bei Freundinnen zum Essen eingeladen. Dann saß ich in fremden Küchen oder Esszimmern und fragte mich, warum jene Mutter bei ihrer Tochter war und meine so weit weg.

Erst jetzt wird mir bewusst, dass wir mitten in Paris auf dem Bürgersteig stehen und ich Eva so nah gerückt bin, dass sich unsere Gesichter fast berühren. Ich muss geschrien haben. Der Hals tut mir weh, und die Passanten haben die Straßenseite gewechselt. Mit indigniertem Blick gucken sie zu uns herüber. Benommen trete ich ein paar Schritte zurück und sehe meine Mutter an. Die Farbe ist aus ihrem Gesicht gewichen, und plötzlich sieht sie nicht mehr jung aus. Sie scheint kleiner geworden zu sein in den letzten fünf Minuten. Ihre Augen blicken traurig und seltsam leer, ihr Mund zuckt. Aber die Genugtuung, die ich mir immer vorgestellt habe, wenn ich sie so sehe, bleibt aus.

Sie schüttelt den Kopf. »Nein, Marie«, sagt sie leise. »Ich konnte gar nicht wissen, wie es wirklich in dir aussieht! Ich habe immer wieder versucht, es herauszufinden. Aber du hast alle Fragen abgeblockt. Du hast betont, dass alles perfekt sei. Du hast mir davon vorgeschwärmt, wie blendend du dich mit Paul verstehen würdest, dass er dir das Kochen beibrächte, mit dir in Ausstellungen ginge, für dich und deine Freundinnen Partys veranstalten würde. Alle würden dich beneiden, hast du mir stolz erzählt!«

»Natürlich habe ich das gesagt«, zische ich. »Hätte ich dir etwa die Wahrheit sagen sollen? Ich wollte dein Mitleid nicht!«

Eva macht einen Schritt auf mich zu, hebt die Hand, aber ich schlage sie weg. »Lass das!«

»Marie«, sagt sie mit widerlich weicher Stimme. »Du hast mir mit aller Macht eine heile Welt vorgespielt. Das Bild, das du gezeichnet hast, war viel zu perfekt. Ich wusste, dass das nicht stimmen kann. Aber wenn ich insistierte, zogst du dich ganz zurück, sprachst überhaupt nicht mehr mit mir. Was hätte ich denn machen sollen?«

»Bist du jetzt das Opfer? Mir kommen gleich die Tränen!«

»Jetzt lass doch mal deine Ironie! Einmal habe ich dich geradeheraus gefragt, ob du dir vorstellen könntest, in München zu leben. ›Niemals!‹, hast du geantwortet. Du hast dieses eine Wort ausgesprochen wie ein Urteil. Es klingt mir heute noch in den Ohren.«

Ich schnappe nach Luft. »Natürlich habe ich das gesagt! Du hattest mich schließlich zurückgelassen. Warum sollte ich zugeben, wie gern ich mitgekommen wäre?«

Eva starrt mich an.

»Was ist?«, schreie ich unbeherrscht. »Warum stierst du mich so an?«

»Warum warst du bloß so vernagelt?«, fragt sie leise.

»Ich?«

»Es war schon alles vorbereitet. Ich hatte mich nach Schulen umgesehen, und das Gymnasium, auf das viele Jahre später Florian kommen sollte, hätte dich zum zweiten Halbjahr aufgenommen. Ich habe damals für meine Facharztprüfung gelernt und hatte eine halbe Stelle im Krankenhaus. Ich hätte mittags da sein können, wenn du aus der Schule kommst.«

Ich verstehe nicht, was sie sagt. Plötzlich ist es sehr still. Dann, von weit her, höre ich wieder Evas Stimme.

»Ich habe viele Versuche unternommen, offen mit dir zu sprechen, aber es ist mir nicht geglückt.«

Mein Herz rast. Am liebsten würde ich auf sie losgehen.

»Nur damit du nicht an deinem schlechten Gewissen erstickst, drehst du den Spieß um«, schreie ich. »Jetzt bin ich plötzlich schuld, ja? Du hättest alles für mich getan, aber ich habe dich nicht gelassen, was? Das ist typisch für dich, dieses Verdrehen der Tatsachen zu deinen Gunsten! Scheiße auf Hochglanz polieren und behaupten, es sei Gold, das kannst du perfekt!«

Ich drehe mich um und renne weg. An der nächsten Straßenecke halte ich inne. Sie kommt mir nicht hinterher. Gut so. Ich will zurück ins Restaurant, zu meinen Kindern, ins Hier und Jetzt. Scheiß auf früher.

Langsamen Schrittes gehe ich zum Restaurant. Dort angekommen, hat mein Atem sich beruhigt, und auch mein Herz klopft wieder im Takt. Obwohl wir bestimmt eine gute Stunde weg waren, hat sich die Szene kaum verändert, und im ersten Moment nimmt niemand Notiz von mir, als ich eintrete. Viva ist damit beschäftigt, mit Serge das weiße Papiertischtuch zu bemalen, und Anton ist mit Florian und Leo in ein Gespräch vertieft. Eva ist noch nicht wieder da.

Viva sieht mich als Erste. Sie springt mir in die Arme, und ich drücke sie an mich. Sie fühlt sich so vertraut an, sie riecht so gut, ich spüre ihre kleine Hand in meinem Nacken und schließe vor Wonne die Augen.

Brot und Getränke stehen auf dem Tisch und zwei Teller mit ein paar wenigen Nudelresten, sicher von den Kindern. Ich setzte mich und nehme Viva auf den Schoß. Alle begrüßen mich lächelnd, Leo fragt nach Eva. Sie habe noch einen Moment an der frischen Luft bleiben wollen und komme sicher gleich, antworte ich, ohne ihn anzusehen. Leo will etwas erwidern, erntet aber einen warnenden Blick von Serge und klappt den Mund wieder zu. Einen Moment später kommt Eva herein. Sie murmelt irgendwas von lauer Sommerluft, entschuldigt sich für ihre Verspätung und setzt sich neben Leo. Ihre Stimme klingt wie immer. Ich sehe sie nicht an. Serge gibt dem Chef ein Zeichen, und kurz darauf kommt unser Essen.

Ich glaube, es ist hervorragend, aber ich schmecke nichts. Meine Finger sind klamm, ich kann das Besteck nicht richtig halten und habe bei jedem Bissen Angst, dass er mir von der Gabel fällt. Viva sitzt jetzt zwischen Eva und mir, ihr gegenüber Anton, zwischen

Serge und Florian. Leo sitzt am Kopfende, dicht neben Eva. Ich sehe auf ihre Hände. Sie isst sehr langsam. Plötzlich legt sie Messer und Gabel beiseite und presst sich die Hand auf den Mund. Sie nimmt sich ihre Serviette, tupft sich kurz über die Augen und greift wieder zum Besteck. Schnell und unauffällig, außer mir hat es nur Leo mitbekommen. Er hebt die Hand, und mit großer Zärtlichkeit streicht er ihr über die Wange, lächelt ihr zu. Ein sehr intimer Moment, nicht für mich bestimmt. Es ist eine Sache, zu wissen, dass zwei sich lieben, aber es selbst zu fühlen, Zeuge zu sein, ist eine andere und kommt selten vor. Deswegen ist sie also nach München gegangen, blitzt es mir durch den Kopf. Das Offensichtliche fühlt sich plötzlich an wie eine neue Erkenntnis. Mir schießen Tränen in die Augen. Ich versuche sie aufzufangen, bevor jemand etwas bemerkt. Mir fällt der Moment gestern auf dem Steg ein, als Serge mich fragte, was so schlimm daran sei, zu weinen. Ich suche seinen Blick, aber der geht in eine andere Richtung. Er hat, wie ich, die Szene zwischen Leo und Eva beobachtet. Kühl und mit einem harten Zug um den Mund sieht er seinen Vater an. Dann spürt er meinen Blick, und der Ausdruck in seinen Augen verändert sich. Ich sehe Schmerz darin. Ich versuche ein Lächeln, Serge will es erwidern, aber es gelingt ihm nicht. In seinen Augen liegt die Wärme dafür, aber sein Mund zuckt, er will nicht. Ich hebe die Hand, will ihn berühren, diesen Mund, und halte erschrocken inne, streiche mir stattdessen eine Haarsträhne aus dem Gesicht.

Inzwischen ist es spät geworden. Die Teller sind abgeräumt, die Gläser leer, wir sind die letzten Gäste. Der Chef stellt noch jedem ein Glas Pastis auf den Tisch und den Kindern eine Orangina. Er stößt mit uns allen an, zuletzt mit Serge. Dabei zeigt er auf die Kinder.

»*Tu les as très bien fait.*«

Der Chef klopft ihm auf die Schulter. Er denkt, Serge sei der Vater von Viva und Anton. Der wirft mir einen kurzen Blick zu, hebt dann sein Glas und stößt mit ihm an.

»*Merci bien.*«

Vor der Tür schlägt Florian vor, noch eine Weile zu laufen und dann ein Taxi zu nehmen. Er nimmt Viva auf die Schultern. Still gehen wir durch die Gassen. Die Restaurants leeren sich langsam, aber in den Bars fängt das Leben jetzt erst an.

»Warst du schon mal nachts hier?«, frage ich Serge.

Er nickt.

»Es gibt hier ein paar kleine Bars, etwas abseits, in denen man wunderbar die Nacht durchfeiern kann. Aber das Schönste ist danach die Morgenröte über der Seine.«

Die Morgenröte über der Seine. Ich würde gern noch mit Serge und Florian in eine dieser Bars gehen.

Morgen um diese Zeit werden wir in Hamburg sein, die Kinder schon lange im Bett. Vielleicht werde ich noch mit Johannes im Garten sitzen, ein Glas Wein trinken, ihm von Paris erzählen. Vielleicht werde ich auch schon schlafen und von diesen seltsamen Tagen träumen.

Ich habe gedankenverloren genickt, als Florian mich

fragte, ob er ein freies Taxi anhalten solle, wenn eines in Sicht sei. Unvermittelt steht nun ein Fahrer vor mir und hält uns die Tür auf. Viva und Anton winken nur kurz und steigen dann ein. »Wir sehen uns morgen zum Frühstück«, sagt Florian, als er mich zum Abschied auf die Wange küsst. Serge umarmt mich flüchtig. »Gute Nacht. Schlaft schön.« Von Eva und Leo keine Spur mehr. Verwirrt steige ich ein, das Taxi fährt los. Der Fahrer erzählt irgendetwas von einer Demonstration und gesperrten Straßen am kommenden Wochenende. In meinem Kopf rauscht es.

Als wir im Hotel ankommen, warten Eva und Leo auf uns. Die Kinder laufen auf die beiden zu, ich folge ihnen zögernd. Eva sieht schmal und sehr müde aus. Angegriffen. Plötzlich ist mir nach versöhnenden Worten, aber mir fallen keine ein. »Komm uns bald besuchen«, sagt Leo leise, als wir uns verabschieden. Ich verspreche es ihm.

Als ich mir im Bad die Zähne putze, plingt mein Handy. Eine SMS. *Serge.* Ich blicke auf das Display, und es zeigt einen anderen, viel vertrauteren Namen. Johannes. Mein Herz schlägt wieder im Takt.

Prinzessin, gute Nacht nach Paris. J

***

Am nächsten Morgen sitzt Florian schon beim Frühstück als wir kommen, ihm gegenüber Serge. Die Kinder rennen zum Buffet, Florian hinterher.

Serge und ich schweigen beide. Ich könnte ihn fragen, wie es gestern Abend noch war. Er könnte mich fragen, ob ich gut geschlafen habe. Wir könnten alles Mögliche sagen, aber stattdessen sitzen wir nur da. Und als ich den Blick hebe und ihn anlächeln will, sehe ich ihm in die Augen. Ein Gefühl, als küsste er mich. Ich wende rasch den Kopf ab, meine Lippen brennen.

Florian, Viva und Anton kommen mit Croissants, kleinen Kuchen und Toast wieder. Sie sind laut, reden durcheinander, kurz darauf streiten die Kinder sich um das letzte Croissant, Serge bricht es entzwei, denkt sich eine kleine Geschichte aus, Anton und Viva lachen. Ich blicke auf die Uhr, wir müssen los. Es ist schon 9.00 Uhr, nur noch zwei Stunden bis zum Abflug. Florian und Serge begleiten uns zum Taxi, die Kinder steigen rasch ein, winken fröhlich, dann springt Viva noch einmal kurz raus und Florian in die Arme, plötzlich doch traurig. Er wirft sie in die Luft, fängt sie auf, Viva lacht schon wieder, hängt sich noch ein letztes Mal an seinen Hals, dann huscht sie zurück ins Taxi. Ich küsse Florian links und rechts auf die Wange, dann stehe ich vor Serge. Wortlos umarmen wir einander.

Als wir losfahren, winken sie uns beide hinterher, und alle drei winken wir zurück.

Zwei

Ich entdecke Johannes sofort in der wartenden Menge. Er ist direkt aus der Kanzlei gekommen, trägt eine schwarze Anzughose und ein hellblaues Hemd ohne Krawatte, die Ärmel hochgekrempelt. Mit der Hand fährt er sich durch sein blondes, kurzes Haar und blickt erwartungsvoll auf die Ankommenden. Seine Augen leuchten und scheinen mir noch blauer, als ich sie in Erinnerung habe. Mein Herz macht einen Satz. »Papa«, schreien die Kinder, und endlich sieht er in die richtige Richtung, breitet die Arme aus und wirbelt Viva und Anton durch die Luft. Dann hebt er auch mich hoch und küsst mich auf den Mund. »Und was ist das?«, fragt er gleich darauf und deutet auf meinen Verband. Ich werfe einen raschen Blick auf die Kinder. »Ach, da habe ich auf der Feier von Fabienne ein Glas zu hart angefasst und ein paar Splitter abbekommen. Halb so wild.« Johannes zieht eine Augenbraue hoch, sieht mich skeptisch an, sagt aber nichts.

»Und wie hat der HSV gespielt?«, fragt Anton, kaum dass wir im Auto sitzen. Johannes grinst. »3 : 1!« Anton stößt einen Freudenschrei aus. »Und wie?«, fragt er gespannt. Während Johannes erzählt, fiebert Anton mit, als wäre er dabei gewesen, und am Ende jubelt Johannes mit ihm. Ein vertrautes, schönes Bild, die beiden in gemeinsamer Fußballbegeisterung.

»Und wie war das nun wirklich mit deiner Hand?«, fragt Johannes, als wir abends gemeinsam bei einem Glas Rotwein auf der Veranda sitzen. Ich erzähle ihm von der Rede meiner Mutter, ihren klebrigen Hymnen auf die Vergangenheit, meiner prallen Wut, dem klirrenden Glas, den vielen Scherben und dem Blut in meiner Hand. Ich berichte ihm von dem Aufruhr, von Florian, der sich sofort um Viva und Anton gekümmert hat, und von der Ersten Hilfe Serges. Mit ernstem Blick fährt er mit der Hand über meinen Verband.

»Spürst du das? Überall?« *Serge. Ein Kribbeln bis in die Fußspitzen.*

Rasch ziehe ich meine Hand zurück.

»Tut mir leid, Marie«, sagt Johannes leise. »Ich hätte mitkommen sollen.«

»Ach was. Das ist doch halb so wild.«

»Ich hätte da sein müssen.«

»Das hätte nichts geändert!«

»Natürlich hätte es das! Ich wäre an deiner Seite gewesen. Ich hätte dich trösten können.«

»Nein!« Unwillig schüttele ich den Kopf. »Das hat nichts mit Trost zu tun. Das war überfällig, dieser Eklat mit meiner Mutter. Vielleicht hätte ich mich tatsächlich zusammengenommen, wenn du dabei gewesen wärst. Bestimmt hätte ich das. Aber es war besser so. Es war gut, dass ich endlich mal die Beherrschung verloren habe. Du hättest mich bestimmt davor bewahrt!« Einen

Moment ist es still. Ich bin selbst erstaunt über das, was ich gerade gesagt habe. Aber es stimmt. Johannes hat eine innere Ruhe, die spürbar ist und ansteckend wirkt, zumindest auf mich. Er strahlt Zuversicht aus. Diese Gabe hatte er schon, als wir uns kennenlernten, und sie hat mich sofort fasziniert. Wäre er in Paris an meiner Seite gewesen, hätte ich nicht die Contenance verloren. »Dann war es also gut, dass ich nicht dabei war?«, hakt Johannes nach.

»Ja. Meine Wut musste mal raus. Das ging besser ohne dich.«

»Sicher, dass das nicht zwischen uns steht?«

Ich lache ihm ins Gesicht. »Ja, natürlich!«

***

Am nächsten Morgen beginnt wieder der Alltag. Früh aufstehen, fertig machen, frühstücken, los. Johannes bringt Viva in den Kindergarten, ich Anton in die Schule. Auf dem Rückweg gehe ich zum Arzt bei uns um die Ecke und zeige ihm meine verletzte Hand. Das hatte ich Johannes versprochen. Der Arzt versichert mir, dass alles gut versorgt worden sei. Er fährt vorsichtig mit den Fingerspitzen über die Innenfläche meiner Hand.

»Spüren Sie das?«, fragt er.

Ich nicke.

»Überall?«

Der Arzt sieht mich erwartungsvoll an.

»Ja«, versichere ich. »Keine taube Stelle.«

Er nickt zufrieden und legt mir einen neuen Verband an.

Die Wunden müssten noch ein paar Tage geschützt werden, sagt er, dann sei es ausgestanden.

Im Auto, auf dem Weg in die Redaktion, schalte ich mein Handy ein. Nur eine SMS von meiner besten Freundin Freya.

Meine Liebe, wie geht es dir? Ich hoffe, du hast Paris gut überstanden, und es gab auch schöne Momente. Kuss, Freya.

Um 10 Uhr haben wir Redaktionskonferenz. Danach schreibe ich zwei Buchkritiken für die nächste Ausgabe, und nach einem Blick auf die Uhr speichere ich eilig, fahre den Computer herunter und verlasse im Laufschritt mein Büro. Bis 15.00 Uhr muss ich die Kinder abgeholt haben. Während der Autofahrt werfe ich einen Blick auf mein Handy. Ein Anruf in Abwesenheit und eine Nachricht, beides von Johannes. Frank würde sich gern abends mit ihm auf ein Bier und einen Rat treffen, ob mir das recht sei. Frank ist Johannes' ältester und bester Freund. Ich rufe ihn zurück und sage ihm, dass mir das gut passen würde. Dann könne ich in Ruhe meine Sachen auspacken. Und meine Gedanken. Ich bin noch gar nicht wieder richtig angekommen. Der Nachmittag fliegt dahin. Abends esse ich mit den Kindern, lese ihnen etwas vor, bringe sie ins Bett.

Als ich das erste Mal allein mit mir bin, ist Paris plötzlich mit voller Wucht wieder da. So viele Bilder auf einmal schießen mir durch den Kopf, während ich im

Schlafzimmer vor den halbausgepackten Koffern sitze. Eva und ihre Rede, das Gespräch mit ihr vor dem Restaurant im Marais, unser Abschied im Hotel. Auf einmal bin ich wieder vier Jahre alt, meine Eltern trennen sich, dann bin ich vierzehn, und Eva geht nach München.

In zehn Jahren wird auch meine Tochter so alt sein. Bei Anton sind es nur noch sechs Jahre. Meine Kinder dann hier zurückzulassen und fortzuziehen ist völlig abwegig. Nichts und niemand würde mich dazu bringen, Anton und Viva zu verlassen. Ums Verrecken nicht. Was spielt es da für eine Rolle, dass Eva in Erwägung gezogen hatte, mich nachkommen zu lassen? Sie hat es nicht getan, ja, sie hat es noch nicht einmal versucht! Ich war das einzige Mädchen in der Klasse, das plötzlich keine Mutter, kein Zuhause mehr hatte. Ich sah die stummen Fragen in den Augen meiner Freundinnen. Eine Mutter ging doch nicht einfach weg und ließ ihr Kind allein zurück. Sie wussten, dass Paul sie nicht ersetzen konnte, warum wusste Eva es nicht?

Kurz nachdem sie damals nach München gegangen war, lud ich heimlich einen Jungen aus meiner Schule mittags zu mir ein. Er war eine Klasse über mir, schlaksig, hatte weizenblondes Haar, das ihm fast bis auf die Schultern fiel, braune Augen und ein freches Grinsen. Es war ein Dienstag, und ich hatte diesen Tag bewusst ausgewählt. Dienstags kam Paul immer besonders spät, weil er abends noch Tennis spielen ging. Als ich dem Jungen die Tür öffnete, hatte er die Arme verschränkt und lächelte etwas verlegen. Ich drückte ihm eine Cola in die Hand, nahm mir selbst auch eine und ging mit ihm in mein Zimmer. Ich setzte mich auf mein Bett, mit dem Rücken gegen die Wand gelehnt, und er hockte sich daneben. Er brauchte eine Weile, um den Mut zu fassen, den Arm um mich zu legen. Ich rückte näher zu ihm heran, wir küssten uns, erst zaghaft, dann ziemlich wild. Er strich mir über den Bauch, tastete sich langsam vorwärts, und als seine Hände meine kleinen Brüste erreichten, zog ich mich aus. Hastig krabbelte auch er aus seinen Jeans, zog sich das Shirt über den Kopf, und dann lag er auch schon auf mir. Er mühte sich, war erst vorsichtig, dann heftiger, kurz spürte ich einen stechenden Schmerz, er wurde schneller, stöhnte auf und dann war es auch schon vorbei. Mein erstes Mal, es war nicht schön und auch nicht schrecklich.

Er entdeckte den Blutfleck auf dem Laken, noch bevor ich ihn sah, und blickte mich mit großen Augen an. Er solle sich nicht so haben, sagte ich betont flapsig zu ihm. Das sei schließlich nur ein bisschen Blut. Dann zog ich mich rasch an und bat auch ihn, sich zu beeilen. Er müsse jetzt gehen, mein Vater komme bald, log ich. Ich wollte allein sein. Am nächsten Tag ging ich ihm aus dem Weg und an den darauffolgenden auch. Ich erwiderte sein Lächeln nicht und kehrte ihm den Rücken, sobald er in meine Nähe kam. Eine Weile verfolgte er mich noch mit seinen fragenden Blicken, schließlich gab er es auf.

Ein paar Wochen später fragte ich einen anderen Jungen von unserer Schule, ob er mich besuchen wolle. Ich achtete auch dieses Mal darauf, dass es niemand mitbekam. Ich machte es wie beim ersten Mal. Ich ließ ihn ein, er folgte mir in die Küche, ich gab ihm etwas zu trinken, und wir gingen in mein Zimmer. Er kam schnell zur Sache. Er war gierig und sinnlich. Wir verabschiedeten uns wie gute Kumpel. Als hätten wir zusammen Fußball gespielt. Einige Wochen später fragte ich den nächsten. Immer dienstags. Als ich erst einmal damit angefangen hatte, konnte ich nicht mehr einfach aufhören. Ich wollte diese Nähe für den Moment, ich dürstete danach. Sie waren alle nur einmal bei mir. Was wäre wohl geworden, wenn ich dir von den vielen Jungs erzählt hätte, Papa? Ach, du hättest mich doch nicht beschützen können, du wusstest ja nicht einmal, dass ich Schutz brauchte!

»Ah, Marie! Das fällt dir jetzt plötzlich ein, ja? Du warst stark und sehr autark, du brauchtest keinen Schutz. Damals schon genauso wenig wie heute. Ausgelacht hättest du mich, wenn ich auf einmal den treu sorgenden Papa gegeben hätte!«

Ha, ja, das denkst du. Du hattest ja so was von keine Ahnung! Du hattest doch gar keine Lust, mehr Zeit mit mir zu verbringen! Zu Hause, das hieß allein sein. So viel Raum für Nähe, der nicht gefüllt wurde. Deine riesige Wohnung mit den vielen Büchern und Antiquitäten, die war so düster. Bei Eva war alles hell, chaotisch und lebendig gewesen. Bei dir fing mich die Melancholie schon ein, wenn ich die Haustür aufschloss, und ich fühlte mich klein und verlassen.

»Komm, Marie. Das ist doch jetzt wirklich lächerlich! Ich bin vieles, aber bestimmt nicht düster und melancholisch.«

Ja, das stimmt schon, du selbst bist gar nicht so. Wenn du gerade mal nicht mit deiner Forschung und dir selbst beschäftigt warst, dann warst du ein charmanter, ein witziger Vater.

»Oh, danke Marie. Mal was Nettes!«

Du konntest wunderbar kochen, das hast du mir beigebracht. Und die Liebe zur Malerei habe ich auch von dir. Mit dir ins Museum zu gehen hieß Türen geöffnet zu bekommen. Du doziertest nie, du erzähltest Geschichten. Ich stand vor einem Bild, du fingst an zu reden, und das Bild wurde vor meinem Auge lebendig.

»Das … also jetzt bin ich gerührt.«

Du hast mir immer das Gefühl gegeben, schön zu sein. Ja, genau so hast du mich dann immer angesehen! Und jetzt, dieser Blick, etwas verändert, mit mehr Sonne darin, das war dein liebender Blick. Da wurde mir immer ganz warm. Aber wenn du nicht da warst, und du warst oft nicht da, dann warst du wirklich fort, auch deine Gedanken waren dann nicht bei mir. Ja, jetzt guckst du zu Boden, du weißt, dass ich recht habe.

»Du warst schon mit vierzehn eine ganz starke und autarke Persönlichkeit, und so habe ich dich behandelt. Ich habe dich ernst genommen, und, verdammt noch mal, das wolltest du auch! Du warst kein Kuschelkind, das noch mit seinem Plüschhasen gespielt hat und dem man ständig sagen musste, wo es langgeht. Warum tust du jetzt im Nachhinein so?«

Papa, ich war einsam. Verstehst du? Einsam. Du hast mich behandelt wie eine Erwachsene, aber das war ich nicht.

»Für mich schon. Du warst meine vierzehnjährige verdammt erwachsene Tochter, die ich sehr geliebt habe. Und jetzt bist du meine neununddreißigjährige verdammt erwachsene Tochter, die ich sehr liebe!«

Mann, du bist schrecklich! Mit dir kann man einfach nicht streiten.

»Dann lass es doch. Ich verschwinde jetzt. Und vergiss nicht, dass ich dich liebe, ja?«

Nach diesem Zwiegespräch starre ich, immer noch zwischen unseren Koffern sitzend, eine Weile vor mich hin. So nahe war ich ihm lange nicht mehr.

Von diesen Dienstagen, habe ich nur Johannes erzählt. Dieses dunkle Mädchen von damals, das sich einen Jungen nach dem anderen ins Bett holte, ist mir heute fremd, und ich denke so gut wie nie an sie. Aber wenn die Bilder, so wie eben, durch meinen Kopf rauschen, dann weiß ich, dass ich das alles erlebt habe, und die Gefühle von damals sind so mächtig und präsent, als wäre es gestern gewesen.

›Nur so kommen wir miteinander aus. So oder gar nicht.‹ Serges Worte an Leo, auf der Ehrenfeier in Paris. Sie blitzen mir plötzlich durch den Kopf. Die Wut in Serges Stimme. Vielleicht geht es ihm auch so, dass es Momente gibt, in denen die Vergangenheit wieder so präsent ist, als wäre keine Zeit vergangen. Plötzlich ist man wieder vierzehn Jahre alt, wütend und hilflos.

Ich schiebe die Koffer mit dem Fuß beiseite und stehe auf. Alles Unsinn. Ich bin nicht mehr vierzehn, und was geht mich Serge an? Damals war ich nicht glücklich, aber heute bin ich es. Ich habe jetzt meine eigene Familie. Johannes, Anton und Viva. Wir vier, unser Leben, das ist alles, was ich will.

Am nächsten Abend besuche ich Freya. Wir sitzen in ihrem kleinen, gepflegten Garten auf der Veranda. Freya wohnt mit ihrer Tochter Julia in einem der neuen Designerreihenhäuser mitten in der Stadt. Michel, ihr Mann, arbeitet in Paris und kommt nur am Wochenende. Wir trinken ein Glas französischen Rotwein, und ich erzähle ihr von Paris, der Ehrenfeier, Evas Rede und dem Gespräch mit ihr am letzten Abend. Freya bindet ihr dickes, rotes Haar zu einem Zopf und sieht mich mit ihrem Röntgenblick an.

»Und sonst?«, fragt sie nach einer Weile.

»Nichts«, beharre ich, und dann erzähle ich ihr von Serge, ohne seinen Namen zu nennen. Harmlos und wie nebenbei.

»Und wie heißt er?«, fragt Freya, als ich fertig bin.

Ich zögere noch einen Moment, aber dann siegt die Neugierde.

»Vielleicht kennst du ihn ja. Er heißt Serge. Serge Rebenberg.«

»Der Regisseur?«, fragt sie erstaunt.

Ich nicke.

»Den kenne ich.«

»Persönlich?«

Freya ist Journalistin, wie ich. Früher hat sie für das Feuilleton einer Wochenzeitung geschrieben und viele Interviews geführt.

Sie schüttelt den Kopf.

»Nein. Nicht wirklich. Ich habe ihn nie interviewt, aber ich bin ihm ein paarmal begegnet und habe so dies und das aufgeschnappt.«

»Und das wäre?«

Sie neigt lächelnd den Kopf zur Seite, sieht mich an, lässt es wie eine langweilige Aufzählung klingen.

»Lässig, witzig, auf spröde Art charmant. Was er anfasst, macht er zu Gold. Brillanter Regisseur, und auch als Schauspieler erste Klasse.«

Sie macht eine Kunstpause.

»Und weiter?«, frage ich ungeduldig.

Ihre blauen Augen funkeln, es macht ihr Spaß, mich auf die Folter zu spannen.

»Manche sagen, er hat was Magisches, andere finden, er hat eher was Manisches.«

»Manisch, so ein Quatsch«, platze ich heraus.

Sie grinst.

»Also magisch?«

Ich schlucke, aber für Freya ist das Ganze nur ein Spaß.

»Sei froh, dass dir solche Typen nichts anhaben können, ob nun manisch oder magisch«, sagt sie leichthin.

Ich nicke, aber meine Gedanken nicken nicht mit. *Seine Fingerspitzen auf meinem Gesicht. Als er im Hotelzimmer neben mir stand und mich fast berührte. Beim Abschied der Kuss, der keiner war.*

Weiche Knie, ein Kribbeln auf meiner Haut.

Ich schlucke, schlage die Beine übereinander, greife nach meinem Glas Wein.

»Und die Kinder, hat ihnen Paris gefallen?«, fragt

Freya mit einem kleinen Gähnen. Ich erzähle ihr von unserem Ausflug mit dem Ruderboot auf der Seine, lasse Serge aber unerwähnt. *Bestochen oder verführt?*

***

Die Tage vergehen schnell. In der Redaktion gibt es viel zu tun. Das Sommerloch macht sich bemerkbar, Buchkritiken und Interviews mit Autoren sind plötzlich gefragt. Nachmittags bringe ich Anton zweimal die Woche zum Fußball und Viva dreimal die Woche zum Schwimmen, Seepferdchenkurs. Die meisten Abende verbringen wir im Garten. Oft müssen Johannes und ich beide noch arbeiten, wenn die Kinder im Bett sind. Johannes schlägt vor, dass wir das auch gemeinsam draußen machen könnten, statt jeder für sich an seinem Schreibtisch. Also setzen wir uns mit unseren Laptops und einem Glas Rotwein auf die Veranda. Eine Weile hört man nur das Tacktack unserer Tastaturen und das Geraschel von Papier.

Ich schreibe an einem Porträt über die Schauspielerin Maria Schrader, die im Jahr 2007 zum ersten Mal Regie führte und den Film »Liebesleben« in die Kinos brachte. Die Verfilmung habe ich nicht gesehen, aber den Roman von Zeruya Shalev habe ich gelesen. Ich frage Johannes, ob er das Buch eigentlich kenne, und er nickt.

»Und fandst du es nicht auch abstoßend, wie die Ich-Erzählerin sich treiben lässt?«, frage ich ihn.

Er schüttelt den Kopf. »Nein, eigentlich nicht. Sie ist

eine Grenzgängerin. Natürlich ist sie getrieben, aber auf ihre Art behält sie dennoch die Fäden in der Hand. Sie trifft die Entscheidungen. Sie ist stärker als ihr Ehemann und auch stärker als der Mann, von dem sie sich demütigen lässt.«

»Findest du die Geschichte etwa erotisch?«

Johannes grinst. »Klar finde ich das! Du doch auch.«

»Nein, überhaupt nicht!«

»Und warum hast du das Buch dann zu Ende gelesen? Der Gang der Dinge war doch schon von Anfang an klar.«

»Na, weil es zunächst ganz spannend war, aber je weiter ich kam, desto abstoßender fand ich es.« Johannes sieht mich mit süffisantem Lächeln an.

»Kann es sein, dass die Geschichte näher an dir dran ist, als dir lieb ist, und dass du deswegen so empfindlich reagierst?«

»Wie meinst du das?«, frage ich lauernd. »Spielst du auf damals an?«

»Wieso auf damals? Ich meine, dass du immer alles unter Kontrolle haben willst. Das ist extrem wichtig für dich. Die Frau in der Geschichte lässt sich treiben, verliert die Orientierung. Das stößt dich ab, weil es dir Angst macht.«

»Es macht mir keine Angst!«, sage ich lauter als gewollt.

Johannes hebt die Augenbrauen. »Kein Grund, sich so aufzuregen.«

»Tu ich doch gar nicht. Wäre ja auch lächerlich. Es ist schließlich nur ein Buch.«

Er sieht mich lange mit seinen blitzenden Augen an. »Genau!«

Immer noch leicht verärgert, muss ich trotzdem lachen, und Johannes stimmt ein.

***

Drei Wochen nach Paris bekomme ich Post. Ein kleines Päckchen, darin liegen eine CD und eine Notiz.

Erinnerst Du Dich? Liebe Grüße, Serge.

Ich gehe mit der CD in die Küche und lege sie in den CD-Spieler. Gedankenversunken stehe ich da und lausche der Musik, die doch ganz woanders hingehört. Anton kommt angelaufen.

»Mama, ist das nicht die Musik, die wir am letzten Abend in diesem Restaurant in Paris gehört haben?«

Ich lächle ihn an und nicke.

Serges Adresse habe ich nicht, sie stand nicht auf dem Umschlag. Also schreibe ich ihm am nächsten Tag eine SMS.

Natürlich! Unvergessen. Ich danke dir. Marie.

Die nächsten Tage gucke ich häufiger auf mein Handy. Aber nichts.

Noch eine Woche, dann fahren wir in Urlaub. Drei Wochen Italien. Zu acht. Familienurlaub mit Frank, dessen Frau Sarah und deren beiden Töchtern. Heile Welt. Genau das, was ich jetzt brauche.

Zwei Tage vor unserer Abreise treffe ich mich mit Freya zum Essen beim Italiener. Eigentlich wollte ich nicht darüber sprechen, aber dann platze ich doch damit heraus.

»Ich habe Post bekommen«, sage ich.

»Aha. Und von wem?« Sie sieht mich fragend an, schaltet nicht. Wieso dachte ich, sie würde von selbst draufkommen?

»Ach, egal.«

»Was soll das denn jetzt?«, insistiert sie ungehalten.

Ich komme mir albern vor, wünsche, ich hätte es nicht erwähnt.

»Von diesem Serge.«

»Ach, der«, antwortet sie ungerührt. »Und was schreibt er?«

»Nichts. Er hat mir Musik geschickt.«

Sie zieht eine Augenbraue hoch, und ich erkläre es ihr.

»Na, bei dem musst du ja bleibenden Eindruck hinterlassen haben«, sagt sie mit einem flüchtigen Lächeln, schon nicht mehr am Thema interessiert.

Sie beißt nicht an, spürt meine Aufregung nicht. Sie kommt gar nicht auf die Idee, dass mein Herz höherschlagen könnte, wenn ich ihr davon erzähle. Obwohl es keine gibt, die mich besser kennt als sie. Freya und ich haben uns mit neunzehn an der Uni kennengelernt und sind dann ein Jahr später zusammen auf die Journalistenschule gegangen. Damals konnten wir es kaum fassen, dass wir beide angenommen worden waren. Das ist jetzt neunzehn Jahre her. Ich habe Johannes viel früher kennengelernt als Freya ihren Mann Michel, aber

Mutter sind wir nahezu zeitgleich geworden. Anton ist nur vierzehn Tage älter als Freyas Tochter Julia.

Soweit ich mich erinnere, ist es das erste Mal, dass sie weit davon entfernt ist, meine Gedanken zu lesen. Ist wahrscheinlich auch besser so. Eine alberne kleine Schwärmerei. Der besonderen Situation und Stimmung in Paris geschuldet. Ich war aufgewühlt vom Tod meines Vaters, und dann kam auch noch diese unselige Auseinandersetzung mit Eva dazu. Mit Serge selbst hatte das gar nichts zu tun. Kein Wunder, dass Freya nicht darauf angesprungen ist.

Mein Vater, meine Mutter und die Reise nach Paris, all das wird die nächsten drei Wochen kein Thema sein. Wenn wir wiederkommen, wird Paris in weiter Ferne liegen, und an Serge werde ich schon lange nicht mehr denken.

Drei

Wir landen pünktlich in Genua. Dort starten wir mit dem Leihwagen Richtung Cervo, und nach einer Stunde Autofahrt sind wir am Ziel. Unser Haus liegt 336 Meter über dem Meeresspiegel. In dem kleinen Hof, der zum Eingang führt, wachsen Mandarinenbäume und Palmen. »Der Swimmingpool ist riesig«, ruft Anton begeistert und stürmt an uns vorbei in den Garten, die drei Mädchen hinter ihm her. Während Johannes und Frank das Gepäck ins Haus bringen, folgen Sarah und ich den Kindern. Der Pool ist wirklich riesig. Alle vier sitzen am Rand und lassen die nackten Füße ins Wasser baumeln. Liegestühle und Sonnenschirme stehen schon bereit.

Es ist die perfekte Idylle. »Allein dürft ihr da aber auf keinen Fall rein«, sagt Sarah zu Nina und Viva. »Schließlich könnt ihr noch nicht richtig schwimmen!« Ich nicke bekräftigend mit dem Kopf und sehe, wie Anton die Augen verdreht.

»Bevor die Sonne untergeht und wir die Koffer auspacken, sollten wir eine Runde schwimmen«, schlage ich vor. Kurz darauf sind wir alle acht im Pool. Sarah, die sich an den Rand gesetzt hatte, war von Frank und

Anton mit viel Getöse hineingeschubst worden. Viva schreit vor Vergnügen, als ich sie auf mein Knie setze und dann in hohem Bogen ins Wasser werfe.

»Komm mal«, ruft Johannes mir plötzlich von oben zu und winkt. Er steht auf der Dachterrasse und lächelt mir entgegen, als ich die Stufen hochkomme. »Ist das nicht schön?«, fragt er und breitet die Arme aus. Der Blick reicht über das Tal bis hin zum Meer. Ich nicke. Er greift nach meiner Hand, führt mich zur Brüstung und legt den Arm um mich.

»Ich würde dir jetzt gern den Bikini ausziehen«, sagt Johannes leise, den Mund nahe an meinem Ohr.

»Wir könnten uns ins Haus schleichen.«

»Du zuerst, wir treffen uns in der Küche.«

Ich laufe die Treppe runter, am Pool vorbei, erwarte fragende Rufe von den Kindern, aber nichts kommt. Die Küche geht nach vorn raus, mit Blick aufs Tal. Johannes kommt leise, umarmt mich von hinten. Ein heimlicher Quicky in einer fremden Küche, das hatten wir schon lange nicht mehr. Der Urlaub hat perfekt begonnen.

Abends kochen Johannes und Frank mit den Kindern. Ich sitze mit Sarah draußen im Garten.

»Und, wie geht's dir?«, fragt Sarah.

»Gut«, sage ich. »Ich bin froh, hier zu sein.«

Sie nickt lächelnd. »Tut mir leid mit deinem Vater.«

»Ja, danke.« Ich wende den Blick ab, will jetzt nicht über Paul reden. »Und wie geht es dir?«, frage ich schnell.

Sie erzählt und spricht viel über die Kinder. Sie berichtet von der Lehrerin Emilias, die anfangs so nett schien und jetzt so schwierig sei. Dass sie gar nicht mehr wisse, ob sie Nina auch dort einschulen würden, dass sie ja anfangs so begeistert und jetzt so enttäuscht wären. Ich rede mit Sarah oft über die Kinder, und eigentlich geht das ganz gut. Sie hat eine gesunde Intuition und ihr Herz am rechten Fleck. Aber jetzt schweifen meine Gedanken ab. Plötzlich bin ich wieder in Paris, bleibe hängen an dem Nachmittag, als wir zu fünft im Boot auf der Seine gefahren sind. Das Spiel mit Serge, wer hält dem Blick des anderen länger stand. Diese besondere Stimmung, als wir auf dem Nachhauseweg waren und die Straßenlaternen angingen.

»Sag mal, Marie, hörst du mir überhaupt zu?«

Ich schrecke auf, sehe Sarah an, brauche ein paar Sekunden, um ins Hier und Jetzt zurückzukehren.

»Entschuldige, ich hatte gerade ganz abgeschaltet.«

»Ist doch gut«, sagt sie lächelnd. »Dann bist du ja schon richtig angekommen hier im Urlaub!«

Ein paar Abende später sitzen wir zu viert auf der Dachterrasse, die Kinder sind schon im Bett.

»Wie geht es jetzt eigentlich mit deiner Mutter?«, fragt Sarah plötzlich. »Ihr habt ja ein etwas schwieriges Verhältnis.«

Die Frage trifft mich unerwartet. Eben haben wir noch über die Kinder und den Strand gesprochen und jetzt über die Beziehung zwischen mir und meiner Mutter?

»Ach ja?«, frage ich lauernd. »Wie kommst du darauf?«

»Na, nach allem, was du so erzählt hast? Das klang immer ziemlich angespannt.«

»Was klang denn zum Beispiel angespannt?«

Sarah zuckt die Schultern. »Marie, wenn du nicht darüber reden willst, ist ja gut. Es war nur eine Frage.«

»Wenn du nicht darüber reden willst, ist ja gut«, äffe ich sie nach. »Bist du meine Therapeutin, oder was?«

Sarah blickt betreten auf den Boden. Johannes sieht mich kühl an und schüttelt, fast unmerklich, den Kopf. Frank tut so, als sei nichts, und schenkt uns allen Rotwein nach.

»Also?«, herrsche ich Sarah an. »Was genau klang denn angespannt? Raus mit der Sprache, du wirst dir doch was dabei gedacht haben, lass mal hören!«

Sie hebt den Kopf, und ihr Blick ist fester als erwartet. »So nicht, Marie«, sagt sie freundlich. »Wenn du dir die Füße abtreten willst, dann such dir einen anderen Lappen.«

Sarah steht auf, gibt Frank einen Kuss, legt Johannes die Hand auf die Schulter, wünscht eine gute Nacht und geht. Ich blicke ihr sprachlos hinterher, will ein Lachen versuchen, lasse es dann doch sein. Einen Moment ist es still. Dann steht Frank auf und räuspert sich.

»Ja, ich gehe dann auch mal«, sagt er.

Als seine Schritte auf der Treppe verklungen sind, sieht Johannes mich an, immer noch mit diesem kühlen Blick.

»Jetzt hör mir mal gut zu, Marie. Was ist denn los mit dir? Als wir hier ankamen, war alles wunderbar. Aber so einen Tag wie heute mache ich nicht noch einmal mit! Du läufst wie ein Geist durch die Gegend, siehst die Kinder jedes Mal fragend an, wenn sie etwas von dir wollen, weil du gar nicht zugehört hast, und herrschst mich an, wenn ich dich in den Arm nehme und bitte, doch endlich mal zu entspannen. Und zur Krönung jetzt dieser peinliche Eklat mit Sarah.«

Ich will etwas erwidern, aber er schüttelt den Kopf.

»Überleg's dir!«

Kurz darauf sitze ich ganz allein auf der Terrasse. Mein Kopf ist leer. Funkstille. Ich trinke meinen Rotwein, schenke mir noch einmal nach und leere bedächtig mein Glas. Dann gehe ich, auf der Wendeltreppe leicht schwankend, ins Bett. Johannes schläft zum Glück schon.

Am nächsten Morgen bin ich noch nicht einmal ganz wach, als mir schon peinlich bewusst wird, dass ich mich am Tag zuvor albern benommen habe. Ich stehe auf, dusche mich und putze meine Zähne so lange, bis der pelzige Geschmack in meinem Mund einigermaßen verschwunden ist.

»Entschuldige. Ich war wirklich blöd gestern!«, sage ich zu dem schlafenden Johannes, bevor ich nach unten gehe und Frühstück mache. Als er eine Stunde später nachkommt, sitze ich einträchtig mit Sarah und Frank auf der Terrasse, die Kinder spielen im Garten. Sarah war nach den Kindern als Erste heruntergekommen und hatte mir knapp und ohne zu lächeln einen guten Morgen gewünscht. Ich bin auf sie zugegangen, habe meinen Arm um ihre Schulter gelegt und mich entschuldigt. Die Reise nach Paris hänge mir immer noch nach. Seitdem sei ich noch nicht wieder ganz ich selbst, habe ich zu ihr gesagt und gehofft, sie würde nicht nachfragen. Sie nickte dann auch nur verständnisvoll und schien versöhnt.

Johannes lächelt mich an, als er sich zu uns an den Tisch setzt.

»Ja, ziemlich blöd!«, raunt er mir zu, ohne dass die anderen es hören. Er hatte also doch nicht mehr geschlafen.

Später am Strand, als wir nebeneinander in der Sonne liegen und die Kinder mit Sarah und Frank im Meer baden, legt Johannes die Hand auf meinen nackten Bauch, und ich spüre, dass er mich ansieht.

»Gestern Abend hatte ich plötzlich Angst, du könntest durchdrehen«, sagt er leise. »Du bist sonst immer so höflich und kontrolliert, so bedacht darauf, zu gefallen. Als du gestern auf Sarah losgegangen bist, da wirktest du so fremdgesteuert.«

Johannes malt bedächtig Kreise um meinen Bauchnabel.

»Auf sie losgegangen ist ja wohl stark übertrieben«, antworte ich, ohne die Augen zu öffnen. »Ich habe sie schließlich nicht geschlagen oder so.«

»Deine Reaktion auf ihre nett gemeinte Frage war heftig und unbeherrscht, ganz untypisch für dich«, beharrt Johannes.

Ich halte einen Moment inne, sortiere meine Gedanken, bevor ich ihm antworte.

»Sie ist mir einfach zu nahe getreten. Ich habe gar keine Lust, mit ihr über Eva oder die Reise nach Paris zu sprechen, und hier im Urlaub schon gar nicht. Ich fand ihre Bemerkung distanzlos. ›Ihr habt ja ein etwas schwieriges Verhältnis.‹ Was geht sie das an? So nahe stehen wir uns nicht. Da ist bei mir eine Sicherung durchgebrannt. Es reichte mir einfach.«

Zu meiner Überraschung lacht Johannes.

»So formuliert, klingt es richtig plausibel. Überlegt und strukturiert. Typisch Marie.«

»Ist das ein Kompliment oder ein Vorwurf?«, frage ich leicht gereizt, immer noch mit geschlossenen Augen.

»Eine Feststellung!« Ich spüre seine Lippen auf meinem Mund. Sie schmecken nach Salz und Sonnencreme.

Die nächsten Tage verbringen wir am Strand. Die Kinder bauen Burgen, baden, Anton und Emilia schwimmen und schnorcheln. Ich lese »Am Hang« von Markus Werner und habe es innerhalb von drei Tagen durch. Danach beginne ich mit »Perlmanns Schweigen« von Pascal Mercier. Johannes macht mit Anton einen Tauchkurs. Einen Tag mieten wir uns alle zusammen ein Segelboot. Wir kommen spät zurück und gehen in Cervo essen. Die Stimmung in den Gassen erinnert mich an unseren Abend im Marais in Paris. ›Aber das Schönste ist danach die Morgenröte über der Seine.‹ Wie Serge das sagte, hatte in mir die Sehnsucht geweckt, diese Stimmung auch einmal zu erleben.

»Mann, Mama«, höre ich Viva leise neben mir sagen. »kriegst du eigentlich überhaupt noch was mit?«

»Wieso?«, frage ich genauso leise zurück.

»Frank hat dich eben grad etwas gefragt, und du hast es gar nicht gemerkt«, flüstert sie.

Ich sehe auf. Sarah lächelt mir freundlich zu, aber ihr leicht irritierter Blick sagt mir, dass Viva recht hat.

Am nächsten Abend sitzen wir wieder, wie fast immer, wenn die Kinder im Bett sind, auf der Dachterrasse und trinken Rotwein. Meist fallen mir schon weit vor Mitternacht die Augen zu, und ich bin die Erste, die ins Bett geht. Normalerweise kommt Johannes erst nach, wenn ich bereits eingeschlafen bin, aber heute folgt er mir, als ich aufstehe und gute Nacht sage.

»Marie, kannst du mir jetzt endlich mal sagen, was mit dir los ist?«, fragt er, sobald wir in unserem Zimmer sind und die Tür hinter uns geschlossen haben.

»Wieso? Ich bin eben müde!«

Er winkt ungeduldig ab. »Das meine ich nicht! Wir sind jetzt seit fast zwei Wochen hier. Die ersten Tage schien alles gut, und seitdem bist du komisch. Erst deine merkwürdige Überreaktion auf Sarahs Frage nach deiner Mutter und dann deine ständige Abwesenheit. Du bist gar nicht richtig hier! Tagsüber bist du nicht ansprechbar und vergräbst dich in deine Bücher, abends gehst du mit den Hühnern ins Bett. Was soll das?«

Ich starre ihn an. Es stimmt, ich bin nicht richtig hier.

»Ich weiß nicht«, sage ich mit dünner Stimme. Ich spüre Tränen aufsteigen und so etwas wie leise Panik, mein Herz klopft. »Es ist alles wunderbar schön hier. Das Haus, der Garten, der Pool, die Dachterrasse, der Ort. Alles ist so, wie ich gehofft habe. Die Kinder sind in ihrem Element, Sarah und Frank sind nett und aufmerksam, alles ist perfekt. Aber es stimmt, ich bin nicht richtig hier.«

»Liegt das an mir?«

Ich sehe in sein ruhiges, besorgtes Gesicht, blass geworden unter seiner Bräune, und schüttele den Kopf.

»Nein, mit dir hat das nichts zu tun.«

»Sondern?«

»Was weiß ich? Mit meinem Vater wahrscheinlich und damit, dass der ganze Mist von damals wieder hochkommt!«

Johannes streicht sanft mit der Hand über meine Stirn. »Da drinnen rattert es die ganze Zeit. Warum redest du nicht mit mir darüber? Vielleicht hört es dann auf.«

»Ich will nicht darüber reden! Du weißt doch auch schon alles, da gibt es nichts mehr zu erzählen. Ich will einfach nicht mehr daran denken, ich will das raushaben aus meinem Kopf!«

Tränen laufen über mein Gesicht, Johannes legt die Arme fest um mich, ich rücke etwas von ihm ab. Ich mag nicht umarmt werden, wenn ich weine, es erdrückt mich.

Ich heule so sehr, wie ich es seit Pauls Tod nicht mehr getan habe. Es dauert eine ganze Weile, Johannes sitzt still neben mir. Als endlich keine Tränen mehr kommen und mein Herz wieder normal schlägt, fühle ich mich tief erschöpft und befreit. Ich ziehe mich aus, lasse meine Kleider einfach fallen und krieche nackt, ohne die übliche Prozedur im Bad, direkt ins Bett. Ich merke noch, wie Johannes mich liebevoll zudeckt und das Licht löscht, da bin ich auch schon eingeschlafen.

Nachts wache ich auf und spüre ihn neben mir. Ich höre seinen gleichmäßigen Atem, drehe mich um und schmiege mich an ihn. Ich fahre mit meiner Hand durch sein Haar, er brummt und dreht sich, noch immer im Schlaf, auf den Rücken. Ich lege mich auf ihn und fahre mit meinen Händen seinen Körper hinunter. Seine Augenlider flattern, er seufzt, wird wach, berührt mich. Endlich habe ich das Gefühl, ganz und gar hier zu sein.

***

Am nächsten Morgen fragen wir Sarah und Frank, ob sie bis mittags die Kinder übernehmen könnten. Wir würden gern einmal zu zweit durch Cervo spazieren. Eifrig nicken sie. Fast scheinen sie sich zu freuen, uns eine Weile los zu sein. Oder mich.

Wir haben schon ein paar Tagesausflüge gemacht, waren in Genua und in San Remo, aber hier, im kleinen Cervo, haben wir uns bisher noch nicht einmal die Kirche angesehen. Im erstbesten Café bestellen Johannes und ich einen Espresso, und ich lese ihm aus dem Reiseführer vor.

»Das Dorf Cervo befindet sich auf einem weich zum Meer hin verlaufenden Hügel. Die malerische wie majestätische Pfarrkirche San Giovanni Battista ist das Schmuckstück des Ortes und eines der bedeutenden Zeugnisse der Barockarchitektur in Ligurien. Erbaut wurde die Kirche nach dem Entwurf des Architekten Giò Batta Marvaldi.«

»Steht da nicht, dass sie auch ›Kirche der Korallenfischer‹ genannt wird, weil sie mit Opfergaben von ihnen erbaut wurde?«, fragt Johannes. »Und dass es im Innenraum viele bedeutende Kunstwerke gibt, unter anderem ein hölzernes Kruzifix von Maragliano?«

Er grinst. »Als ich mir die Kirche angesehen habe, bin ich einer redseligen deutschen Dame aus Köln in die Arme gelaufen, und die hat mir das erzählt. Sie hat mir auch von dem Festival für Kammermusik vorgeschwärmt, das im Sommer auf dem Vorplatz der Kirche stattfindet. Leider erst, nachdem wir schon wieder weg sind.«

»Wann warst du denn in der Kirche?«, frage ich verblüfft.

»Vorgestern. Nachmittags, als ihr alle am Strand wart.«

»Und warum hast du nichts gesagt? Ich wäre gern mitgekommen.«

»Ich habe dich gefragt, ob du Lust hast, mitzukommen. Du hast den Kopf geschüttelt und mir viel Spaß gewünscht, ohne von deinem Buch aufzublicken.«

»Sehr witzig«, sage ich hoffnungsvoll.

Aber Johannes verzieht keine Miene.

»Kein Scherz, Marie. Genauso war's!«

Auf unserem Spaziergang durch die schattigen Gassen spielen wir unser altes Spiel. Wir bleiben vor den Häusern stehen, die uns gefallen, und fabulieren, wer wohl darin wohnen mag und was er für ein Leben führt. Wie alt? Wohnt er allein? Wie beginnt sein Tag, und womit endet er?

»Hier, guck mal«, sagt Johannes plötzlich und hält mich fest. Er zeigt auf einen Anhänger in einem winzigen Schaufenster, an dem ich achtlos vorbeigelaufen war. »Ist der nicht schön?« Der Stein ist von einem so wunderbaren Hellblau, dass er in diesem kleinen, unscheinbaren Fensterchen aussieht, als wäre er vom Himmel gefallen. Wie die Träne eines Engels.

Ich nicke.

Johannes öffnet die Tür, lautes Gebimmel ertönt, und ein kleiner, alter Herr kommt uns langsamen Schrittes entgegen. Ich kann kein Italienisch, aber Johannes hat es während seines Jurastudiums ein paar Semester nebenbei an der Uni gelernt und spricht erstaunlich gut. Er zeigt auf den Anhänger im Schaufenster, und der Juwelier antwortet ihm mit wenigen Worten und einem Lächeln. Behutsam holt er den Stein hervor und zieht ihn auf eine goldene Kette. Johannes nimmt das Schmuckstück, führt mich zu einem kleinen Spiegel, legt mir die Kette um den Hals, und fasziniert betrachten wir beide dieses blaue Leuchten auf meiner Haut.

»Fast zu schön, um echt zu sein«, sage ich.

»Zu schön, um nicht echt zu sein«, antwortet Johannes lächelnd.

»Wenn du aus dem Laden gehst und etwa 100 Meter nach links, den Berg hoch, dann kommst du zu einem Café. Da treffen wir uns gleich«, raunt Johannes leise, während er mir die Kette abnimmt. »Ich mach das hier mit dem alten Knaben besser unter vier Augen.«

Ich drehe mich zu ihm um. »Lass das lieber. Er versucht bestimmt, dich übers Ohr zu hauen. Der weiß, was er da hat, und wird einen irren Preis verlangen.«

Johannes lässt sich nicht über den Tisch ziehen, das weiß ich. Aber ich habe eine Ahnung, was solch ein Stein kostet, und ich will nicht, dass er aus einer Laune heraus ein kleines Vermögen für mich ausgibt.

»Willst du diesen Stein haben oder nicht?«

»Er wird viel zu teuer sein!«

»Willst du ihn oder nicht? Ja oder nein?«

»Ja!«

Ich finde das Café sofort. Es liegt auf dem Berg, ganz in der Nähe der Kirche. Ich bestelle ein Wasser und einen Cappuccino. Etwa zehn Minuten später kommt Johannes. Freudestrahlend und wie ein Sieger schwenkt er ein winziges Tütchen in der Hand. Als würde er mir einen Antrag machen wollen, kniet er sich lachend vor mich und legt mir den Anhänger in den Schoß.

»Für dich, du schönste Frau der Welt!«

Er lässt sich neben mich in den Stuhl fallen, und wir sehen einander an. Johannes hat dieses Funkeln in den Augen, das ich so liebe.

»Trinken wir einen Campari?«

»Jetzt, um 11.00 Uhr morgens?«

»Es ist schon 12.00 Uhr.«

»Dann bin ich sofort betrunken!«

»Heißt das ja?«

Ich nicke lachend.

Als zwei Stunden später Sarah und Frank mit den Kindern kommen, habe ich zwei Campari Soda getrunken und fühle mich leicht und unbesiegbar. Stolz zeige ich ihnen mein neues Schmuckstück und sehe an den ungläubig aufgerissenen Augen von Sarah und dem prüfenden Blick, den Frank Johannes zuwirft, dass auch sie diesen Stein für eine Kostbarkeit halten, die man nur mit besonderem Anlass verschenkt. Etwas beschämt lege ich ihn zurück in sein Kästchen.

Nach dem Essen schlage ich vor, dass wir uns alle gemeinsam die Kirche ansehen, aber es stellt sich heraus, dass Sarah und Frank auch schon dort waren und von den Kindern nur Anton Lust hat, mitzukommen. Also bleiben die anderen im Café, und wir steigen zu zweit den Berg hinauf.

Mich interessieren die Kunstwerke in der Kirche nicht besonders. Mir ist mehr danach, einen Moment zu verweilen und für mich zu sein. »Ich setze mich da vorn hin«, sage ich zu Anton. Er nickt. »Ich sehe mir alles an und dann komme ich«, antwortet er.

In diesen Moment der Stille drängt sich, plötzlich und intensiv, der Gedanke an Serge. Ich bin in Paris, in dem Restaurant im Marais, Serge so greifbar nahe. Ich bin kurz davor, die Hand zu heben und sein Gesicht zu berühren. Am nächsten Morgen der Kuss, der gar keiner ist und den ich doch so intensiv spüre. Plötzlich schrecke ich auf. Ich spüre immer noch Serge auf meinen Lippen, aber ich bin wieder im Hier und Jetzt. Ich blicke mich um und suche Anton, kann ihn aber nirgendwo sehen. Was hat er zu mir gesagt, als er kurz wiederkam? Ich habe genickt, aber ich erinnere mich nicht mehr, was er mich eigentlich gefragt hat. Vielleicht wartet er draußen auf mich? Eilig verlasse ich die Kirche, aber da ist er nicht. Ich werfe rasch noch einmal einen Blick hinein, aber auch da sehe ich ihn nicht. Hat er mich gefragt, ob er schon allein zum Café zurückgehen dürfe? Ich renne los, das Café ist die einzige Möglichkeit, sicher wird er da sein. Aber als ich nach wenigen Minuten dort ankomme, sehen mich alle erstaunt an.

»Wo ist Anton?«, fragt Johannes.

»Ist er nicht hier?«, antworte ich mit schriller Stimme.

»Natürlich ist er nicht hier! Er war doch bei dir.«

»Ja, aber dann war er plötzlich weg.«

»Wieso weg?«

Johannes sieht mich misstrauisch und mit leichter Panik in den Augen an.

»Wir waren zusammen in der Kirche. Ich habe mich hingesetzt, Anton hat sich alles angeguckt, dann ist er zu mir gekommen und hat was gefragt, ich habe genickt, und kurz darauf war er weg.«

»Was hat er denn gefragt?«

»Das weiß ich eben nicht mehr.«

»Scheiße, Marie!«, schreit Johannes aufgebracht. »Das kann doch nicht wahr sein, dass du es nicht einmal mehr schaffst, auf deinen eigenen Sohn aufzupassen.«

Viva fängt brüllend an zu weinen.

Ich halte mir die Hände vors Gesicht und heule.

»Na toll. Jetzt heult sie auch noch!«, höre ich Johannes. »Wirklich das Letzte.«

»Halt's Maul«, schreie ich, und sofort weint Viva noch lauter.

Jetzt, endlich, schalten sich Frank und Sarah ein. Sie nimmt Viva auf den Arm, kommt zu mir und redet beruhigend auf mich ein. »Ich bleibe mit den Kindern hier, falls Anton doch zurück zum Café kommt«, sagt sie leise zu mir. »Dann könnt ihr drei ihn suchen. Mach dir keine Sorgen. Es ist ihm nichts passiert. Er hat sich nur ein bisschen verlaufen. Es ist noch nicht dunkel, ihr werdet ihn schnell finden.«

»Wie viele Wege gibt es von hier zur Kirche?«, fragt Frank laut.

»Zwei«, antwortet Johannes. »Man kann hier hoch und dann links gehen, oder man geht geradeaus.«

»Wir sind links gegangen«, sage ich.

»Gut. Dann teilen wir uns auf. Du gehst denselben Weg wie vorhin, und ich nehme mit Johannes den anderen. Wir treffen uns dann bei der Kirche.«

Ich nicke.

Auf dem Weg halte ich so intensiv nach Anton Ausschau, dass mir der Kopf schmerzt. *Bitte, lieber Gott, bitte mach, dass wir ihn finden*. Dass ich das letzte Mal Gott um etwas gebeten habe, muss etwa fünfunddreißig Jahre her sein. Wie eine Irre wiederhole ich diesen Satz immer und immer wieder, bis ich endlich bei der Kirche angelangt bin. Da ist kein Anton. Johannes und Frank sind auch nicht da. Mit tauben Füßen gehe ich in die Kirche. Vielleicht sitzt er dort, wo ich gesessen habe, und wartet auf mich. Nein, hier drinnen ist er nicht, natürlich nicht. Johannes und Frank kommen mir entgegen, ich schüttele nur den Kopf und schwanke Richtung Ausgang.

Ich sehe ihn erst auf den zweiten Blick. Auf dem Vorplatz, in einer Ecke, hockt Anton mit angezogenen Beinen, den Kopf in den Händen vergraben. Ich gehe auf ihn zu, wage nicht, ihn zu berühren, stehe schon unmittelbar vor ihm, und er regt sich immer noch nicht. »Anton«, sage ich leise. Sehr langsam hebt er den Kopf und sieht mich an. Ich schrecke zurück. Sein Gesicht ist weiß, Tränenspuren auf den Wangen, und seine Augen sind voller Vorwurf. »Es tut mir so leid!« Ich drücke ihn an mich, und er bleibt ganz steif, erwidert meine Umarmung nicht. Hinter uns höre ich eilige Schritte. »Anton!«, ruft Johannes. Der macht sich von mir los und wirft sich in die Arme seines Vaters. Ich stehe mit hängenden Schultern da und sehe, wie sein schmaler Körper sich langsam entkrampft.

»Wo warst du?«, fragt er, ohne den Kopf von Johannes' Schulter zu heben.

Ich gehe einen Schritt auf die beiden zu. »Ich war in der Kirche«, antworte ich leise. »Als du nicht wiederkamst, habe ich nach dir gesucht. Ich dachte, du wärst allein zurück zum Café gegangen.«

»Aber ich hatte dich doch gefragt, ob ich eine Kerze anzünden darf! Danach bin ich wiedergekommen, und du warst weg.«

Das hat er mich also gefragt. Während ich die Kirche verlassen habe, um ihn zu suchen, war er auf der anderen Seite gewesen und hatte seine Kerze angezündet.

»Das mit der Kerze habe ich nicht verstanden«, sage ich kläglich. »Ich bin zurück zum Café gerannt, weil ich dachte, du wärest vorgelaufen.«

»Ich wusste nicht mehr, wo das Café ist«, sagt Anton, immer noch mit dem Kopf auf Johannes' Schulter. »Ich habe mich verlaufen. Da bin ich zurück zur Kirche gegangen.«

»Es tut mir schrecklich leid«, sage ich noch einmal und streiche ihm über den Kopf. Er vergräbt ihn noch etwas mehr in Johannes' Schulter, wendet sich aber nicht ab.

»Es war ein Missverständnis, weißt du?«, höre ich Johannes flüstern. Anton nickt zögernd.

Schweigend gehen wir zurück zum Café. Ich mit schlotternden Knien, Anton auf den Schultern von Johannes, Frank hinter uns her. Als wir dort ankommen, rennt Viva auf Anton zu, zerrt ihn fast von Johannes Schultern und umarmt ihn stürmisch.

Ich sehe zum ersten Mal seit der Szene im Café Johannes an. Ich versuche ein Lächeln, das mir nicht gelingt und das er auch nicht erwidert.

»Marie, drehst du jetzt durch?«, fragt Johannes mich ruhig, kaum dass wir zurück im Haus und unter vier Augen sind.

Ich schüttele den Kopf. »Nein! Es war einfach eine dumme Verkettung von Zufällen. Dass wir gedankenlos nicken und nicht richtig zuhören, wenn unsere Kinder uns etwas fragen, das passiert uns doch allen einmal. Dann habe ich Anton gesucht, während er auf der anderen Seite der Kirche war. Als ich ihn auch auf dem Vorhof nicht gefunden habe, bin ich zum Café gelaufen. Anton hingegen hat mich in der Kirche gesucht und sich dann anschließend verlaufen. Das war's.«

Johannes zuckt mit den Schultern. »Mag sein, aber in diesem Fall hättest du eben richtig zuhören müssen. Das hätte nicht passieren dürfen!«

»Erinnerst du dich, wie es war, als du kürzlich mit Viva auf dem Spielplatz warst und sie plötzlich verschwunden war? Das hätte auch nicht passieren dürfen!«

Viva hatte, von Johannes unbemerkt, den Spielplatz mit ein paar älteren Kindern verlassen und war erst nach einer ganzen Weile, nachdem Johannes jeden Zentimeter des Spielplatzes abgesucht hatte, mit einem Eis in der Hand wieder aufgetaucht.

»Das stimmt«, lenkt Johannes zögernd ein. »Trotzdem habe ich das Gefühl, du bist irgendwie nicht du selbst.«

Er schüttelt den Kopf, starrt vor sich hin. Ich gehe zu ihm, lege meine Arme um seine Schultern, meine Stirn an seine und schließe die Augen. Johannes drückt mich an sich und lässt mich eine ganze Weile nicht wieder los. »Jetzt ist doch alles wieder gut«, sage ich leise.

Erst spät am Abend, als wir zu viert mit Sarah und Frank auf der Dachterrasse sitzen, stellt sich heraus, dass wir heute Nachmittag doch etwas Kostbares verloren haben. Der Anhänger, den Johannes mir geschenkt hat, ist weg! Wir haben ihn in der großen Panik gestern im Café vergessen. Auch Sarah und Frank haben ihn nicht eingesteckt. Während ich schon wieder den Tränen nahe bin und das Gefühl habe, dass wir mehr verloren haben als einen teuren Anhänger, ist Johannes die Ruhe selbst. Er tröstet mich. Anton sei wohlbehalten, das sei die Hauptsache. Die Kette sei ersetzbar, sagt er mit einem feinen Lächeln. Selbst Frank und Sarah blicken ihn etwas erstaunt an. Am nächsten Morgen fragen wir in dem Café nach, ob der Anhänger dort abgegeben worden sei, aber natürlich winken sie ab, schütteln bedauernd den Kopf. Wieder habe ich dieses Gefühl, etwas Besonderes verloren zu haben und allein daran schuld zu sein. Johannes liest meine Gedanken.

»Wir haben doch alles, worauf es ankommt«, sagt er leise. »Der Anhänger ist nicht wichtig.«

Als ich mittags allein im Bad bin, höre ich ein leises Pling in meiner Tasche. Ich stehe gerade vorm Spiegel und binde mir die Haare zu einem Zopf. Johannes wartet unten mit den anderen, wir wollen alle an den Strand fahren. Rasch hole ich mein Handy aus der Tasche und blicke aufs Display. Eine Nachricht von Serge.

Mit seinen Worten im Kopf laufe ich die Treppe runter. »Was strahlst du denn so?«, fragt Anton, als ich komme. Im Vorbeigehen knuffe ich ihn in die Seite. »Nur so. Ist doch ein schöner Tag, oder?« Er nickt mit leuchtenden Augen. Ich bin froh und dankbar für dieses sorglose Strahlen. In seinem Jungengesicht ist keine

Spur mehr von dem gestrigen Schock, den ich ihm bereitet habe.

Später am Strand liege ich mit Johannes in der Sonne, spüre seinen Kopf auf meinem Bauch, fahre ihm mit der Hand durchs Haar. Ich höre die Kinder spielen, das Meer rauschen, atme tief durch und merke, dass es mir endlich gelingt, mich zu entspannen. Mit einem Glücksgefühl im Bauch setze ich mich auf: »Heute Abend lade ich euch alle zum Essen ein«, verkünde ich. »Ich koche.«

Johannes ist bei uns der Alltagskoch. Ich bin die Köchin für besondere Gelegenheiten. Aufwendig und gut. So, wie ich es von Paul gelernt habe. Bisher hatte ich hier keine Lust dazu, aber heute Abend freue ich mich, ein Festessen zu zaubern.

Als ich am späten Nachmittag allein bin, hole ich mein Handy hervor und lese noch einmal Serges Nachricht.

Bin nächste Woche Donnerstag in Hamburg. Lust, mich abends zu sehen? Serge

Heute ist Mittwoch. Nächste Woche Donnerstag werden wir seit vier Tagen wieder in Hamburg sein.

Gerne. Treffen um 20.30 Uhr im »Mess«, Turnerstraße? Marie

Ich drücke auf Senden, dann gehe ich unter die Dusche. Lange stehe ich unter dem kräftigen Duschstrahl und lasse das Wasser auf mich prasseln. Dann trockne ich mich langsam ab und creme mich ein. Ich bin braun geworden. Nackt gehe ich ins Schlafzimmer und gucke, wie beiläufig, auf mein Handy. Eine neue Nachricht.

Ich werde da sein. Freu mich. Serge.

Abends helfen Anton und Viva mir in der Küche beim Kleinschneiden, Emilia und Nina decken den Tisch. Johannes, Sarah und Frank sitzen im Garten und trinken Campari Orange. Ich vertiefe mich ins Kochen. Schon bald verliert Viva die Lust und rennt zu den anderen. Nur Anton bleibt an meiner Seite. Er sitzt am Tisch und schnippelt das Gemüse, während ich den Fisch filetiere und in Streifen schneide.

»Wusstest du, dass Jesses Vater auszieht?«, fragt er plötzlich.

Ich sehe ihn erstaunt an. »Unsinn«, sage ich.

Aber Anton nickt bekräftigend. Jesse ist in Antons Klasse. Sie spielen zusammen Fußball und sind gute Freunde. Jesses Eltern sind sehr nett, etwas langweilig und sehr bodenständig. Sie ist immer aufmerksam, immer freundlich, immer ausgeglichen.

»Wie kommst du denn darauf? Ich habe mich doch gerade erst kürzlich mit Jesses Mutter unterhalten.«

»Vielleicht wollte sie es dir nicht erzählen. Jesse hat es mir gesagt. Seine Mutter hat rausbekommen, dass sein Vater eine Freundin hat. Da hat sie ihn rausgeschmissen!«

Ich sehe Anton mit großen Augen an, während ich die Kräuter wasche und die Zitrone auspresse.

»Seine Mutter hat auf seinen Vater eingehauen, und

das hat Jesse gesehen, weil er gerade ins Zimmer kam« fügt er nüchtern hinzu.

»Jetzt hör aber auf!«

Anton guckt mich ernst an. Er ist noch immer mit dem Kleinschneiden beschäftigt. Die Zwiebeln sind geschält, die abgebrühten Tomaten kleingehackt, die Knoblauchzehen auch. Fehlt noch der Fenchel.

»Das stimmt! Da hatte sie es gerade erfahren und war eben wütend. Wieso macht Jesses Vater denn auch so was? Er hat doch eine Frau. Wenn man dann doch eine andere will, braucht man ja gar nicht erst zu heiraten. Und Kinder zu bekommen!«

»Ja«, sage ich, nicht ganz bei der Sache. Ich erhitze das Öl in der Pfanne und dünste das Gemüse mit den Zwiebelringen. Es darf nur kurz schmoren, dann müssen Kräuter, Honig und Zitronensaft untergemischt werden. »Ja, du hast recht«, sage ich währenddessen zu Anton. »Aber manchmal liebt man jemanden und glaubt fest daran, dass man ihn immer lieben wird. Man heiratet, bekommt Kinder. Und dann verändert sich etwas. Der eine. Oder der andere. Oder beide. Und man versteht sich nicht mehr.«

»Kann das jedem passieren? Auch bei Papa und dir?«, fragt Anton mit banger Stimme hinter meinem Rücken.

Das Ganze muss jetzt fünfzehn Minuten köcheln. Ich setze mich zu Anton an den Tisch und schüttele lächelnd den Kopf. »Nein. Weißt du, das passiert, wenn man sich auseinanderlebt. Nicht mehr so viel miteinander spricht. Nicht mehr so viel gemeinsam macht. Das ist bei Papa und mir überhaupt nicht so.«

»Aber ihr versteht euch auch manchmal nicht«, hakt Anton nach.

Ich rühre noch einmal die Selleriesuppe um, die ich schon heute Nachmittag gemacht habe, stelle die Flamme klein und setze mich wieder zu Anton an den Tisch.

»Natürlich streiten wir manchmal. Streit gehört zur Liebe dazu. Man kann nicht immer einer Meinung sein. Das wäre ja auch langweilig. Und um den anderen zu verstehen, muss man sich dann eben auseinandersetzen. Es heißt ja auch miteinander streiten. Nicht gegeneinander.«

»Also bleibt ihr für immer zusammen?«, fragt Anton.

Er will es genau wissen.

»Ja, ich glaube, dass wir für immer zusammenbleiben«, sage ich, ohne zu zögern. Anton lächelt mich an, ich lächle zurück. Thema beendet. Ich verteile die Tomaten-Fenchel-Mischung aus der Pfanne über den Fisch und schiebe beides in den Ofen. »In fünf Minuten ist die Suppe fertig«, rufe ich in den Garten.

Ich bin überrascht. Der Tisch ist fein gedeckt. Johannes hat mit einem weißen Bettlaken improvisiert. Sogar einen Kerzenleuchter haben sie gefunden. Die Mädchen laufen ins Haus und kommen in ihren Lieblingskleidern wieder. Alle setzen sich. Ich tische die Suppe auf. Der Abend wird ein Fest. Alles stimmt. Die Stimmung, das Essen, der Wein. Als alle den Fisch mit Fenchelgemüse und Honig loben, erklärt Anton stolz, dass er maßgeblich daran beteiligt gewesen sei. Die Kinder sind ganz beseelt. Braun, rotwangig und mit strahlenden Gesichtern sehen sie alle aus wie Bilderbuchferienkinder. Es ist schon nach Mitternacht, als wir sie zu Bett bringen. Zu viert sitzen wir noch lange auf der Dachterrasse. Dort sieht man nur die Sterne und das Meer glitzern. Obwohl wir hier fast jeden Abend gesessen haben und immer einen klaren Blick hatten, kommt es mir so vor, als hätten die Sterne und das Meer sonst nie so gefunkelt wie heute. Wir hören das ferne Rauschen der Wellen, reden leise, trinken Rotwein. Eine Nacht, in der alles stimmt.

Was ich mir vorgenommen hatte, gelingt mir in den letzten Tagen endlich. Abschalten. Mit Johannes und den Kindern satte Ferientage genießen.

***

Auf dem Rückflug spüre ich immer noch die Sonne auf meiner Haut. »Wie machen wir das jetzt morgen?«, fragt Johannes neben mir.

Morgen früh müssen wir die Kinder zu Johannes' Eltern bringen. Sie fahren mit ihnen für eine Woche an die Nordsee.

»Ich bringe sie weg, bevor ich in den Verlag fahre«, antworte ich.

»Und dann kommen sie Freitag wieder?«

Ich nicke.

»Dann haben wir ja die ganze Woche abends sturmfreie Bude«, antwortet Johannes und grinst mich an. »Hast du schon was vor?«

»Nur Donnerstag.«

»Was denn?«

»Ich treffe mich mit diesem Serge. Der ist zufällig in Hamburg.«

»Ist das dieser etwas durchgeknallte Regisseur, der auch mit in Paris war?«, fragt Johannes.

»Ja, genau der. Aber durchgeknallt ist der nicht!«

»Mir war so, als hättest du mal erzählt, dass er ziemlich neben der Spur war früher« sagt Johannes leichthin. »Dann können wir ja Dienstagabend weggehen«, fügt er hinzu.

»Ja, gern.« Ich lächle ihn an. »Dieses Mal bist du dran. Ich lass mich überraschen.«

Vier

Kaum haben wir geklingelt, öffnet sich schon die Tür. Große Freude auf den Gesichtern der Großeltern. Beate, Johannes' Mutter, umarmt mich herzlich. »Gut siehst du aus« sagt sie. Und leise, nur zu mir: »Wird schon.« Viva springt noch einmal in meine Arme, Anton kuschelt sich an mich. Ich küsse beide, wünsche allen viel Spaß und bin weg.

Im Auto zittern mir die Hände so stark, dass ich einen Moment warten muss, bevor ich losfahren kann. Tränen schießen mir in die Augen. Das tröstende *Wird schon* von Beate bezog sich natürlich auf Pauls Tod, aber es fühlte sich an, als stünde mein ganzes Leben auf dem Kopf, und sie würde es mir ansehen. Als ich im Verlag ankomme, habe ich mich wieder im Griff. Auf meinem Schreibtisch liegt ein Zettel: »Porträt A. E. fürs nächste Heft fertig machen!« A. E. ist eine deutsche Komikerin. Schon vor meinem Urlaub hatte ich ein langes Telefoninterview mit ihr geführt. Die Geschichte ist so gut wie fertig, ich muss nur noch alles zusammenfügen. Nachmittags ruft Johannes mich an. Er käme heute Abend spät, sie würden noch mit einem wichtigen Mandanten essen gehen.

Abends auf dem Weg nach Hause melde ich mich spontan bei Freya, eine Stunde später stehe ich mit Sushi und einer Flasche Rotwein vor ihrer Tür. Freya lächelt nicht, sie strahlt, ihre klaren, blauen Augen leuchten wie Scheinwerfer, und selbst ihre vielen Sommersprossen haben einen besonderen Schimmer. Sie küsst mich nicht, wie sonst, links und rechts auf die Wange, sondern schließt mich in ihre Arme und drückt mich an sich.

Irgendetwas ist passiert.

Ich sehe sie prüfend an, aber sie weicht meinem Blick aus, immer noch dieses Strahlen im Gesicht.

»Nun erzähl schon«, sage ich, als wir endlich anstoßen.

Wir sitzen im Garten auf den Verandastufen nebeneinander, Freya hat ihr Glas Rotwein wieder abgestellt, ohne zu trinken.

»Ich bin schwanger«, platzt Freya heraus. Sie sieht mich so erwartungsfroh an. Ich spüre nichts. Gleich springt bestimmt der Funke über, ich werde mich auch freuen. Aber nichts passiert. Damit sie es nicht merkt, stehe ich schnell auf und nehme sie in die Arme.

»Das ist toll«, flüstere ich. »Großartig.«

»Und es kommt noch viel toller«, gurrt sie in einem Ton, den ich gar nicht von ihr kenne. »Stell dir vor, Michel zieht nach Hamburg! Für immer!«

Freya und Michel haben sich vor zehn Jahren in seiner Heimatstadt Paris kennengelernt. Zwei Jahre hat sie mit ihm dort gelebt. Dann haben sie geheiratet und sind gemeinsam zwischen Paris und Hamburg gependelt. Seit Julias Geburt lebt Freya in Hamburg, und Michel pendelt weiter. Es ist ein ungewöhnliches Lebensmodell für eine Familie, aber es ging all die neun Jahre immer gut. Und nun, ganz unverhofft, erzählt Freya, habe Michel einen Job in Hamburg angeboten bekommen. Ein Traumjob. Internationales Unternehmen, stark in Frankreich expandierend, und Michel würde direkt in die Geschäftsführung einsteigen.

»Klingt perfekt«, sage ich.

Freya beugt sich vor, sieht mir in die Augen. »Es ist perfekt, absolut perfekt. Und wir sind dann eine richtige Familie mit allem Drum und Dran.«

»Und dann mutierst du zur perfekten Vollzeitmutti?«, entfährt es mir. Sie wirft ihr langes, rotes Haar in den Nacken und lacht dieses typische Freya-Lachen. Aus vollem Halse, fast obszön, sehr sinnlich. »Ja, genau. Und dann werde ich Milchmutter«, gluckst sie. In Antons Schule verkaufen ein paar Mütter in der großen Pause Brötchen, Kakao und Milch. Die Milchmütter. »Klingt wie Melkkuh«, hatte Freya gesagt, als ich ihr davon erzählt habe. »Kein Mann würde sich jemals freiwillig dafür melden, allein wegen dieses Namens«, hatte ich ihr beigepflichtet.

Andere würden sich angegriffen fühlen, Freya überhört den Biss und sieht meine Frage einfach als Witz. Zu abwegig, der Gedanke, sie könne wegen Familie und Kindern ihren Beruf hintanstellen. Für ihre Reportagen hat sie bereits mehrere Preise erhalten. Sie ist immer an vorderster Front. Wenn die Redaktionen einen Spürhund suchen, der Skandale in Wirtschaft und

Politik aufdeckt, an die sich sonst keiner traut, dann kommen sie zu Freya. Sie schöpft ihr Potential voll aus und wirft mir vor, dass ich es nicht tue. Sie behauptet, ich würde für das beste Nachrichtenmagazin des Landes schreiben, aber nichts bewegen. Ich hätte mich bequem zurückgelehnt in meiner kleinen komfortablen kulturellen Kuschelecke. Mag sein. Aber ich will auch gar nichts bewegen. Mir gefällt es in meinem Mikrokosmos. Ich will meinen Frieden, gelegentlich kluge Gespräche mit klugen Menschen führen und darüber schreiben. Nicht mehr und nicht weniger.

Ich sehe in Freyas immer noch strahlendes Gesicht, und plötzlich spüre ich die Wärme, auf die ich vorhin vergeblich gewartet habe. »Freut mich wirklich sehr«, sage ich und zeige lächelnd auf ihren Bauch. »Und mit Michels Job, ist das schon sicher?«

»Er hat den Vertrag gestern unterschrieben!«

Wir schmieden gemeinsam Pläne. Michel wird seine riesige Altbauwohnung mitten in Paris verkaufen, schließlich haben sie noch das Haus am Stadtrand, Familienbesitz, das sie natürlich behalten werden. Sie wollen sich hier ein Haus mit Garten suchen. Nein, nicht außerhalb der Stadt, beruhigt Freya mich. Ich glaube wirklich, ich habe ihre Augen noch nie so strahlen sehen.

»Das ist grade so ein magischer Moment, du bist wunschlos glücklich, stimmt's?« Freya nickt still.

Ich nicht. Der Gedanke blitzt ohne Vorwarnung durch meinen Kopf. Ich habe auch alles. Den Mann meines Lebens, wunderbare Kinder, ein schönes Zuhause, einen Beruf, den ich liebe, Schwiegereltern, die mich in allem unterstützen.

»Du doch auch?«, höre ich Freya sagen.

Das Fragezeichen ist kaum hörbar.

»Ja, klar«, sage ich.

Mein Mund zuckt leicht, als ich lächele. Ich hoffe, Freya bemerkt es nicht.

»Marie, entschuldige«, sagt Freya leise. »Ich habe gar nicht an deinen Vater gedacht.«

Ich schüttele rasch den Kopf.

»Nein, nein, schon gut.«

»Aber irgendetwas lastet doch auf dir«, insistiert sie.

Ihre Augen leuchten immer noch, aber sie hat jetzt ihren typischen Röntgenblick: Sag es mir, ich erfahre es so oder so.

Ich lächle. Dieses Mal schaffe ich es ohne Zucken. »Es ist nichts, wirklich. Es geht mir gut, aber es ist alles noch so frisch. Die Gedenkfeier, die Reise nach Paris.« Serge, der in meinem Kopf sitzt.

Freya drückt meine Hand, nimmt mich in den Arm.

»Das wird wieder«, sagt sie leise.

Und wie wird das? Ich freue mich wie verrückt auf Donnerstag. Ich denke an nichts anderes.

»Ja«, sage ich. »Sicher.«

Sie sieht mich nachdenklich an, beißt sich auf die Lippen.

»Na, sag es schon«, fordere ich sie auf.

Mein Herz macht einen Satz. Vielleicht fragt sie jetzt. Sage ich es ihr dann?

»Hast du eigentlich schon einmal richtig laut geschrien und geweint seit Pauls Tod? Dir deinen Kummer von der Seele geheult?«

Ich schüttele unwillig den Kopf. »Nein, hab ich nicht. Was soll das, Freya? Du weißt, dass das nicht meine Art ist. Du bist die Emotionale von uns beiden, machst alles mit Feuer und Inbrunst. Ich bin da anders, sowohl im Job als auch sonst, kapier das doch endlich, und nimm es so hin.«

Sie lächelt beschwichtigend.

»Ich kapiere es ja, und ich nehme es auch so hin. Du sollst ja nicht so sein wie ich, meine Güte. Aber ich glaube einfach nicht, dass es dir guttut, immer alles zwanghaft unter Kontrolle haben zu wollen und bloß keine Gefühle, und schon gar keine negativen, nach außen dringen zu lassen.«

»Also erstens bin ich nicht zwanghaft, und zweitens bin ich sicher nicht so, dass ich nichts Negatives nach außen dringen lassen will. Du weißt genau, dass meine Mutter so ist, dass sie krampfhaft immer alles in einem goldenen Licht darstellt und dass das für mich das Allerletzte ist!«

Ich höre Freya einmal durchatmen, bevor sie antwortet.

»Ich habe nie gesagt, dass du so bist wie deine Mutter. Ich habe nur gesagt, dass du unbedingt immer alles unter Kontrolle haben willst. Und das willst du doch auch, oder?«

Ich zucke nur mit den Schultern.

»Ja«, sage ich. »Aber nicht zwanghaft.«

Freya grinst, und ich lasse sie gewähren, lächele mit ihr auf meine Kosten.

Ja, ich will immer unbedingt alles unter Kontrolle haben. Ich kann mich nämlich allzu gut daran erinnern, wie es war, als ich das nicht hatte.

Ich habe Freya nie von diesem Jahr erzählt, als ich plötzlich keine Mutter mehr hatte und mich ins Dunkle fallen ließ. Auf einmal nicht mehr behütet und nicht mehr geliebt, am wenigsten von mir selbst. Wenn sie davon wüsste, würde sie vielleicht besser verstehen, was es für mich bedeutet, mein Leben unter Kontrolle zu haben. Aber ich werde es ihr nicht erzählen. Mir selbst ist das düstere Mädchen von damals viel zu fremd, als dass ich es Freya nahebringen könnte oder wollte.

Als ich gehe und schon draußen vor der Tür stehe, drehe ich mich noch einmal um. »Würdest du das von Johannes eigentlich auch behaupten, dass er immer alles unter Kontrolle haben will?«

Sie überlegt.

»Johannes ist ein Fall für sich. Er ist gelassen, in sich ruhend. Mit sich und der Welt im Einklang.«

»Bin ich das nicht?«, frage ich leichthin.

»Ich glaube, du hast mehr offene Fragen. Zumindest im Moment.«

Ich umarme Freya zum Abschied.

»Wie gut, dass es dich gibt«, sage ich leise. »Pass auf dich auf«, füge ich, schon auf der Treppe, hinzu.

Sie hat recht. Johannes ist mit sich und der Welt im Einklang. Ich im Grunde auch. Aber ich gerate leichter ins Schwanken als er.

Für Dienstagabend hat Johannes eigentlich einen Tisch in unserem Lieblingsrestaurant bestellt. Aber es ist ein heißer Tag und auch abends noch so warm, dass man am liebsten nichts tun möchte. Johannes kommt mit einer Flasche Rosé nach Hause, und wir entscheiden, uns nach draußen auf die Veranda zu setzen, den Wein zu trinken und uns Pizza zu bestellen. Das erinnert mich an die Abende in Cervo auf der Dachterrasse.

***

Am Donnerstag habe ich einen konzentrierten Tag in der Redaktion. Keine Zeit, an meine Verabredung mit Serge zu denken. Abends bleibt mir eine knappe Stunde zum Fertigmachen. Johannes wird heute erst sehr spät kommen, ich bin also allein. Ich dusche, trockne mich ab und betrachte mich im Spiegel. Johannes sagt immer, ich hätte einen Jungmädchenkörper. Ich bin immer noch richtig braun. Ich sehe nach Ferien aus. Keine Sorgenfalten, keine Ringe unter den Augen. Meine Haare sind lang geworden, sie reichen mir bis weit über die Schultern. Ich wickle sie in ein Handtuch. Dann kommt die Kleiderfrage. Jeans, dachte ich eigentlich. Als ich mich in Jeans und T-Shirt im Spiegel betrachte, ist mir doch nach etwas mehr Glamour. Ich ziehe stattdessen ein schwarzes Wickelkleid an. Nein, auch nicht das Richtige. Es ist immer noch Trägerkleidchenwetter. Das Restaurant hat einen kleinen Garten. Den Tisch habe ich für draußen reserviert. Ich probiere also ein lässiges, sandfarbenes Sommerkleid, ausgeschnitten, knielang. Das ist es. Meine Haare sind noch feucht, bis ich dort bin, werden sie getrocknet sein. Ich bringe sie mit den Fingerspitzen in Form, streiche sie mir aus dem Gesicht. Fertig. Jetzt noch etwas Wimperntusche und Lipgloss. Ich sehe in den Spiegel und bin zufrieden. Alles total banal. Alles wichtig. Ich greife nach meiner Tasche und mache mich auf den Weg.

Als ich ankomme, sitzt er sehr entspannt im Garten. Er blickt erst auf, als ich direkt vor ihm stehe, steht auf und umarmt mich.

»Nett hier«, sagt Serge. »Kannte ich gar nicht.«

»Ja, ich war auch lange nicht hier. Aber das Essen war immer gut. Und ich wollte gern irgendwohin, wo wir draußen sitzen können. Ist doch schön hier mit dem Garten, oder?«

Serge lächelt. Was rede ich bloß?

»Wie geht es dir?«, fragt er.

»Gut, und dir?«, antworte ich schnell.

»Danke, ich kann nicht klagen.« In seiner Stimme liegt leise Ironie.

Ich sehe ihn an. »Es geht mir gut, aber mein Vater fehlt mir. Ich denke häufiger an ihn als vorher. Irgendwas hat sich verändert seitdem.«

Warum sage ich das? Er ist mir nicht so vertraut, dass ich ihm gleich von meinen Gefühlen erzählen muss.

Serge nickt. »Als ich heute Morgen nach Hamburg fuhr, habe ich auch kurz daran gedacht, Paul anzurufen. Erst als ich mein Handy aus der Tasche holte, um seine Nummer zu wählen, fiel es mir wieder ein.«

Mein Mund zuckt. Schnell ein anderes Thema. Ich frage ihn, was er heute in Hamburg gemacht hat. Er erzählt von seinem Treffen mit einem jungen, noch unbekannten Schauspieler, der die Hauptrolle in seinem nächsten Film spielen soll. Der habe richtig gebrannt, obwohl er nur mit einer kleinen Rolle gerechnet habe. Als Serge ihm erzählte, dass er ihn für die Hauptrolle vorgesehen habe, freute der sich wie ein kleines Kind, und es sei toll gewesen, ihm dabei zuzusehen. Serges Augen leuchten.

»Und du?«, fragt er. »Frisch zurück aus dem Urlaub?«

»Ja, aus Italien. Seit Montag sind wir wieder hier.«

»Wo da?«

»Italienische Riviera, Cervo.«

Er lehnt sich zurück, lächelt.

»Cervo? Das kenne ich, wir haben da mal gedreht. Viele kleine Gassen, idyllisch. Und mittendrin ist doch diese schöne Kirche. Ich war ein paarmal allein dort. Man war da so aus der Welt, konnte seine Gedanken einfach treiben lassen und ganz vergessen, wo man ist.«

Ich starre ihn an. Die Kirche, ausgerechnet.

»Ja«, sage ich. »Ging mir auch so.«

Kurz darauf kommt unser Essen. Während wir einander gegenübersitzen und schweigend unseren Loup de Mer probieren, merke ich, wie sehr ich mich freue, ihn zu sehen.

Paris ist jetzt fast zwei Monate her.

Serge sagt etwas und lächelt mich an. Ich habe nicht zugehört.

»Wie bitte?«

»Der Fisch. Er schmeckt sehr gut.«

Ach, der Fisch. Ich nicke.

Eine Haarsträhne löst sich hinter meinem Ohr. Serge hebt die Hand und streicht sie mir aus dem Gesicht. Nur eine kleine Geste, ein winziger Moment, aber ich bin wie erstarrt.

»Entschuldige«, sagt er leise.

Ich schüttele den Kopf. »Nein. Es ist meine Schuld. Alles in Ordnung.«

Mein Herz schlägt immer noch einen Takt schneller.

»Weißt du eigentlich, dass es dein Vater war, der mich zur Schauspielerei gebracht hat?«, fragt Serge.

Ich schüttele den Kopf.

»Es war diese Zeit, in der ich weder mit meiner Mutter noch mit Leo geredet habe. Eigentlich mit niemandem, nur ab und an mit Paul. Einmal gab er mir, als wir uns verabschiedeten, einen abgerissenen Zettel. ›Vielleicht gehst du mal hin‹, sagte er beiläufig. Da stand was von einem Casting. Der spinnt, dachte ich. Aber ich ging tatsächlich hin.«

Serge sieht mich an.

»Interessiert dich das überhaupt? Das ist ja ewig her und längst vergessen, eigentlich.«

»Natürlich interessiert mich das!«

»Es handelte sich um keine besonders große Rolle. Es ging um einen Jugendlichen, der immer wieder Ausfälle hat und durchdreht, keiner weiß, warum. Ich war sofort gepackt. Bevor ich an der Reihe war, sah ich eine Reihe anderer Jungen spielen. Einige waren nicht schlecht. Aber keiner traf es. Als ich auf der Bühne stand, spielte ich nicht diesen psychotischen Jungen. Ich war er. Als mein Auftritt beendet war, war es einen Moment ganz still. Dann räusperte sich der Regisseur und sagte: ›Das Casting ist beendet. Ihr könnt alle nach Hause gehen.‹ Als ich aufstand, hielt mich der Regisseur zurück. ›Du nicht‹, sagte er. ›Das ist deine Rolle.‹ So fing alles an.«

Serge schweigt einen Moment, in Gedanken versunken. Ich starre auf seine Hände und wünsche mir, dass er mich noch einmal berührt. Er trägt Jeans und ein schwarzes T-Shirt mit kurzem Arm. Er sieht sexy aus. Sein Blick hängt irgendwo zwischen den Bäumen, seine Gedanken Jahre, Jahrzehnte weit weg. Dann taucht er wieder auf, lächelt flüchtig, fährt fort.

»Ich hab Glück gehabt. Als ich Paul das nächste Mal traf, sagte ich ihm, ich würde ihm ewig dankbar sein. ›Was für ein Zettel? Was für ein Casting?‹, fragte er erstaunt. Angeblich konnte er sich an nichts erinnern.« Serge sieht mich an. »Ich glaube, er wollte einfach keine Dankbarkeit.«

»Ja, das passt. Keine Dankbarkeit annehmen, keine Verantwortung übernehmen.«

Er zieht eine Augenbraue hoch. »Warum bist du so streng mit ihm?«

»Bin ich gar nicht. Er ist eben so. War so.«

Wieder seine Hand auf meinem Gesicht. Ruhig und sanft streicht sie meine Tränen weg. Ich halte sie fest.

»Jetzt schmecken deine Fingerspitzen nach Salz«, sage ich und berühre sie flüchtig mit den Lippen. Er starrt mich an. Ganz kurz bin ich versucht, meinen

Mund zu öffnen und ihn meine Zunge spüren zu lassen, um zu sehen, was dabei in seinen Augen vorgeht.

»Entschuldige«, sage ich leise und lasse seine Hand los.

Ich blicke mich um und sehe erstaunt, dass wir die letzten Gäste sind.

»Wir würden gern schließen.« Die Kellnerin steht vor uns. »Ich wollte euch das eigentlich schon früher sagen, aber ihr wart so ins Gespräch vertieft!«

Ich sehe auf die Uhr. Es ist schon fast eins.

»Entschuldigung«, sagt Serge. »Dann zahle ich jetzt. Sollen wir noch mit die Tische hochstellen?«

Er grinst und die Kellnerin lächelt.

Serge zahlt, gibt ihr ein großzügiges Trinkgeld und bittet sie, ein Taxi für uns zu bestellen.

Als wir vor die Tür treten, ist das Taxi schon da. Wir steigen ein, und er nennt meine Adresse.

»Sie können mich hier an der Ecke rauslassen«, sage ich, als wir in unsere Straße einbiegen.

Serge steigt mit mir aus. »Wo wohnt ihr jetzt genau?«, will er wissen, als wir auf dem Bürgersteig stehen. Ich zeige auf unser Haus.

»Dann verabschiede ich mich hier. Der Freund, bei dem ich übernachte, wohnt nur ein paar Straßen weiter.«

Er nimmt mich in den Arm. »Bis bald, Marie. Pass auf dich auf.« Ich spüre seine Lippen an meinem Ohr. »Es war sehr schön«, murmele ich. Dann lassen wir los, stehen einander gegenüber.

»Geh jetzt«, sagt er.

Also gehe ich. Als ich mich noch einmal umdrehe, ist er schon verschwunden.

Johannes schläft zum Glück schon. Ich gehe ins Bett, fest davon überzeugt, lange wach zu liegen. Stattdessen schlafe ich sofort ein.

Morgens ein flüchtiger Kuss von Johannes. »Schlaf ruhig weiter, Prinzessin.« Ich höre ihn aufstehen, duschen, in der Küche hantieren. Ich bleibe liegen, die Augen geschlossen. Kurz darauf verabschiedet er sich. »Bis heute Abend, viel Spaß mit Anton und Viva.«

Ich arbeite freitags nicht in der Redaktion. Meistens nutze ich die Ruhe allein zu Hause, recherchiere oder schreibe bis mittags und hole dann die Kinder ab. Heute kommen Anton und Viva von der Nordsee zurück.

Ich mache alles so wie geplant. Bis mittags arbeite ich. Dann gehe ich auf den Isemarkt und kaufe ein für abends. Freya und Michel kommen zu uns zum Essen. Fleisch, Kartoffeln, Gemüse, Kräuter, Obst, Blumen. Nudeln und Erdbeeren für die Kinder. Alles ist so, wie es sein soll. Ich freue mich auf Viva und Anton. Ich bin gespannt auf den Abend zu viert. Werden sie anders miteinander sein, Michel und Freya? Bisher waren sie, trotz Julia, immer sehr lässig und autark. Beide mit hoch dotierten anspruchsvollen Jobs, sie in Hamburg, er in Paris, immer unterwegs, hoch ambitioniert. Jetzt erwarten sie ein zweites Kind, werden gemeinsam in einer Stadt leben, eine *richtige* Familie sein, wie Freya es nannte.

Eine richtige Familie.

Der Gedanke an Serge überfällt mich. Plötzlich spüre ich seine Hand auf meiner Wange, die mir das Haar zurückstreicht. Intensiver könnte das Gefühl kaum sein, wenn er tatsächlich hier wäre und mein Gesicht berühren würde. *Ob seine Fingerspitzen wirklich nach Salz geschmeckt hätten?* Ich lausche, ob mein Handy klingelt. Ob es eine neue Nachricht für mich anzeigt oder einen Anruf. Aber nichts. Ich habe keine Ahnung, wie der gestrige Abend für Serge war. Ob er sich überhaupt Gedanken darüber macht. Schließlich ist nichts passiert. Vielleicht war es einfach ein netter Zeitvertreib für ihn. Vielleicht war er schlicht irritiert, als meine Lippen seine Finger streiften. Oder einfach nur erstaunt. Vielleicht war es Verlegenheit, was ich in seinen Augen gesehen habe. *Geh jetzt.* Hat er das wirklich gesagt, weil es ihm schwerfiel, mich gehen zu lassen? Vielleicht hat er auch einfach nur erkannt, dass es mir schwerfiel, zu gehen.

Ich schiebe den Gedanken an Serge beiseite. Lächerlich, dem so viel Bedeutung beizumessen. Ich bin neununddreißig Jahre alt, und ich habe alles. Alles, was ich mir wünsche.

Am späten Nachmittag klingele ich bei Johannes' Eltern. »Mama!«, höre ich Viva schon von drinnen schreien. Die Tür wird aufgerissen, Viva springt mir in die Arme, Anton umklammert meine Beine. Fast falle ich um, lachend. Wie sehr ich sie vermisst habe! Beate kommt angelaufen und drückt mich an sich. »Es war so schön mit den beiden«, sagt sie. Johannes' Vater, hinter ihr, gibt mir die Hand und einen Kuss auf die Wange.

Er ist gerade auf dem Weg nach draußen, gibt Anton einen Klaps auf die Schulter, Viva einen Kuss auf die Stirn. Alle sehen fröhlich und erholt aus. »Bleibt doch noch einen Moment«, bittet Beate. »Ich mache uns einen Kaffee.« Viva zieht mich in den Garten. Ich lasse mich in einen Sonnenstuhl fallen. Viva legt sich rittlings auf mich.

»Mama, ich liebe dich so, wie die Welt groß ist«, sagt sie.

»Und ich liebe dich bis über beide Ohren«, antworte ich.

Anton kommt auch angelaufen, setzt sich ebenfalls auf mich. »Gleich bricht das Ding zusammen«, rufe ich. Die beiden lachen. Beate kommt mit Kaffee.

»Lasst doch die arme Mama in Ruhe. Ihr drückt sie ja ganz platt.«

»Ja, wie eine Flunder«, ruft Anton.

Aber sie stehen schon auf und laufen über den Rasen.

»Ihr habt das Baumhaus immer noch.«

Johannes hat es gebaut, als Anton kaum laufen konnte.

»Ja«, antwortet Beate, »die Kinder lieben es. Am liebsten machen sie da oben Picknick und spielen Bullerbü.«

»Ihr seid ja auch Großeltern wie aus dem Bilderbuch.«

Ich lächele sie an. Es stimmt wirklich.

Beate erzählt von der Woche auf Norderney. Wie gut Anton schon schwimmen kann. Wie sehr er seinem Vater ähnelt. Auch so in sich ruhend und ausgeglichen.

Ein leises Pling. Mein Handy. Ich kann nicht warten. Ich kann aber auch nicht in Anwesenheit von Beate nachsehen, von wem die Nachricht ist.

»Ich komme gleich wieder«, sage ich also.

Im Bad gucke ich auf mein Display. Serge.

Danke für gestern. Freue mich auf bald in B. Serge

Ich blicke in den Spiegel und sehe zwei strahlende Augen. Jetzt grinse ich auch noch und kann nicht wieder aufhören. *Freue mich auf bald in B.* Ich hatte gestern erwähnt, dass ich demnächst nach Berlin käme, um ein Interview zu führen.

Ich mich auch sehr. Marie

Rasch sende ich Serge die SMS und gehe zurück in den Garten.

»Möchtest du noch einen Milchkaffee?«, fragt Beate.

Ich lächele sie an. »Ja, gern.«

Als sie wiederkommt, erzählt sie weiter von den Ferientagen, von Anton und Viva.

»Hatte Johannes eigentlich auch mal eine schwierige Phase?«, platze ich plötzlich heraus.

Sie sieht mich erstaunt an. »Wie meinst du das, schwierig?«

»Du hast doch vorhin selbst gesagt, Johannes sei immer so ruhig und ausgeglichen. War er das schon immer? Uneins mit sich kenne ich ihn eigentlich gar nicht.«

Sie überlegt. »Ja, das stimmt«, antwortet sie dann, »Er schien immer sehr mit sich im Reinen. Selbst in der Pubertät war er nicht sonderlich schwierig. Keine wilden Partys, keine Drogen. Jedenfalls nicht, dass ich wüsste. Aber wenn du es genau wissen willst, musst du ihn selbst fragen. Er hat nie viel über sich geredet. Damals nicht und heute auch nicht. Wenn ihr mal Kummer hättet, würde ich es wahrscheinlich von dir erfahren. Nicht von ihm.« Sie sieht mich lächelnd an. »Deswegen hätte ich auch immer so gern eine Tochter gehabt«, fährt sie fort. »Ich habe mir immer vorgestellt, dass die mir ganz viel erzählen würde. Und dann kamst du. Seitdem habe ich meine Tochter.« Sie kneift mir sanft in die Wange.

Mir ist immer noch ganz leicht ums Herz, zugleich habe ich ein schlechtes Gewissen. Aber was ist schon passiert? Nichts. Gar nichts. Dies hier ist doch mein Leben! So habe ich es immer gewollt. Was habe ich mit Serge zu schaffen? Reingesteigert in eine Geschichte, die keine ist. Das kam nur durch die vielen Ereignisse. Durch den Tod von Paul, die Aussprache mit Eva, unsere Reise nach Paris. Serge war immer so nah dran. Aber letztlich ist doch nichts passiert, gar nichts!

»Marie?« Beate guckt mich fragend an.

»Entschuldige. Ich war mit meinen Gedanken woanders.«

Sie sieht mich aufmerksam an, streicht mir über die Wange.

»Du wirkst immer noch etwas mitgenommen«, sagt sie leise.

Wider Willen spüre ich Tränen. »Ja, ein bisschen.« Ich wische mir über die Augen, stehe rasch auf. »Viva,

Anton«, rufe ich, »wir müssen los.« Beide kommen angelaufen. Ich umarme Beate fest.

»Danke für alles.«

»Ist doch selbstverständlich«, sagt sie. »Ich mache das gern.«

Sie lässt mich los und nimmt Viva und Anton in den Arm. »Tschüs ihr beiden, es war sehr schön mit euch.« Beide legen die Arme um ihren Hals, geben ihr einen Kuss. So innig sind sie mit meiner Mutter noch nie gewesen.

»Wollen wir mal Eva besuchen?«, frage ich sie auf dem Nachhauseweg.

»Wenn Florian auch da ist?«, ruft Viva.

»Lieber Serge«, antwortet Anton.

***

Abends beim Essen erzählt Michel von seinem Umzug nach Hamburg zwecks Familienzusammenführung, wie er es mit einem ironischen Augenzwinkern nennt. Die Ironie nehme ich ihm nicht ganz ab, er schaut allzu sehnsüchtig auf Freyas noch flachen Bauch. Er berichtet mit strahlenden Augen von der großen beruflichen Herausforderung. Er wollte immer in die Geschäftsführung eines internationalen Unternehmens. Das hat er jetzt geschafft. »Vice President Costumer Developement«, berichtet er mit diesem jungenhaften Grinsen, das ihm so gut steht.

»Und du?«, fragt Johannes an Freya gewandt, »willst du dann erst einmal etwas kürzer treten beruflich?«

Sie lächelt kühl.

»Bist du kürzer getreten nach Vivas Geburt?«, fragt sie knapp.

Nein, aber ich.

»Nein, aber Marie«, sagt Johannes gelassen. »Und Michel wird kaum die Gelegenheit dazu haben.«

»Nein, wohl kaum, warum sollte er auch. Alles ist, wie bisher auch, eine Frage der guten Organisation.«

Johannes lehnt sich entspannt zurück, sieht Freya an.

»Du organisierst das wunderbar, Freya, das ist keine Frage. Aber mit einem Baby kann man nun einmal nicht alles im Vorwege planen, zumindest nicht die allererste Zeit. Dein Baby kann wunderbar friedlich sein und nachts durchschlafen. Es kann aber auch permanent schreien und dir den Schlaf und den letzten Nerv rauben.«

Typisch Johannes. Ruhig, freundlich und beharrlich. Das mag ich sehr an ihm.

»Du irrst dich, Johannes, Freya kann auch das planen. Sie will keinen Schreihals, also bekommt sie auch keinen.«

Michel grinst mit funkelnden Augen, und wir lachen alle vier. Kein Knistern mehr in der Luft, die Stimmung ist gerettet.

Ich sehe Johannes an. Wir denken beide dasselbe. Julia ist das, was man gemeinhin sehr gut erzogen nennt. Freya und Michel sind von Beginn an konsequent und unnachgiebig gewesen. Nein hieß immer nein. Für Michel als Franzosen sind Regeln und Disziplin selbstverständlich. Die laxen Erziehungsmethoden in deutschen

Kindergärten, in den Schulen und in den Familien sind für ihn ein schlechter Witz. Wenn Eltern sich hier darüber beklagen, dass sie bei ihren Kindern auf taube Ohren stoßen, was auch wir gelegentlich tun, schüttelt er nur still den Kopf. Bei Freya entspricht die rigorose Konsequenz ihrem Naturell. Sie hasst es, wenn sie etwas nicht im Griff hat. Als Anton Julia einmal fragte, was sie sich wünschen würde, wenn eine gute Fee käme, sagte sie, ihr größter Wunsch wäre, dass ihre Mama nicht immer so streng sei. Jakob nickte daraufhin ernst und verständnisvoll mit dem Kopf, und Johannes und ich haben still in uns hineingegrinst.

»Das ist natürlich ungewiss«, sagt Freya lässig, »aber gewiss ist, dass wir das schon alles gut hinbekommen werden.«

Sie lächelt Michel an, und der strahlt so vor Glück, dass es schon fast weh tut.

Für einen Moment vergessen die beiden Johannes und mich, ineinander versunken.

Dann blickt Michel auf, grinst etwas verkrampft in die Runde.

»Und ihr«, fragt er, um einen lässigen Ton bemüht, »was habt ihr so für Pläne?«

Er sieht erst Johannes an, dann mich.

»Meinst du Urlaubspläne?«, frage ich.

Michel schüttelt lächelnd den Kopf.

»Da kommt ihr doch gerade her. Nein, ich meine sonst so im Leben.«

Ich sehe ihn fragend an.

»Ich meine Lebenspläne.«

»Nein« sage ich. »Keine Pläne.«

»Und beruflich?«, insistiert Michel. »Bist du schon Partner in der Kanzlei?«, fragt er an Johannes gewandt.

Was soll diese Frage? Er weiß, dass er es wüsste, wenn es so wäre.

Johannes sieht ihn ruhig an.

»Ich bin auf dem Weg. Wenn es so weit ist, wirst du der Erste sein, der es erfährt«, antwortet er freundlich und zugleich mit Nachdruck. Bis hierher und nicht weiter. Das kann er perfekt.

»Aber wir freuen uns alle, dass du es geschafft hast«, fügt Johannes hinzu. Das unausgesprochene *endlich* klingt mit. Michel, fünf Jahre älter als Johannes, hat schon seit längerem eine Position im Vorstand angestrebt. Nun ist es ihm gelungen, und dann auch noch verbunden mit einem Wechsel von Paris nach Hamburg, kurz vor der Geburt seines zweiten Kindes. Perfekt.

»Auf deinen Erfolg.« Johannes hebt das Glas, und wir stoßen an.

Damit ist das Thema zum Glück abgeschlossen, und kurz darauf sind wir in ein neues vertieft. Frankreich. Die angekündigten großen Reformen sind bisher ausgeblieben. Ich sehe den Präsidenten am Ende, Michel widerspricht mir, Freya relativiert und kommt mit neuen Argumenten für und wider. Sie hat von uns allen das größte Detailwissen. So haben wir schon viele gemeinsame Abende verbracht. Angeregt und unablässig redend, Rotwein trinkend, lachend.

»Auf dass alles so bleibt, wie es ist«, sage ich, und hebe mein Glas.

»Aber Marie«, sagt Michel charmant lächelnd, »nichts wird bleiben, wie es ist. Alles bewegt sich. Alles wird sich verändern.«

Wir stoßen an, ich lächle wie alle anderen, aber mich fröstelt bei seinen Worten. Ich will es festhalten, will es bewahren, das Hier und Jetzt.

»Glaubst du, dass alles gut werden wird?«, fragt Johannes später, als wir allein sind. Wir stehen im Garten. Gucken in den bereits heller werdenden Himmel.

»Meinst du mit Freya und Michel?«, frage ich.

»Ja, natürlich«, antwortet Johannes, »was denn sonst?«

»Zweifelst du daran?«

Er zögert, kickt einen kleinen Stein auf den Rasen.

»Ich weiß nicht recht.« Johannes legt den Arm um mich und blickt in den Himmel. »Im Grunde seines Herzens ist Michel ein Spießer. Und ob das gutgeht mit Freya unter einem Dach? Ich meine, kannst du dir einen Michel vorstellen, der auch mal die Wäsche aufhängt, die Geschirrspülmaschine ausräumt oder Kinderzimmer aufräumt?«

»Nö. Aber das wird auch kein Thema sein. Freya wird alles wunderbar delegieren. Und du darfst nicht vergessen, dass Michel ein französischer Spießer ist. Er wird keinen Dreck wegmachen und wohl auch keine Windeln wechseln, aber er hat kein Problem damit, dass seine Frau intellektuell mit ihm auf Augenhöhe ist und auch durchaus in der Lage, ihn mal zu überflügeln. Das ist das, was für Freya zählt.«

Johannes grinst und zieht mich an sich.

»Wunderbar auf den Punkt, Prinzessin. Trotzdem sind sie nicht so ein Traumpaar wie wir«, flüstert er mir ins Ohr, und fährt dabei mit der Hand über meine Brust.

»Jetzt nicht.«

»Warum nicht? Du hast doch Lust!«

»Nein!«

»Dein Körper aber schon.« Sein Atem geht schneller an meinem Ohr.

»Ich will jetzt nicht«, sage ich gereizt, drehe mich um und gehe ins Haus. Das kommt selten vor, eigentlich nie. Später schlafen wir Rücken an Rücken ein, nicht wie sonst. Früh am Morgen schmiegt Johannes sich an mich. Ich reagiere nicht. Kurz darauf dreht er sich wieder weg.

Beim Frühstück ist er kühl. Anton und Viva reden bunt durcheinander. »Was machen wir heute Nachmittag? Gehen wir schwimmen? Ich will lieber paddeln gehen. Kann Jesse mitkommen?«

Jesse, denke ich. Ich wollte doch seine Mutter anrufen.

»Wie geht es denn Jesses Eltern?«, frage ich.

»Sein Vater ist wieder eingezogen«, antwortet Anton. »Jetzt ist Chaos in der Wohnung, weil sie alles doppelt haben.«

Mein Sohn grinst. Ich muss auch lachen.

»Aber ist doch schön, dass er wieder da ist.«

Anton zuckt die Schultern. »Mal gucken.«

Mal gucken. Bedacht, erwachsen, neun Jahre alt. Johannes sieht mich an. Immer noch kühl. Ich nehme seine Hand.

»Jetzt sei doch nicht so«, sage ich.

Er zuckt die Achseln, lächelt dann aber doch.

Diesen Abend mache ich den ersten Schritt. Ich möchte Johannes' Nähe spüren. Wir haben die Kinder gerade zu Bett gebracht, als ich Johannes ins Schlafzimmer ziehe, und aus Angst, von ihnen überrascht zu werden, sind wir beide hastiger, und vielleicht auch heftiger, als sonst. Danach liege ich mit dem Kopf auf Johannes' Schulter.

Wie seine Zunge wohl schmecken würde in meinem Mund, auf meiner Haut? Der Gedanke an Serge kommt gegen meinen Willen. Haut mich um. Erschreckt mich. Erregt mich. Und neben mir liegt Johannes. Den Tränen nahe stehe ich auf.

»Komm«, sage ich, »lass uns noch mal in den Garten gehen. Es ist so ein schöner Abend.«

***

Am Montag in der Redaktion rufe ich den Autor an, den ich in Berlin interviewen will. Er heißt Sebastian Hertel, ist Schriftsteller und Philosoph und hat mehrere Romane und zahlreiche philosophische Werke publiziert, von denen ich die meisten gelesen habe. Als Professor lehrt er Philosophie an der Freien Universität

Berlin. Einem Interview hat er bereits zugestimmt. Wir müssen nur noch einen konkreten Termin vereinbaren. Irgendwann im September, hatten wir gesagt. Ab Oktober würde Serge für sechs Wochen in der Türkei sein. Also unbedingt September. Ich rufe Sebastian Hertel unter seiner privaten Nummer an und bin erstaunt, ihn nach zweimal Klingeln persönlich am Telefon zu haben. Nach fünf Minuten ist alles besprochen. Freitag, 12. September, um 16.00 Uhr bei ihm zu Hause. In gut vier Wochen. Perfekt. Es war nicht einfach gewesen, ihn für dieses Gespräch zu gewinnen. Er gebe keine Interviews, hatte er mir zunächst erklärt, als es mir endlich gelungen war, ihn zu erreichen. Ich hatte insistiert, und nach einem langen Telefonat und einigem Zögern hatte er schließlich, unter der Bedingung, dass ich allein und ohne Fotografen käme, zugestimmt.

Ich habe schon seit einiger Zeit eine Idee für eine Serie im Kopf. Ich suche schon länger nach einem Thema, das mich richtig packt. Eine größere Sache, die über die vielen Porträts, Interviews und Buchkritiken, die ich sonst überwiegend schreibe, hinausgeht. Ich will über Bildung in Deutschland schreiben. Weil es mich aufregt, das so viel darüber geredet und so wenig dafür getan wird. Die Unis sollen den Auftakt bilden, und das Interview mit Hertel wird mein Einstieg.

Nun habe ich also einen Termin in Berlin. Ein Anlass, mich bei Serge zu melden, und zwar jetzt gleich. Ich rufe unser internes Reisebüro an und lasse mir ein

Hotelzimmer buchen. Dann sende ich eine Nachricht an Serge.

Mein Interviewtermin ist jetzt fix. Werde am 12./13.09. in Berlin sein. Interview ist am Freitag, 12.9., um 16.00 Uhr. Marie

Soll er etwas vorschlagen. Kurz darauf klingelt mein Handy. Mein Herz schlägt schneller, als ich seinen Namen lese. Aber unser Gespräch ist nur kurz und sehr sachlich. Wir verabreden, dass er mich an dem Freitagabend im Hotel abholt, gegen 21.00 Uhr. »Bis dann«, sagt er. Er sagt nicht: *Ich freue mich.* »Bis dann«, antworte ich und lege auf. Was für ein nüchternes Gespräch. Gar nichts zwischen den Zeilen. Nichts lag in der Luft! Was habe ich mir bloß eingebildet?

Schnell sammle ich meine Unterlagen zusammen. Wir haben gleich Konferenz. In kleiner Runde, nur mit unserem Ressort und der Chefredaktion. Es geht um Themenvorschläge. Dieses Mal werde ich die Gelegenheit nutzen und meine Serienidee präsentieren.

Als ich an der Reihe bin, stelle ich kurz und knapp mein Thema vor. Ich sehe Gerhard gähnen und meine Kollegin die Augen verdrehen. »Über Bildung schreiben doch derzeit Krethi und Plethi«, sagt sie. »Seit wann verstehen die was davon?«, frage ich scharf zurück. Und dann halte ich ein Plädoyer. Es schreie zum Himmel, erkläre ich, dass Politiker mit diesem Thema betraut würden, die nicht einmal den Unterschied zwischen Bildung und Ausbildung kennen würden. Bildung für alle sollten die vermeintlichen Reformen bringen. Das sei zynisch, denn das Resultat sei genau das Gegenteil. Eine gute Ausbildung nur für die, die perfekt ins System passen oder die es sich leisten können, im Notfall auf eine gute, teure Privatschule zu wechseln. Die anderen würden einfach rausfallen. Ich würde unser Magazin mit dieser Serie nicht zum Nachzügler machen, sondern zum Vorreiter, beende ich meine kleine Rede.

Danach ist es kurz still, und ich habe das Gefühl, übers Ziel hinausgeschossen zu sein. Zu unsachlich, zu emotional.

»Wir nehmen das Thema rein«, sagt Thomas Gerhard, der Chefredakteur. »Als Dreiteiler. Danach sehen wir weiter.«

Ich gucke ihn erstaunt an. Er zwinkert mir zu. Das ist erstaunlich. Ich wusste gar nicht, dass er zwinkern kann. Er ist sehr distanziert. Alle haben Respekt vor ihm. Aber wenige trauen sich, ihm die Meinung zu sagen. Als die anderen gehen, hält Gerhard mich in seinem Büro zurück. Er setzt sich an seinen Schreibtisch, von dem aus man über die ganze Stadt blicken kann, und bedeutet mir, ihm gegenüber Platz zu nehmen. Er sieht sehr attraktiv aus, allerdings auf eine makellose, glatte Art, die neutralisierend wirkt, zumindest auf mich.

»Sie waren sachlich und zugleich leidenschaftlich. Das hat mir sehr gut gefallen«, sagt er. »Ihre Arbeit ist perfekt. Ihre Geschichten sind immer einwandfrei recherchiert und gut geschrieben. Aber dieses ansteckende Feuer, das Sie da eben verbreitet haben, das fehlt noch. Wenn es Ihnen gelingt, das in Ihre Geschichten einzubringen, dann werden sie wirklich etwas Besonderes sein.«

Seltsam, dass gerade er, dieser kühle Kopf, der oft vernichtend ist, von ansteckendem Feuer spricht. Aber ich freue mich über dieses unverhoffte Lob, und erst als ich sein breites Grinsen sehe, wird mir bewusst, dass ich ihn anstrahle.

Als ich in mein Büro komme, zeigt mein Handy eine neue Nachricht. Von Serge.

Konnte eben dann doch nicht gut sprechen. Freue mich sehr auf dich. Serge

Ich lächle die Wand in meinem Büro an und will gar nicht wieder aufhören.

***

Gerhards außergewöhnliches Lob hat mich bestärkt, ich arbeite tatsächlich mit mehr Leidenschaft als sonst, das Thema hat mich gepackt und auch der Ehrgeiz, etwas Großes daraus zu machen.

An einem Samstagnachmittag sitze ich, in meine Recherchen vertieft, mit Johannes auf der Veranda. Es ist schon Anfang September, aber immer noch sommerlich warm draußen. Die Kinder spielen im Garten, Anton kickt, Viva liegt bäuchlings auf dem Rasen und malt.

»Wusstest du, dass Erzieherinnen und Erzieher in jedem Land Europas einen akademischen Abschluss benötigen, außer in Österreich und Deutschland?«, frage ich.

Mein Handy klingelt, es liegt neben Johannes auf dem Tisch.

»Hier kannst du mit Realschulabschluss Erzieher werden!«, füge ich hinzu.

Mein Handy klingelt nun schon das vierte Mal, und Johannes reicht es mir ohne Kommentar. Ich bin in Gedanken noch ganz bei meinem Thema und drücke auf die grüne Taste, ohne vorher zu gucken, wer es ist.

»Hallo Liebes, Ich bin's.«

Eva, ausgerechnet. Seit Paris habe ich nicht mehr mit ihr gesprochen.

»Hallo Eva« … »Gut, sehr gut, wir sind im Garten, die Kinder spielen, herrliches Wetter, bei euch auch?« … »Ach schön.« … »Ja, das freut mich.« … »Wir waren in Italien, mit Freunden.« … »Ja, zwei. Im Alter von unseren. Wir hatten ein tolles Haus in Cervo, ganz schöner Ort, ursprünglich, verwunschene Gassen, direkt an der Küste, warst du schon mal da?« … »Du sagst es, ja. Erholung pur. Es ging uns fantastisch da.«

Johannes steht auf, sieht mich an, schüttelt leicht den Kopf. Ich weiß nicht, was er meint. »Was?«, frage ich leise. Er winkt ab. »Ich kick mal ein bisschen mit«, murmelt er, springt die Stufen runter, entwendet Anton den Ball, und schon sind sie mit lautem Getöse mitten im Spiel.

»Marie, bist du noch da?«, fragt Eva von weit her.

»Ja, natürlich.«

»Ist ja ordentlich was los da bei euch.«

Sie lacht ihr künstliches Lachen. Wenn ich Serge wäre, würde ich diese blödsinnige Konversation nicht mitmachen. Ich würde einfach nicht ans Telefon gehen, wenn sie anruft und ich nicht mir ihr sprechen will.

»Wie geht es Serge eigentlich so?«, frage ich, ohne zu überlegen.

Eva erzählt, dass er ja ein großes Talent habe als Schauspieler und als Regisseur. So viel Erfolg. So gute Filme. So viele Preise. Und dass er jetzt in Lucy ja auch endlich die Richtige gefunden habe. Nachdem er vorher eine Freundin nach der anderen gehabt habe.

»Wie ist denn diese Lucy?«

Serge, erklärt Eva, sei ja sehr verschlossen. Den müsse man so sein lassen, wie er ist. Ihn nicht drängen. Und das könne Lucy perfekt. Sie sei impulsiv, natürlich und sehr expressiv. Eine, mit der man um die Welt ziehen könne. Eine, die nicht ständig frage: »Wie fühlst du dich?«, und: »Warum?« Eine, die einen in den Arm nehme, wenn man es gerade brauche, und die einen in Frieden lasse, wenn einem gerade danach sei. Sie habe da ein wahnsinniges Gespür. Eine couragierte junge Frau. Genau die Richtige für Serge.

Bestens.

»Schön«, antworte ich und beiße die Zähne zusammen.

»Übrigens«, fügt Eva noch hinzu, »ist sie eine hervorragende Schauspielerin. Wirklich brillant. Ich habe sie hier in München auf der Bühne gesehen, als Käthchen von Heilbronn in einer ganz modernen Inszenierung, und das war ein Erlebnis!«

Eva ist in ihrem Element. Am wohlsten fühlt sie sich mit mir, wenn wir über Dritte reden. Das ist unverfänglich, und dennoch kann sie sich empathisch geben, das liebt sie. Ich lächele angestrengt, bis mir die Mundwinkel weh tun und mir wieder einfällt, dass Eva mich ja gar nicht sehen kann.

Als ich endlich den roten Knopf an meinem Handy drücke, ist mein Kopf dick und leer.

»Prinzessin, alles gut?«

Johannes steht direkt vor mir, sieht mich aufmerksam an. Ich habe ihn gar nicht kommen hören.

»Ja, alles gut.«

Er zieht eine Augenbraue hoch, ich lache.

»Sie nervt mich total«, sage ich. »Und sie bringt mich dazu, mich nicht zu mögen.«

»Wenn du mit ihr sprichst, bist du genau so, wie du sie immer beschreibst.«

Ich brauche einen Moment.

»Wie meinst du das?«, frage ich scharf. »Soll das heißen, ich bin genau so wie sie, oder was?«

Johannes lächelt.

»Du brauchst dich nicht aufzuregen«, sagt er. »Ich saß ja eben neben dir und hab jedes Wort gehört, das du gesagt hast. Das waren nur Superlative. ›Herrliches Wetter, tolles Haus, super verstanden, toller Ort, Erholung pur, es ging uns fantastisch‹, und so weiter und so fort.«

Plötzlich schießen mir Tränen in die Augen. Es sind meine Worte, und es klingt wirklich idiotisch.

»Was soll ich denn sonst sagen? Ich will ihr nichts über mich erzählen, und dann bleiben nur diese blöden Floskeln.«

Es bricht ein kurzes, heiseres Lachen und Weinen zugleich aus mir heraus.

»Warum sprichst du überhaupt mit ihr, wenn es dir so schlecht tut?«, fragt Johannes. »Lass es doch einfach. Zumindest für eine Weile.«

»Wenn ich gar nicht mehr mit ihr reden will, wird sie das nicht verstehen.«

»Dann versteht sie es eben nicht.«

Ich sehe Johannes an. So einfach ist das. Dann versteht sie es eben nicht.

Am Abend, die Kinder sind schon im Bett, sitzen Johannes und ich draußen im Garten. Selbst jetzt ist es noch sommerlich warm. Mir kommen plötzlich Ereignisse von früher in den Sinn, die ich mit Paul, meiner Mutter oder auch mit beiden gemeinsam erlebt habe und an die ich ewig nicht mehr gedacht habe. Frühe Kindheitserinnerungen, die mein Vater mitgenommen zu haben scheint und die ich mir jetzt noch einmal zurückhole. Johannes neben mir zu spüren, seinen Atem zu hören, als ich davon erzähle, ist tröstlich und gibt mir das Gefühl, nicht allein auf der Welt zu sein. Plötzlich kommen mir Tränen. Immer mehr und mehr, ich kann sie nicht zurückhalten. Ich schniefe, heule wie ein kleines Kind. Johannes legt sanft seine Arme um mich.

Ich reibe mir die Augen, befreie mich aus seiner Umarmung und streiche mir die Haare aus dem Gesicht. Als sofort neue Tränen kommen, wische ich sie unwillig weg.

»Lass doch«, sagt Johannes leise und nimmt meine Hand. »Warum kannst du es nicht ertragen, auch mal klein zu sein? Du willst immer unfehlbar sein, immer alles im Griff haben. Aber so läuft das nicht. Dein Vater ist gestorben, alles kommt wieder hoch. Auch das kleine Mädchen, das mit großen Kinderaugen durch die heile Welt geht und glaubt, ihr Vater sei so etwas wie Gott.«

»Ja«, antworte ich lachend, mit Tränen im Mund. »Genau so war's. Als ich ganz klein war, habe ich ihn für Gott gehalten.«

Ich sehe Johannes an. Ein Segen, dass es ihn gibt.

»Ich liebe dich.«

Er senkt den Kopf. »Das hast du mir schon lange nicht mehr gesagt.«

»Ich liebe dich«, sage ich noch einmal.

Fünf

Vier Tage später fahre ich nach Berlin. Dort angekommen, bringe ich nur rasch meine Sachen ins Hotel und werfe einen prüfenden Blick in den Spiegel, bevor ich mir ein Taxi rufe. Nach kurzer Fahrt hält es vor einem schönen Altbau in Berlin-Mitte.

Sebastian Hertel selbst öffnet mir die Tür. Natürlich erkenne ich ihn sofort. In seinen Augen, klar und hellwach, liegen Aufmerksamkeit und Distanz zugleich. Er muss Anfang sechzig sein. Groß, aufrecht, kultiviert. Ich straffe den Rücken, schaue ihm in die Augen, lächle. Er führt mich in sein Arbeitszimmer, hell und licht, erwartungsgemäß mit Bücherregalen bis unter die Decke, erstaunlich modern eingerichtet. »Kommen Sie«, sagt er und zeigt auf eine Sitzecke, einen Tisch und vier Stühle im Arne-Jacobsen-Stil. Eine Karaffe mit Wasser und Gläser stehen schon bereit. »Wasser oder lieber Tee?«, fragt er, als wir einander gegenübersitzen. »Gern Wasser.« Hertel schenkt uns beiden ein, lehnt sich zurück, schlägt die Beine übereinander und sieht mich an. Bitte kein Geplänkel, lassen Sie uns sofort starten, sagt sein Blick.

Ich schalte mein Aufnahmegerät ein und beginne

mit den Fragen, die er erwartet hat, und bekomme die Antworten, mit denen ich gerechnet habe. Über seine vier Romane und deren Zusammenhang mit der Sprachphilosophie, die er an der Berliner Universität lehrt. Ich frage nach, kommentiere, lächle. Hertel ist entspannt. Etwas gelangweilt vielleicht. »Sie haben eine Stunde«, hat er zu Beginn gesagt. Die Hälfte ist nun um. Zeit für die Fragen, auf die er nicht vorbereitet ist. Um ihn aus der Reserve zu locken, gehe ich das Wagnis ein und formuliere meine Vermutung wie eine Feststellung.

»Sie sind vom Universitätsbetrieb frustriert. Warum?«

Ich sehe ihm in die Augen, spüre sein Zögern. Er antwortet nicht gleich, und ich zwinge mich, die Stille auszuhalten und meinen Blick nicht abzuwenden. Ich spüre die Anspannung, meine Augen brennen, meine Hände kribbeln, aber ich will jetzt nicht lockerlassen.

Als er schließlich zu sprechen beginnt, verliert er nichts von seiner Gelassenheit, und seine Stimme bleibt so sanft wie zuvor, aber sein Urteil ist vernichtend. Es würde nicht stimmen, dass die am besten Angepassten an den geisteswissenschaftlichen Fakultäten deutscher Hochschulen die besten Perspektiven hätten. Die Wahrheit sei, dass sie die Einzigen seien, die überhaupt eine Chance hätten. Für einen Denker, der Bewegung und Aufruhr wolle, der nicht bereit sei, sich im universitären Kokon einzuigeln und dort zu erstarren, für den sei an deutschen Hochschulen kein Platz. Öffentliche Denker seien nicht erwünscht.

Was er dagegen zu tun gedenke, frage ich ihn. In lässig-eleganter Haltung sitzt er da und lächelt mich an.

»Ich habe mich entschieden, mich vorzeitig in den akademischen Ruhestand zurückzuziehen. Ich werde meine Zeit, die ich als sehr kostbar empfinde, nicht damit verschwenden, gegen Windmühlen zu kämpfen. Ich bin nicht mehr jung und auch nicht mehr idealistisch genug, um in der Universität etwas verändern zu können und zu wollen, aber außerhalb werden Sie ganz bestimmt noch etwas von mir hören.« Er lächelt fein.

Ich spüre meine Herz klopfen. Das ist eine echte Neuigkeit!

Unser Gespräch geht deutlich über die avisierte Stunde hinaus. Am Ende liegt Wärme in seinen Augen. »Bleiben Sie beharrlich und neugierig«, sagt er, als wir uns verabschieden, und drückt mir dabei herzlich die Hand.

Gedankenversunken gehe ich durch die Straßen, setze mich draußen in ein Café und lasse das Gespräch noch einmal Revue passieren. Hatte er von Anfang an geplant, seinen Rückzug zu verkünden? Nein, es war dieser Moment des Schweigens gewesen, der ihn dazu bewogen hatte. Hätte ich ihm nicht standgehalten, hätte er es für sich behalten. ›Bleiben Sie beharrlich und neugierig‹, hat er zum Abschied gesagt. Neugierig war ich immer, aber beharrlich ist neu. Ich wusste gar nicht, dass ich das kann. Und dass es so viel Spaß macht.

Um 19.00 Uhr bin ich zurück im Hotel. Als ich zwei Stunden später in die Lobby komme, ist Serge schon da. Er sieht mich erst, als ich fast vor ihm stehe. In seinen Augen blitzt es auf, und ich begrüße ihn mit einem Kuss auf die Wange und weichen Knien.

Kurz darauf sitzen wir uns in einem kleinen französischen Restaurant in Ostberlin gegenüber. Alle Tische sind besetzt, trotzdem ist mir, als würde ich mit ihm allein hier sein. Serge fragt mich nach meinem Interview mit Sebastian Hertel, und ich gebe ihm eine Kurzfassung.

»Verstehst du, worum es mir ging?«, frage ich ihn dann. »Ich habe es geschafft, ihn zu packen. Ich habe etwas gewagt und habe gewonnen. Es war eine Begegnung, nicht einfach nur ein nettes Frage-und-Antwort-Spiel!«

Serge sieht mich an und grinst.

»Was ist?«, frage ich etwas irritiert. »Was gibt es zu grinsen?«

»Es macht Spaß, dir zuzuhören. Du brennst für das, was du tust, das gefällt mir!«

Aber dieses ansteckende Feuer, das Sie da eben verbreitet haben, das fehlt noch, hatte Gerhard zu mir gesagt. Ich erzähle es Serge.

»Ja, das stimmt«, bestätigt er.

»Woher willst *du* denn das wissen?«

»Weil ich inzwischen einiges von dir gelesen habe.«

Im ersten Moment bin ich verletzt, dann muss ich leise lächeln. Er hat also inzwischen einiges von mir gelesen.

Er hat sich Gedanken über mich gemacht.

»Und du?«, frage ich. »Was wirst du im Oktober in der Türkei machen?«

Er erzählt, dass er dort nicht Regie führen, sondern seit langer Zeit wieder einmal vor der Kamera stehen wird.

»Ich habe das Drehbuch gelesen und wusste sofort, dass ich da mitspielen will. Die Geschichte hat mich gepackt, und ich hatte sie noch tagelang im Kopf.«

»Eine Liebesgeschichte?«

»Ja. Aber eine ganz besondere!«

Mit leuchtenden Augen erzählt er mir von der Handlung des Films. Ich starre ihn an, ohne seinen Worten zu folgen.

»Denkst du noch manchmal an Paris?«

Ich beiße mir auf die Lippen. Ich habe laut gedacht, diese Frage wollte ich ihm gar nicht stellen.

»*Du* denkst oft daran.« Er hat es nicht als Frage formuliert.

»Ja, sicher«, antworte ich schnell. »Er war mein Vater.«

Serge lächelt.

Etwas überheblich, wie ich finde. Als wäre er Herr der Lage und ich nicht.

»Ich habe das Gespräch zwischen dir und Leo mitbekommen. Als es um deine Mutter ging.«

Einen Moment ist es still.

»Weißt du nicht mehr?«, frage ich provozierend.

Er mustert mich kühl. Ich will zurückrudern, aber jetzt ist es zu spät.

»Was hast du denn gehört?«

»Dass es nicht deine Sache ist, wenn es ihr schlecht geht?«, taste ich mich vorsichtig heran.

Er verzieht keine Miene. Jetzt habe ich mit der Provokation begonnen, nun muss ich sie auch durchziehen.

»Du hast gesagt: ›Selbst wenn sie verrecken würde, wäre das auch nicht mein Bier‹«, antworte ich also, jedes Wort betonend.

Er lächelt, fast unmerklich und nur ganz kurz.

»Und?«, fragt er.

»Ich wüsste gern, warum du das gesagt hast.«

Serge schweigt. Lange genug, um abzuwinken, das Thema zu wechseln, sich doch noch zu entschuldigen. Fast zu lang, um es nicht zu tun.

»Du kennst die Geschichte«, sagt er schließlich. »Ich habe sie dir im Taxi in Paris erzählt, auf dem Weg zur Feier. Die Details willst du nicht wissen.«

Ich sehe ihn an, bin auf Distanz gefasst, aber stattdessen tauche ich tief in dieses Grün.

»Es ist auch nicht der richtige Abend für die Vergangenheit.«

»Wofür ist es denn der richtige Abend?«, frage ich.

Er lächelt schief, wendet den Blick ab, greift nach seinem Weinglas.

»Ich war übrigens noch einmal da«, sagt er schließlich. »In dem Restaurant im Marais, wo wir am letzten Abend gegessen haben.«

»Die wunderbare Musik und der nette Chef de Cuisine.«

»Er hat mir noch einmal zu meiner schönen Frau und meinen zauberhaften Kindern gratuliert.«

»Und was hast du gesagt?«

»Die Wahrheit«, antwortet Serge, scheinbar leichthin. »Dass weder die schöne Frau noch die zauberhaften Kinder meine sind.«

Ich schlucke, um meinen Herzschlag zu beruhigen.

Die schöne Frau.

»Warst du allein da?«

Serge nickt.

»Ich wollte unbedingt diese Musik mit nach Hause nehmen, um zu sehen, ob sie auch da ihren Zauber behält. Ich musste ihm versprechen, dass ich sie wirklich nur für mich haben will.«

»Sie hat ihren Zauber behalten. Immer wenn ich sie höre, bin ich wieder in Paris.«

Serge starrt mich an. Langsam hebt er die Hand, berührt mein Gesicht. Dann, als hätte er sich geirrt, lässt er den Arm abrupt sinken, lehnt sich zurück, lächelt distanziert.

Nur um etwas zu sagen, frage ich nach Florian. Ob er ihn nach Paris noch einmal gesehen habe, frage ich Serge.

»Er hat mich kürzlich hier in Berlin besucht.«

»Hat er auch bei dir übernachtet? Bei euch?«, korrigiere ich mich schnell selbst.

»Nein.« Serge erzählt, dass er ihm seine alte Wohnung überlassen habe. Als er mit Lucy zusammenzog, habe er sie zunächst verkaufen wollen, sich dann aber dagegen entschieden. Vor Jahren habe er sie für ganz wenig Geld erworben, das Viertel sei damals völlig runtergekommen, die Wohnung eine morsche Fabriketage, ohne Küche und Bad, niemand wollte da wohnen. Jetzt sei sie Gold wert, aber er wolle sie nicht hergeben, jedenfalls nicht jetzt. Gelegentlich, wenn Lucy nicht da sei, ziehe er sich für ein paar Tage dahin zurück.

»Das war meine erste richtige eigene Wohnung hier in Berlin. Ich habe diesen riesigen Raum gesehen, der nicht viel mehr war als ein gähnendes Loch, der Putz kam von den Wänden, es roch nach Staub und Moder. Aber ich hatte sofort ein Bild im Kopf, wie er einmal aussehen könnte. Es hat dann allerdings Jahre gedauert, bis ich es wirklich so hinbekommen habe. Wie sehr ich dran hänge, habe ich erst gemerkt, als ich die Wohnung verkaufen wollte und immer neue Gründe gefunden habe, es nicht zu tun.«

Ich lächle. »Klingt sentimental.«

Serge zuckt die Schultern, spielt wieder mit seinem Glas. Kurze Pause.

»Willst du sie sehen?«

Mein Herz klopft. Wie ist diese Frage gemeint?

»Ja«, antworte ich leichthin. »Gern.«

Kurz darauf zahlen wir. Dieses Mal lade ich ihn ein.

Serges Wohnung liegt im obersten Stock eines alten Fabrikgebäudes. Ein sehr großer Raum mit hoher Decke, fast ein Saal, etwa 200 Quadratmeter, viel Platz zum Schreiten. Drei riesige, raumhohe Fenster auf der rechten Seite mit Blick auf ein unbeleuchtetes Gebäude, kein Wohnhaus. Vor dem ersten Fenster steht ein alter Holztisch mit acht Stühlen. Auf dem Tisch eine fast leere Flasche Bier und ein aufgeklappter Mac. Über dem einen Stuhl hängen eine Jeans und ein T-Shirt. Sieht ganz so aus, als sei Serge direkt von hier aufgebrochen, um sich mit mir zu treffen. Weiter hinten, vor dem mittleren Fenster, ein paar Kissen, Bücher und eine aufgeschlagene Zeitung, der Sportteil der *Süddeutschen*, auf einem hellen, weichen Teppich. Schräg dahinter, mit dem Blick nach draußen und mitten im Raum, ein verschlissenes schönes Ledersofa, dunkelrot. Sonst überall blanke, alte Dielen. Links vom Eingang befindet sich eine offene Küche, modern und schlicht. Keine Bilder an den Wänden bis auf eines. Das Gemälde einer Frau im schwarzen Sommerkleid. Der Betrachter sieht sie im Profil, das Gesicht durch einen Hut halb verdeckt, die Augen gesenkt, die Lippen flammend rot. Es passt perfekt hierher. »Das ist von einem polnischen Künstler gemalt, die Vorlage war eine polnische Illustrierte aus den 1970er Jahren«, erklärt Serge, als er sieht, dass ich vor dem Bild stehen geblieben bin. Auf dem Fußboden stapeln sich überall Bücher und CDs. Im hinteren Teil steht, etwas separiert, ein Futon. Die Wohnung ist sehr schlicht, fast spartanisch, aber nicht kühl. Sie wirkt nicht so, als wäre hier niemand mehr zu Hause. Oder irgendjemand. Sie passt zu Serge.

Er ist vorangegangen. »Mach mal die Augen zu«, sagt er und nimmt mich an die Hand. »Jetzt eine Stufe nach oben, dann links, den Kopf einziehen, drei Stufen nach unten«, dirigiert er. Als ich die Augen öffne, stehen wir auf dem Dach. Sternklarer Himmel, Blick über Berlin.

»Das ist einer der Gründe, warum ich die Wohnung unbedingt behalten will«, sagt Serge leise hinter mir. »Am schönsten ist es frühmorgens wenn die Sonne aufgeht. Dann stehst du hier oben und weißt, dass dir die Welt gehört. Dass alles möglich ist.«

Wir rühren uns nicht, sprechen nicht. Ich fröstele. Serge berührt mich leicht am Arm. »Komm, wir gehen wieder rein.«

Dort stelle ich mich ans Fenster, blicke hinaus über die Dächer, weiß nicht, wo ich mit meinen Händen hinsoll. Serge kommt mit Gläsern und Getränken zu mir. »Was dagegen, wenn wir uns auf den Teppich setzen?« Ich schüttele den Kopf. Er stellt das Tablett ab, setzt sich, schenkt uns Wasser und Rotwein ein. Ich setzte mich neben ihn. Wir heben die Gläser. Ich weiß nicht, was er denkt, ich weiß nicht, was er fühlt. Wie macht man das, jemanden verführen? Ich spüre ein Kribbeln von den Füßen bis zu den Fingerspitzen. Ich habe solche Lust, ihn zu berühren! Ich will es nicht ein bisschen, ich will es unbedingt. Ich trinke einen Schluck Rotwein, wende den Kopf ab, weiß nicht mehr weiter. »Marie«, sagt Serge leise. Ich sehe ihn an, und dann hebe ich die Hand, streiche über sein Gesicht, seinen Mund. Er schließt die Augen. Ich lege meine Hand in seinen Nacken und berühre seinen Mund mit meinem, öffne ihn mit meiner Zunge. Ich spüre seine an meiner. Seine Hände auf meiner Haut. Er knöpft meine Bluse auf. Sein Mund an meinem Ohr. Er entkleidet mich, küsst mich. Ich ziehe ihn aus, hastig.

»Marie«, murmelt er, als wir kurz darauf nebeneinanderliegen, engumschlungen, immer noch auf dem Boden. »Du Verführerin.« Seine Stimme klingt sanft, verwundert.

Ich erschrecke. Vielleicht wollte er gar nicht wirklich, hat einfach nur mitgemacht, weil ich so wild darauf war. Ich verkrampfe mich, werde unsicher. Er sieht mich an. Ich wende den Kopf ab. Sanft dreht er mein Gesicht zu sich und blickt mir in die Augen.

»Das war ein Kompliment«, sagt er zärtlich. »Du hast dich getraut, ich nicht.« Ich spüre seine Fingerspitzen auf meinem Rücken. »Ich habe mir schon in Paris vorgestellt, wie es wäre«, flüstert er. Mit geschlossenen Augen lächele ich.

»Komm, steh auf!« Er zieht mich sanft hoch und dreht mich zum Fenster, mit dem Rücken zu ihm. »Schließ deine Augen«, flüstert er. Ich tue es. Er steht dicht hinter mir, ohne mich zu berühren, ich spüre seinen Atem in meinem Nacken.

»Weißt du noch, in Paris in eurem Hotelzimmer nach der Ehrenfeier?«, fragt Serge leise, den Mund dicht an meinem Ohr. »Du hattest ein schwarzes, ärmelloses Kleid an. Ich stand hinter dir, ganz nah. Und ich habe mir vorgestellt, meine Hände auf deine nackten Arme zu legen, deinen Nacken zu küssen, deine Brüste zu berühren, deinen Bauch zu streicheln, dann tiefer, deinen Schoß.« Seine Hände folgen den Worten, die er mir ins Ohr flüstert.

»Hast du dich wirklich schon in Paris gefragt, wie es wäre?«, will ich wissen, als wir später auf dem Bett unter der Decke liegen.

»Ja«, murmelt Serge. »Aber erst, als ich allein war. Als ich da in deinem Hotelzimmer stand, so dicht neben dir, habe ich mir nur vorgestellt, wie es wäre, meine Hand auszustrecken und dich zu berühren. Ich habe mir gesagt, dass ich verrückt bin, mir so was auszumalen, und habe gemacht, dass ich wegkomme. Allein in meinem Zimmer habe ich mir dich nackt vorgestellt, und es kam mir vor wie die Sünde.«

Ich lache.

»Das war kein Witz«, sagt Serge.

Ich wende mich von ihm ab. Ich habe plötzlich eine Heidenangst.

»Was ist?«, fragt er sanft. »Und sag jetzt nicht ›Nichts‹, das ist nämlich ein blödes Spiel.«

Ich drehe mich zu ihm um und sehe ihm in die Augen. »Ich habe eine Scheißangst!«

Er lächelt, streicht mir zart mit der Hand über die Wange.

»Bleib bei mir«, sagt er irgendwann nachts. »Lass uns das Wochenende hierbleiben.« Ich küsse ihn. »Ja«, sage ich. Und dann noch einmal: »Ja!«

Als ich aufwache, schläft Serge noch. Sein Körper ist kaum bedeckt. Er ist schön. Ich streiche ihm über die Brust. Er bewegt sich leicht. Plötzlich ist die Angst wieder da. Angst davor, dass er die Augen aufschlägt, mich sieht und erschrickt. Oder, noch schlimmer, dass er wach wird, die Augen noch geschlossen, und mich mit fremdem Namen anredet. Dem Namen der Frau an seiner Seite. Ich halte inne. Er greift nach meiner Hand, lächelt, ohne die Augen zu öffnen. »Marie«, sagt er verschlafen rau, »weck mich auf.« Und das tue ich. Ich küsse ihn überall, ich flüstere ihm Worte ins Ohr, die ich zuvor noch nie in den Mund genommen habe. Erregt davon, wie sehr ich ihn damit errege. Der Akt am Morgen ist anders als in der Nacht. Jetzt sehen wir uns dabei in die Augen. Das verändert den Klang.

»Bleib, wo du bist«, sagt Serge eine Weile danach. »Ich bin gleich wieder da.« Er steht auf, streift sich die Kleidung der vergangenen Nacht über, lässt mich dabei zuschauen, kommt zu mir, küsst mich. »Ich hol uns was zu essen«, murmelt er. Dann bin ich allein. Ich schlafe noch einmal ein und erwache von einem Duft. Frische Brötchen vor meiner Nase. »Zieh dir was an«, sagt Serge. »Die Sonne scheint, wir frühstücken draußen.«

Es ist noch früh am Morgen. Kühl und schön. Wir sitzen nebeneinander auf weißen Futon-Kissen. Die Dachterrasse ist eine kleine, grüne Oase. Jemand wird diese vielen Pflanzen pflegen, sonst würden sie nicht so aussehen. Wenn Serge nur gelegentlich hier ist, kann er es nicht sein. Vielleicht ein Nachbar. Oder eine Nachbarin. Ich stelle mir eine fremde Schöne vor, die sorgsam Serges Pflanzen gießt und, ganz kurz, spüre ich heftige Eifersucht.

»Musik?«, höre ich Serge fragen. Ich nicke zerstreut. Er steht auf, und als er wiederkommt, ertönt die Stimme von Thom Yorke. *Down Is The New Up*. Die Beine ausgestreckt, gucken wir über die Dächer. »Ist das nicht der perfekte Ort, um diese Musik zu hören?«, fragt er leise. Ich nicke nur, einen Kloß im Hals. Über meiner dünnen Bluse von gestern trage ich einen Pullover von Serge. Ich berühre ihn mit der Hand, rieche unauffällig daran. Ich will ihn nie wieder ausziehen.

»Was meinst du, was Paul darüber denken würde?«, fragt Serge nach einer Weile.

»Ich weiß es nicht. Es wäre schön, ihn fragen zu können. Aber als er noch lebte, hätte ich das vermutlich nicht getan. Nein, ganz sicher nicht.«

»Ich vielleicht schon.«

Ja, das passt zu dem, was er mir von sich und Paul erzählt hat.

»Ich glaube, er hätte mich gewarnt«, sagt Serge mit einem schiefen Lächeln.

»Wovor gewarnt?«

»Dass du mir das Herz brichst?«

Ich sitze da, ganz still, sehe ihn nicht an.

»Oder davor, dass er mir alle Knochen bricht, wenn ich dir weh tue«, fügt Serge hinzu.

»Bestimmt nicht«, antworte ich schnell. »Er hat sich nie Sorgen um mich gemacht.«

»Ganz sicher hat er das, Marie. Du bist zu hart mit ihm.«

›Du bist zu hart mit ihm‹, das klingt, als würde er noch leben.

»Tut mir leid«, sagt Serge, als er mein Gesicht sieht. »Entschuldige. Ich bin ein Idiot.«

Er nimmt mich in den Arm, streicht mir über den Kopf und zieht mich sanft an seine Brust, wie ich es oft mit Viva und Anton mache, wenn sie traurig sind. Komischerweise gefällt mir das.

Viva und Anton. Ich muss zu Hause anrufen. Ich muss Bescheid sagen. Dafür muss ich mit Johannes sprechen. Seit Serge mich gestern Abend im Hotel abgeholt hat, ist es das erste Mal, dass ich an ihn denke. Johannes. Ich versteife mich.

Serge lässt mich los, rückt leicht von mir ab.

»Möchtest du nach Hause?«, fragt er nach einer Weile.

Nach Hause. Beide haben wir den Blick geradeaus gerichtet. Auf die Dächer Berlins, die in der Sonne glitzern, auf den blauen Himmel. Es ist ein wunderbarer Spätsommertag. Thom Yorke singt *Analyse*. Ich sehe nichts. Nur Serge. Was siehst du, wenn du da rausguckst, siehst du auch nur mich, Serge?

»Nein«, sage ich schließlich ruhig. Ich sehe ihn an und warte, bis auch er mich ansieht. »Ich will hier bei dir bleiben. Und was willst du?«

Wenn etwas Wasser darin steht, werden seine grünen Augen türkis. Er hält meinem Blick stand.

»Ich will, dass du bleibst.«

»Ich muss meine Sachen aus dem Hotel holen.«

Er nickt.

»Dann komme ich wieder.«

Er lächelt sein schräges Lächeln. Ich stehe auf, gehe mit weichen Knien an ihm vorbei. Im Bad sehe ich in den Spiegel, erschrecke. So blass. Meine Augen brennen. Dann dieser Blick. Ganz anders als vorher. Ganz anders als gestern. Jeder muss diese Veränderung sehen! Ein Unsinn, natürlich. So theatralisch, so abgeschmackt. Ich bin nicht über Nacht eine andere geworden. Aber etwas ist hinzugekommen. Etwas Ungeheuerliches. Ich gehe hinaus zu Serge. Er sitzt dort, als hätte er sich in der Zwischenzeit überhaupt nicht gerührt.

»Serge?«

Er steht auf, nimmt mich in den Arm und hält mich ganz fest. »Geh jetzt«, sagt er, als er mich schließlich loslässt. Das hat er schon einmal zu mir gesagt. Ich drehe mich rasch um und verlasse mit weichen Knien die Terrasse. Drinnen ziehe ich Serges Pullover aus, drücke ihn mir noch einmal gegen die Nase, inhaliere seinen Duft, bevor ich ihn aufs Bett lege.

Auf dem Weg nach unten rufe ich mir ein Taxi. Im Hotel sehen sie mich seltsam an. Zumindest bilde ich mir das ein. Ich gehe auf mein Zimmer, dusche mich und ziehe mir ein neues Kleid an. Als könnte ich mir das, was letzte Nacht passiert ist, von der Haut waschen. Als würde ich das wollen. Dann packe ich meine Sachen. Schließlich setze ich mich auf das gemachte Bett und wähle unsere Nummer. Es ist 12.15 Uhr. Das Telefon klingelt fünfmal. Der Anrufbeantworter klickt. Ich lege auf. Dann wähle ich Johannes' Handynummer.

»Hallo Prinzessin«, meldet er sich.

Oh Gott.

»Hallo. Wo seid ihr gerade, was macht ihr?«

Ich versuche heiter zu klingen und finde, es klingt künstlich. Es ist immer noch Zeit, einfach zu sagen, ich komme mit dem nächsten Zug.

»Wir sind hier gerade im Park und kicken ein bisschen. Viva spielt mit Emilia und Nina auf dem Spielplatz. Frank ist auch da.« Ich höre, wie er Anton etwas zuruft. »Wie war dein Interview?« Jemand schießt. »Daneben, Papa« schreit Anton aus der Ferne.

»Hörst du mir überhaupt zu?«, frage ich nervös.

»Kurze Pause«, ruft Johannes Anton zu. »Ja, sicher«, sagt er dann zu mir. »Also, wie war das Interview? Und dein Treffen mit dem durchgeknallten Regisseur? Ist er nun durchgeknallt?«

»Sehr spannend. Das Interview war sehr gut. Aber ich muss heute noch mal hin. Ich habe noch ein paar Fragen, und er hat mir angeboten, mich heute Abend noch einmal zu empfangen. Um 18.00 Uhr ist der Termin.«

»Und danach nimmst du den Zug nach Hamburg?«

»Nein. Das ist mir zu hektisch. Ich komme lieber morgen Nachmittag. Dann habe ich auch noch Zeit, hier in Ruhe das Interview fertigzuschreiben. Ich fahre um 15.03, dann bin ich um 16.51 am Dammtor. Holt ihr mich ab?«

Kurze Pause am anderen Ende.

»Das war aber anders abgemacht«, antwortet Johannes leicht gereizt. »Ich dachte eigentlich, wir grillen heute Abend mit den Kindern und mit Frank und Sarah.«

»Du weißt doch, wie das mit diesen Interviews ist«, sage ich nervös. »Vielleicht verschiebt es sich um eine Stunde oder noch weiter nach hinten, dann schaffe ich den letzten Zug sowieso nicht mehr. Da buche ich mein Zimmer lieber gleich für eine weitere Nacht, bin heute Abend nicht unter Zeitdruck und kann morgen noch das Gespräch transkribieren. Du weißt ja, dass ich das immer am liebsten sofort mache.«

Johannes seufzt. »Na gut, dann machen wir es so. Muss ja ein klasse Typ sein, dieser Hertel, wenn du dich so ins Zeug legst.«

Ich lache. »Der ist über sechzig! Aber im Ernst, es war ein spannendes Gespräch mit ihm, und ich glaube, ich kann noch mehr rausholen.«

Ich höre Johannes lächeln. »Kann ich mir vorstellen. Dann mach was aus der zweiten Chance. Ich wünsch dir viel Erfolg.«

»Danke. Holt ihr mich morgen ab?«

»Ja. Bis dann. Ich küsse die Kinder von dir.«

Wir legen auf. Ich fühle mich wie Dreck. Wir sind jetzt zwanzig Jahre zusammen. Es ist das erste Mal, dass ich ihn so angelogen habe. Er denkt, dass ich heiß auf mein Interview bin, dass ich es perfekt machen will. Er vertraut mir. Ich habe ihn nicht nur belogen. Ich habe ihn betrogen. Ich habe mich im Bett gewälzt mit einem anderen und vor Lust gezittert. Ohne Scham, ohne schlechtes Gewissen. Ich habe dem anderen Worte ins Ohr geflüstert, die ich zu Johannes noch nie gesagt habe, nie sagen würde. Das ist Verrat.

Und dennoch, ich brenne darauf, zu Serge zurückzukommen. Ich will nichts rückgängig machen. Ich bereue nichts. Ich packe meine Tasche mit den Büchern und Unterlagen wieder aus. Ich lege meinen Pyjama aufs Bett und lasse meinen Laptop hier, nehme nur eine kleine Tasche mit Kleidung mit. Hänge das *»Bitte nicht stören«*-Schild von außen an die Tür. Dann gehe ich zur Rezeption und verlängere meinen Aufenthalt um eine Nacht. Bis morgen um 14.00 Uhr kann ich auschecken. Ich habe Johannes gesagt, dass ich eine Nacht länger hier im Hotel bleibe, also werde ich das offiziell auch tun. Vielleicht ruft er aus irgendeinem Grund dort an. Dann kann ich nicht schon ausgecheckt haben. Für eine Amateurin bin ich schon sehr gut im Lügen.

Ich bestelle mir ein Taxi. Meine Hände zittern, und ich habe weiche Knie. Auf dem Weg zu Serge versuche ich, mich zu beruhigen. Tief durchzuatmen. Es gelingt mir nicht gut. Als wir vor Serges Tür halten, zahle ich, verzichte auf mein Wechselgeld, renne die Treppen hoch und klingele an seiner Tür. Er öffnet nicht sofort. Dann steht er da und sieht mich nur an. Bleich, ernst, die Hände in den Hosentaschen.

»Komm rein«, sagt er dann doch. Er geht einen Schritt zur Seite, lässt mich vorbei. Immer noch keine Umarmung, keine Berührung. Er sieht mich weiter an mit diesem seltsamen Blick, fast ablehnend.

»Ist etwas passiert?«, frage ich leise, unsicher.

Serge schüttelt nur den Kopf.

Er will mich nicht mehr hierhaben, aber traut sich nicht, es mir zu sagen.

»Soll ich gehen?«, frage ich.

Immer noch sieht er mich nur an.

»Soll ich gehen?«, schreie ich. »Dann sag es mir!«

Serge sagt immer noch nichts. Ich drehe mich um, habe die Klinke schon in der Hand, horche auf sein *»Bleib!«*, das nicht kommt, will entschlossen die Tür öffnen und weglaufen. Stattdessen drehe ich mich um, mache einen Schritt auf ihn zu, noch einen, packe ihn, beide Arme um ihn geschlungen, spüre ihn, seine Nähe, seine Wärme. Ich sauge sie in mir auf, rieche ihn, klammere mich an ihm fest. »Ich habe geglaubt, dass du nicht wiederkommst«, höre ich Serge leise sagen.

Nach einer Weile löst er sich von mir, geht einen Schritt zurück, mustert mich.

Da ist noch was.

»Kennst du das, wenn bei einem Film etwas Unfassbares passiert ist und plötzlich das Bild angehalten wird, erstarrt, alle Geräusche verstummen, keine Stimmen, keine Musik mehr? Dann steht die Welt still. So habe ich mich gefühlt, als du weg warst.«

Er sieht mich an. Ich halte diesem Blick stand. Ich warte.

»Für mich ist das hier nicht einfach nur ein heißer Fick«, sagt er schließlich.

›Ein heißer Fick!‹ Denkt er etwa, das ist es für mich? Es dauert einen Moment. Dann kommt die Wut. Ich schreie ihm, ich weiß nicht was, ins Gesicht, packe ihn an den Schultern, schüttele ihn. Erst als er meine beiden Handgelenke festhält, merke ich, dass ich mit den Fäusten auf ihn losgegangen bin. Er schließt die Arme um mich und hält mich fest. »Ruhig, Marie«, höre ich ihn leise sagen.

Ohne mich loszulassen, führt er mich zum Sofa. Als ich dort liege, seinen ruhigen Atem dicht an meinem Ohr, bin ich auf einmal bleiern müde. Aber bevor mir die Augen zufallen, will ich ihm unbedingt noch etwas sagen.

»Ich hab mich in dich verliebt.«

Er lächelt.

»Was gibt es da zu lächeln?«, frage ich, plötzlich wieder wach.

»Nur so«, antwortet Serge und küsst mich, hört gar

nicht wieder auf. Ich löse mich von ihm, spüre aber gleich wieder seine Lippen auf meinen. »Lass mir deinen Mund«, flüstert er.

›Nur so.‹ Er hat nicht gesagt: ›Ich mich auch in dich.‹

Kurz darauf sitzen wir im Auto. »Lass uns ins Blaue fahren«, meinte Serge. Wir fahren raus aus Berlin, an den See. Sogar eine Decke und einen Picknickkorb haben wir dabei. Es ist zwar schon Mitte September, aber warm wie im August. Badewetter. Nur dass das Wasser dafür schon zu kalt ist. Wir suchen uns einen Platz, an dem wir für uns sind, breiten unsere Decke aus und machen das, was Serge sich gewünscht hat. Im Gras liegen und in den Himmel gucken.

Langsam verschwinden die Schatten von heute Morgen. Serge zieht mich an sich. Atmet tief ein, sein Gesicht an meinem Hals. »Ich kann mir keinen schöneren Duft vorstellen«, sagt er zärtlich. Er küsst mich, öffnet langsam den Reißverschluss meines Kleides. »Was, wenn jemand kommt?«, frage ich leise. »Es kommt keiner«, murmelt er. »Und wenn doch?«, flüstere ich. »Stell dir vor, es sieht uns jemand«, raunt Serge, »macht dich das an?« Ich lache leise, fühle mich ertappt. »Ja! Aber er soll uns nicht hören. Lass es uns, ganz leise machen.« Und so lieben wir uns, so leise wir können. Die kleinen, unterdrückten Laute, das Rascheln und Seufzen klingen lustvoller in meinem Ohr als jeder laute Schrei.

Danach liegen wir, in die Decke gehüllt, eng beieinander. Serge hat die Augen geschlossen und lächelt. Für immer. Ich will ihn für immer in meinen Armen halten. Für immer seine Hände auf meinem Rücken spüren und ihm beim Lächeln zusehen. Dafür lohnen sich das Lügen und Betrügen. Serge schlägt die Augen auf, streicht mir eine Locke aus dem Gesicht, eine schon vertraute Geste. Das erste Mal hat er das an dem Abend in Hamburg gemacht. Das scheint ewig her zu sein. Alles vor diesem Wochenende ist ewig her.

»Heute Morgen«, sagt Serge leise, »hast du meinen Pullover wieder ausgezogen, bevor du gingst. Als ich ihn auf dem Bett liegen sah, war ich mir ganz sicher, dass du nicht wiederkommst. Ich habe wie ein Irrer daran gerochen, ich dachte, das ist das Einzige, was mir von dir bleibt.«

»Dabei habe ich keinen Moment gezögert«, sage ich.

Serge lächelt, mit Blick in den Himmel.

»Wie war es heute Morgen im Hotel?«, fragt er nach einer Weile.

»Willst du das wirklich wissen?«

»Ja, will ich.«

»Es war leicht. Er hat mir sofort geglaubt.«

Ich erzähle ihm, dass ich Johannes noch nie angelogen habe. Dass ich Unaufrichtigkeit verachte. Dass ich mich schlecht und gemein gefühlt habe. Wir schweigen. Beide liegen wir auf dem Rücken und gucken in den Himmel.

»Bereust du es?«, fragt Serge schließlich.

»Nein.«

Er dreht sich zu mir, stützt die Arme auf, jetzt über mir, sein Gesicht nahe an meinem. Er sieht mir in die Augen, ernst, zärtlich.

»Marie«, sagt er leise.

Was ich spüre, ist Glück. Ich habe alles.

Als es dämmert, fahren wir zurück. Ich fühle mich aus der Zeit gefallen. Zwischen den Welten. Als würde es nur Serge und mich geben. Keine Vergangenheit. Keine Zukunft. Als würden Johannes, Anton und Viva nicht jetzt, zur selben Zeit, in Hamburg sein und auf mich warten. Als gäbe es mein Leben gar nicht. Vielleicht wird es, wenn ich wieder zurück bin, andersherum sein. So, als hätte es dieses Wochenende mit Serge gar nicht gegeben. Vielleicht wird es nach und nach zu einer Erinnerung verblassen an einen sehr schönen, abwegigen Traum. Ich sollte mir das wünschen. Aber ich will das nicht. »Ich will nicht, dass du wieder aus meinem Leben verschwindest.« Serge sieht mich abrupt an. Ohne es zu merken, habe ich laut gedacht. Ich beiße mir auf die Lippen. Er sagt nichts. Sein Blick ist wieder auf die Fahrbahn gerichtet. Er sagt nicht: ›Das will ich auch nicht.‹ Er fragt nicht: ›Was willst du denn?‹ Ich hätte auch keine Antwort darauf.

»Was ist mit Johannes?«, fragt Serge mit nüchterner Stimme.

»Was willst du wissen?«

Zeit gewinnen.

»Bist du glücklich mit ihm?«

Ich sehe ihn an, lächele. Aber er spielt nicht mit, verzieht keine Miene, guckt weiter starr geradeaus.

»Ja«, sage ich schließlich. Ich erzähle ihm unsere Geschichte. Wie jung wir waren, als wir uns kennenlernten. Dass ich mich in Johannes verliebt habe, weil er so wach und neugierig war und zugleich voller Optimismus. Dass seine Welt licht und heil war. Dass er mir das Gefühl von Heimat wiedergegeben hat und das Vertrauen in die Zukunft. Ich erzähle Serge auch, dass Johannes mein Vertrauter ist. Dass wir oft gemeinsam lachen. Was wir für ein schönes Leben haben.

Serge sagt nichts. Aber er fährt plötzlich schnell, zu schnell.

»Hör auf!«

Er gibt noch mehr Gas.

»Wenn das alles so ist, was soll das dann mit uns?« Seine Stimme klingt betont ruhig, fast kühl, sein Blick auf die Fahrbahn geheftet.

»Fahr langsamer!«

Er drosselt die Geschwindigkeit.

»Du wolltest es wissen«, sage ich. »Es gibt keinen Grund, wütend auf mich zu sein.«

Wir blicken beide stur geradeaus.

»Und was ist mit dir? Was ist mit dir und Lucy?«

»Lucy«, sagt er. Dann, zögerlich, beginnt er zu erzählen. Sie sind jetzt seit fünf Jahren zusammen. Seit einem Jahr leben sie zusammen. Mit ihr ist alles intensiv. Lucy spürt man. Ihre Freude, ihre Wut, ihre Tränen. Sie trägt ihr Herz auf den Lippen. Sie sagt, was sie denkt und fühlt, hält nichts zurück. Sie hat ein ganz besonderes Gespür. Sie ist keine Strategin, nicht verkopft, nicht intellektuell. Sie ist leidenschaftlich. Expressiv. Voller Lebenslust. Sie macht alles mit Haut und Haaren. Er fühlt sich frei mit ihr. Zwischen ihnen ist sehr viel Nähe, aber keine Enge.

Eine Liebeserklärung.

Danach ist es sehr still im Auto. Es fühlt sich an, als hätte er mir mit Wucht in den Magen geschlagen.

»Halt an«, sage ich.

Er guckt mich von der Seite an.

»Halt an!«

Serge wechselt die Spur, fährt auf den Standstreifen, hält an. Den Blick nach vorn gerichtet, nach außen hin ruhig. Mein Atem geht schnell, unbeherrscht. Ich will aussteigen, ein Auto anhalten, weg von ihm. Stattdessen presse ich meinen Mund auf seinen, beiße ihm auf die Lippen, will sein Blut schmecken, sauge es auf. Er zuckt, dann packt er mich an den Haaren, küsst mich heftig. Ich setze mich auf seinen Schoß, presse mich an ihn, fange an zu heulen, lauthals, wie ein Kind. Er hält mich fest, trocknet mir die Tränen, flüstert mir tröstende Worte ins Ohr, wiegt mich hin und her, und in seinen Armen beruhige ich mich, wünsche mir, dass er mich weiter so hält und niemals loslässt.

»Weißt du«, sagt er leise, »es ist so, als würden wir miteinander immer einen Schritt weiter gehen und keine Ahnung haben, was uns am Ende erwartet. Als würde es kein Morgen geben. Oder vielleicht auch doch.«

Ich sehe Serge an, und erstaunlicherweise lächelt er. Ein befreites, zärtliches Lächeln. Als wir in Berlin ankommen, ist es Abend, und wir sind beide hungrig. Serge beginnt zu kochen. Ich lege mich aufs Sofa und sehe ihm dabei zu. Er ist versunken, schweigsam. Wir hören die Musik aus Paris.

Ich schließe die Augen und falle in einen leichten Schlaf. Ich wache wieder auf, als ich Serge den Tisch decken höre. Beim Essen lachen wir viel. Er erzählt von Dreharbeiten, Schauspielern, skurrilen Situationen am Set. Er bringt mich dazu, Tränen zu lachen.

Wir reden pausenlos an diesem Abend. Wir erzählen einander von ganz früher. Von der Zeit, als Leo und Eva jünger waren als wir jetzt. Schließlich erzähle ich ihm auch von meiner Verlorenheit, als Eva mit Leo nach München ging. Dem Alleinsein. Der Stille und Dunkelheit. Dem Gefühl, mit vierzehn schon erwachsen sein zu müssen und keine Familie, kein Heim mehr zu haben. Ich erzähle ihm von den vielen Jungs, die ich zu mir nach Hause eingeladen und mit denen ich geschlafen habe. Ich erzähle ihm von meiner Angst, verletzt zu werden, immer noch. Er hört mir aufmerksam zu. Streicht mir dann mit großer Zärtlichkeit übers Gesicht.

»Verstehe ich«, sagt er.

Nur das. Ich weiß, was er meint. Er versteht es nicht mit dem Kopf, es ist nicht einfach Empathie. Nein, er spürt seinen Schmerz von damals und kann darum meinen verstehen.

Es ist so etwas wie Erkennen.

»Weißt du, was komisch ist?«, fragt Serge nach einer Weile nachdenklich. »Ich dachte, ich hätte das alles hinter mir gelassen. Die Zeit damals. Aber mit dir ist plötzlich alles wieder da. Ich weiß wieder, wie sich mein Leben mit zwölf anfühlte. Und mit dir zusammen ist es so, als würdest du das Gefühl von damals mit mir teilen und es damit erträglich machen.«

Er hält inne, starrt vor sich hin. Ich würde ihn gern berühren. Ich würde gern meine Arme um ihn legen, ihn an mich drücken. Aber ich traue mich nicht. Also nicke ich nur. Plötzlich fangen seine Schultern an zu zucken. Er weint, heult, es bricht aus ihm heraus und ist schrecklich anzuhören. Als käme es aus dem tiefen Inneren und würde sich qualvoll seinen Weg nach außen bahnen. Er wendet sich ab, hält sich die Hände vors Gesicht. Ich gehe zu ihm, versuche, ganz sanft, seine Hände zu nehmen, und er lässt es geschehen. Er schlingt heftig die Arme um mich, birgt den Kopf in meinem Bauch und stößt seltsame Laute aus, würgt an seiner Traurigkeit, schreit und jammert. Ich halte ihn, so fest ich kann. Schließlich ist der Ausbruch vorbei. Langsam hebt Serge den Kopf und sieht mich an.

Ich liebe dich. Ich sage es nicht.

Kurz darauf gehen wir ins Bett, beide müde, erschöpft. Aber statt zu schlafen, reden wir fast die ganze Nacht.

Ich erzähle ihm die Geschichte von Cyrus, die ich bisher noch niemandem erzählt habe. Cyrus, der Junge aus dem benachbarten Gymnasium, der ein paar Jahre älter war als ich und den ich zu mir eingeladen hatte.

Von außen betrachtet, lief es wie mit den anderen davor. Aber bei näherem Hinsehen lagen Welten dazwischen. »Ich komme nächste Woche wieder«, hatte er beim Hinausgehen gesagt, ohne sich noch einmal umzudrehen. Ich zählte die Tage. Ich wollte, dass er wiederkommt. In seinem Blick hatte etwas anderes gelegen als bei den Jungen davor. Nicht Gier und Unsicherheit, sondern Verstehen und Traurigkeit.

Am nächsten Dienstag wartete ich ungeduldig auf ihn. Er blieb bis spätabends bei mir. So war es auch an all den kommenden Dienstagen. Wir schliefen miteinander und verbrachten den Rest des Tages im Bett. Wir rauchten und hörten Musik, die er mitbrachte und von der ich bis dahin noch nie etwas gehört hatte. Wir schwiegen viel miteinander, und wenn wir redeten, war es fast wie ein Geheimcode. Einer von uns sagte etwas, und hinter den kargen Worten verbarg sich eine Botschaft für den anderen. Wir fragten nie nach.

Wir vertrauten uns einander an und taten so, als wüssten wir nichts voneinander. Wir waren voller Zärtlichkeit und taten nüchtern. Wir bedeuteten einander alles und taten so, als wäre es nichts.

Vier Monate vergingen so, und ich lebte nur für diese Dienstage. Eines Tages kam Cyrus und erzählte mir von einem Kinofilm, den er einige Tage zuvor gesehen hatte. *Diva* von Jean Jacques Beineix. Er bat mich, mit ihm diesen Film zu sehen. Ich sträubte mich. Wir waren bisher nie zusammen draußen gewesen, hatten uns immer nur in meinen vier Wänden getroffen. Aber schließlich ließ ich mich überreden. Zum ersten Mal verließen wir an diesem Abend gemeinsam die Wohnung. Wir saßen nebeneinander im Kino, und plötzlich war es, als stünden wir ganz am Anfang. Als hätten wir einander noch nie berührt. Als er meine Hand nahm, klopfte mein Herz. Wortlos und eng umschlungen gingen wir danach durch die Straßen. Vor meiner Haustür angelangt, sah er mich mit diesem ganz neuen Blick an, und dann hob er den Zeigefinger und schrieb es auf mein T-Shirt. Ein I, ein c, ein h. Neues Wort. Ein l, ein i, ein e, ein b, ein e. Neues Wort. Ein d, ein i, ein c, ein h. Ich lief die Treppen hinauf, und die Worte brannten auf meiner Brust. Ich wollte die Welt umarmen, die ganze Welt. Glück, mein Gott, jetzt wusste ich, was Glück ist.

Und dann kam die Angst. Was, wenn er mich verletzen würde? Was, wenn er mich verließe? Das würde mich umbringen. Der Schmerz würde mich auffressen. Am darauffolgenden Dienstag ging ich mittags mit zu einer Freundin und starb dort tausend Tode. Erst am späten Abend schlich ich mich nach Hause. Im Briefkasten fand ich eine Kassette von ihm. Er war also da gewesen. Ich war sinnlos glücklich darüber. Am nächsten Dienstag dasselbe. Am darauffolgenden Dienstag auch. Aber dieses Mal war auf der Kassette nur ein Lied: *Love Will Tear Us Apart* von Joy Division. Dieses Lied habe ich mir eingebrannt. Ich habe es so oft gehört wie kein anderes in meinem Leben. Am folgenden Dienstag war der Briefkasten leer. Das, wovor ich am meisten Angst gehabt hatte, war passiert. Er hatte mich verlassen. In der Nacht irrte ich durch die Straßen und suchte ihn, völlig sinnlos, natürlich. Ich wusste nicht einmal, wo er wohnte. Ich habe ihn nie wiedergesehen. Noch Jahre danach bin ich zusammengezuckt, und mein Herz sprang, wenn ich aus den Augenwinkeln jemanden sah, der ihm auf den ersten Blick ähnelte.

Ich berge meinen Kopf an Serges Schulter, schlinge meine Arme um ihn.

»Vielleicht werde ich bald durch Berlin gehen, und mein Herz wird springen, immer wenn ich eine Frau sehe, die dir auf den ersten Blick ähnelt«, flüstert er. »Vielleicht für immer.«

»Nein«, sage ich, »so wird es nicht sein.«

»Wie wird es denn sein?«

»Wir werden uns wiedersehen.«

»Willst du das denn?«

Mehr als alles.

»Ja, will ich. Und du?«

»Ja!«

Serge zieht mich an sich, so fest, dass es weh tut. Lange hält er mich so eng umschlungen, eine gefühlte Ewigkeit, und es tut gut. Dann wird sein Griff sanfter, aber ich bleibe in seinen Armen.

Lass mich nie wieder los.

Als ich schon fast eingeschlafen bin, höre ich ihn leise meinen Namen sagen.

»Als ich noch einmal allein in dem Restaurant im Marais war und dem Chef erzählte, dass die schöne Frau nicht meine sei, weißt du, was er da gesagt hat?«

»Nein«, sage ich, plötzlich wieder ganz wach. »Weiß ich nicht.«

»Er sagte, dass ich es mir aber wünschen würde.«

Ich höre Serge schlucken.

»Er hatte recht«, sagt er leise. »Damals habe ich es mir gewünscht, ohne zu wissen, wie es wäre. Und jetzt wünsche ich es mir, weil ich weiß, wie es ist.«

Ich kann nichts sagen, schmecke schon die Tränen, die dann kommen würden. Also bleibe ich einfach still in seinen Armen liegen.

***

Als wir aufwachen, ist es schon fast Mittag. Wir haben nicht mehr viel Zeit. Wir frühstücken im Bett, dann stehe ich auf, dusche mich, kleide mich an. Als ich herauskomme, sitzt Serge in Jeans und T-Shirt am Tisch.

»Du musst los«, sagt er, und ich nicke.

Wir gehen beide zur Tür, dort steht schon meine Tasche.

»Sag ›Geh jetzt‹«, flüstere ich, als wir einander gegenüberstehen.

Stattdessen packt er mich, drückt mich gegen die Wand, ist so schnell in mir. Wir sind beide heftig, fast brutal. Danach küsst er sanft meine Augen, meinen Mund.

»Ich kann das nicht«, sagt er leise. »Ich kann dich nicht gehen lassen.« Er streift sich seine Kleidung über, hat die Türklinke schon in der Hand. »Ich komme wieder, wenn du weg bist.«

Dann dreht er sich noch einmal um. Kommt zu mir. Streicht mir übers Gesicht, mein Haar hinters Ohr.

»Ich vermisse dich«, flüstere ich.

»Ich denke jeden Tag an dich«, sagt er, seine Stimme rau. »Vergiss das nicht.«

Dann ist er weg. Seine Schritte verhallen auf der Treppe, Stille.

Ich denke jeden Tag an dich.

Zehn Minuten später nehme ich meine Tasche und ziehe die Tür hinter mir zu. Ich sehe mich nicht noch einmal um. Ich fahre mit dem Taxi zum Hotel, packe meine Sachen, checke aus und fahre zum Bahnhof. Dort angekommen, habe ich noch wenige Minuten bis zur Abfahrt des Zuges.

Seit Serge die Tür hinter sich zugezogen hat, bin ich in Bewegung. Als ich im Zug sitze, habe ich das erste Mal Zeit für einen klaren Gedanken. Erst jetzt wird mir bewusst, dass ich abgereist bin. Weg von Serge. In zwei Wochen wird er in die Türkei fahren und sechs Wochen dortbleiben. Wir werden in dieser Zeit nichts voneinander hören, so haben wir es vereinbart. »Ich melde mich, wenn ich zurück bin«, hat er gesagt. Ich habe genickt. So würde ich Zeit haben, um mich zu besinnen, um wieder zu mir zu kommen. Und er auch. Klug, vernünftig.

Ich starre meine Hände an. Die haben ihn eben noch berührt. Diese Augen, die da wild in die Landschaft starren und nichts sehen, hat Serge eben noch geküsst. Diese glühende Wange berührt. Dieses Herz, dieses Herz, das da so wild klopft, was hat er damit gemacht?

So geht das nicht! Da werde ich verrückt, noch bevor ich in Hamburg angelangt bin.

Ich schiebe den Gedanken an Serge beiseite. Ich habe noch eine halbe Stunde bis Hamburg. Anton und Viva werden auf dem Bahnsteig stehen und auf mich warten. Und Johannes. Ich blättere in der *Süddeutschen Zeitung*, die auf meinem Platz liegt, und beginne zu lesen. Neurobiologen wollen die Wirkung von Musik ergründen. Die Privatisierung öffentlicher Dienstleistungen hat seit Beginn der 1990er Jahre mindestens 600 000 Jobs gekostet. Außer den Überschriften verstehe ich nichts. Ich lese die Wörter und kann keinen Zusammenhang herstellen. Aber die Zeit vergeht, und schließlich fährt der Zug im Hamburger Hauptbahnhof ein. Noch fünf Minuten bis zum Dammtor. Dort erwarten mich meine Kinder und mein Mann.

Sechs

Viva und Anton laufen mir entgegen. Ich breite die Arme aus, und beide springen hinein. Ich halte sie fest und wirbele sie herum. Ein Glücksgefühl. Dann stehe ich vor Johannes. Ich kann ihm nicht in die Augen sehen, flüchte mich in seine Arme. »Willkommen zu Hause, Prinzessin.« Viva und Anton erzählen wild durcheinander, Johannes lächelt mir zu, Arm in Arm gehen wir zum Auto.

»Wir haben gedacht, wir holen das Grillen heute Abend nach«, sagt Johannes auf der Rückfahrt. »Frank und Sarah kommen um 18 Uhr mit den Kindern zu uns. Ist dir das recht?«

Ich lächle ihn an. »Ja, sehr. Das sind bestimmt die letzten lauen Abende im Garten.«

»Toll, Mama«, rufen Viva und Anton gleichzeitig.

Meine Familie, mein Ein und Alles.

Trotzdem vermisse ich Serge. Mit jeder Faser. Alles in mir, jede kleinste Ecke, vermisst ihn, ich könnte schreien vor Sehnsucht, ich könnte schreien vor Freude darüber, dass es ihn gibt.

Es geht nicht zusammen.

Ich will Johannes nicht weh tun. Ich will ihn nicht

hintergangen, betrogen und angelogen haben. Ich will kein klaffendes Loch zwischen uns gegraben haben.

Dennoch brennt da Serge in mir, und ich will ihn, will ihn unbedingt.

Als wir aussteigen, küsst Johannes mich auf den Mund. »Schön, dass du endlich wieder da bist«, sagt er freudestrahlend.

Als wir im Garten den Tisch decken, fragt er mich nach dem zweiten Teil meines Interviews. Interessant sei es gewesen, es habe sich auf jeden Fall gelohnt, das Gespräch fortzusetzen. Offener sei Sebastian Hertel gestern gewesen, entspannter, die Atmosphäre freundschaftlicher.

Was rede ich da? Ich zucke nicht einmal mit der Wimper, die Lüge geht mir so leicht über die Lippen, als wäre es keine.

»Warum hast du dich gestern Abend nicht noch mal gemeldet?«, fragt Johannes arglos.

»Ich habe mein Handy vor dem Interview ausgeschaltet. Weißt du ja, das mache ich immer. Und danach habe ich ganz vergessen, es wieder einzuschalten.«

»Und wenn was mit den Kindern gewesen wäre?«

Johannes hat recht. Ich schalte mein Handy eigentlich nie länger als notwendig aus, wenn ich unterwegs bin. Ich lächle ihn an. »Ich habe es einfach vergessen«, sage ich entschuldigend. »Ich war müde, hab im Hotel ein Bad genommen und bin dann auch gleich mit einem Buch ins Bett gegangen. Ich habe mich ja auch heute Mittag noch mal gemeldet.«

Johannes grinst sorglos. »Schon gut, Prinzessin. War ja nichts.«

Wird es jetzt bei jeder harmlosen Frage so sein, dass ich mich ertappt fühle und viel mehr erkläre, als nottut?

Kurz darauf kommen Frank und Sarah mit ihren Töchtern. Es wird ein langer, fröhlicher Abend mit viel Kinderlachen und reichlich Rotwein zu später Stunde. Ich erzähle, lächle, stoße mit Johannes und unseren Gästen auf das schöne Leben an, als wäre nichts geschehen.

Drei Tage nach meiner Rückkehr schicke ich das fertige Interview an Sebastian Hertel und bekomme es noch am selben Tag mit nur geringfügigen Änderungen von ihm autorisiert. In das Interview füge ich separat einen Kommentar ein, der sich jedoch wie eine flammende Rede liest, viel zu emotional. Ich speichere die Datei zwar, beginne aber ein zweites Mal und schreibe mit mehr Distanz und Kalkül. Ich formuliere eine Mail an Gerhard und füge das Interview hinzu. Als zweite Datei hänge ich den Kommentar an, die redigierte Fassung. Dann, spontan, lösche ich sie wieder aus dem Anhang, wähle stattdessen die erste Version aus und gehe auf *Senden*.

In der nächsten Redaktionskonferenz spricht Gerhard mir vor versammelter Mannschaft ein Lob aus. Was die Serie angehe, hätte ich mit diesem ersten Teil gute Überzeugungsarbeit geleistet. Wer vorher gestöhnt habe, dass dieses Thema langweilig und längst erschöpft sei, der müsse es jetzt besser wissen. Ich sehe, wie einige Kollegen genervt die Augen verdrehen. Aber es gibt auch die anderen, die sich mit mir freuen. Auf beiden Seiten, bei den Missgünstigen und bei den Wohlmeinenden, gibt es einige, von denen ich das nicht erwartet hätte.

Nach der Konferenz hält Gerhard mich zurück. In dem Interview und in dem Kommentar sei genau das drin, was er bislang in meinen Texten vermisst habe, sagt er und nickt bekräftigend. Ich bin beflügelt.

›Du brennst für das, was du tust. Das gefällt mir‹, hatte Serge gesagt. Ob er es wohl lesen wird? Ein heftiger Anfall von Sehnsucht. Als würde mein Herz Fahrstuhl fahren. Abrupt und rasend vom Erdgeschoss ins oberste Stockwerk. Plötzlicher Halt. Ich schnappe nach Luft. Will den Gedanken an Serge wegschieben, kann es aber nicht lassen, an seine Hände zu denken, fühle sie auf meiner Haut, meinen Brüsten, überall, spüre Lust, heftig und real, beiße die Zähne zusammen, damit meinen Lippen kein Laut entfährt. Mein Gott. Wie kann er so weit weg und zugleich so hautnah sein? Ich starre aus dem Fenster und sehe nichts. Nur Serge. Wie in Berlin, als wir auf seiner Dachterrasse saßen. Aber da war er wirklich zum Greifen nahe, und jetzt ist er irgendwo, nirgendwo. Ich taste nach meinem Handy. Ich halte es nicht aus, will es nicht aushalten. Ich rufe ihn jetzt an. Ich muss dich unbedingt sehen, werde ich zu ihm sagen. Ich dich auch. Ich komme, wird er antworten. In ein paar Stunden, spätestens morgen, werde ich ihn endlich wieder spüren, seinen Körper, seine Hände, seine Lippen.

Sein Name steht unter meinen Favoriten. Ich muss ihn nur kurz mit dem Finger berühren, und dann bin ich verbunden. Mit zitternder Hand lege ich das Handy weg. Ich kann ihn nicht anrufen. Normalerweise verdränge ich den Gedanken an ihn mit aller Macht. Heute ist Montag, der achte Tag ohne ihn. Wir haben vereinbart, nichts voneinander zu hören, acht Wochen lang. Acht Wochen! Ich weiß nicht einmal, wie ich die nächste Stunde überstehen soll.

Ich atme ein paarmal durch, räuspere mich, wähle die Nummer von Freya und verabrede mich mit ihr für den Abend. Eigentlich wollte ich niemandem etwas erzählen, weil es erst dann, ausgesprochen, richtig real würde. Ein infantiler Gedanke, natürlich. Jetzt will ich es erzählen, damit es real wird. Ich will es greifen können, will es besser festhalten können! Wenn ich schon nicht mit Serge sprechen kann, dann zumindest über ihn, über uns! Das mit uns, das will über meine Lippen, das dürstet nach einem Zuhörer, einem Mitwisser, und das kann nur Freya sein.

Abends auf dem Weg zu ihr lege ich mir die richtigen Worte zusammen, erzähle meine Geschichte. Die Bilder spulen sich in meinem Kopf ab. Serge in der Lobby meines Hotels, unser Gespräch im Restaurant, als ich ihn auf seinen Streit mit Leo ansprach, mein abruptes Herzklopfen, als er von seiner Wohnung erzählte. ›Willst du sie sehen?‹ Bei ihm zu Hause, Serges Hand, die mich auf die Dachterrasse führte, der Blick über die Stadt, Serges Stimme an meinem Ohr. ›Am schönsten ist es frühmorgens, wenn die Sonne aufgeht. Dann stehst du hier oben und weißt, dass dir die Welt gehört. Dass alles möglich ist.‹

Meine Sehnsucht, ihn zu berühren, meine Hände auf seinen Lippen, seine Stimme voller Lust, Marie, mein Mund auf seinem, meine Zunge, die seine sucht. Seine Hände auf meiner Haut berühren meinen Körper, überall.

Plötzlich stehe ich vor Freyas Haustür, mühsam stoppe ich den Film in meinem Kopf. Ich atme ein paarmal tief durch, warte, bis mein Herz wieder im normalen Takt schlägt, das zweite Mal an diesem Tag, und klingele.

Sie ist blass, fast durchscheinend, aber sie strahlt über das ganze Gesicht, die Rundung ihres Bauches ist inzwischen sichtbar. Sie umarmt mich, ja drückt mich geradezu an sich. Sie schiebt mich in die Küche, drapiert Antipasti auf einem Teller.

»Du glaubst nicht, was ich heute für einen Tag hatte«, platzt es aus ihr heraus. »Heute Morgen war ich beim Frauenarzt, ich hatte eine schlaflose Nacht hinter mir, das Herz hing mir in den Knien, meine Hände haben gezittert. Das Baby hatte sich seit Tagen nicht mehr bewegt, und ich habe mich so in meine Angst gesteigert, dass ich nicht mal mehr richtig schlucken konnte. Als der Arzt mir sagte, es sei alles in bester Ordnung, und als ich den Herzschlag des Babys auf dem Ultraschall sah, weißt du, was ich da gemacht habe? Ich habe geheult. Mein Arzt hat mir die Wange getätschelt –mir!«

Ich sehe sie an und erkenne wieder das Zarte, Zerbrechliche an ihr, das man immer so schnell vergisst.

Sie ist eine Kämpferin, strahlend und schön dazu. Sie wirkt unbesiegbar, auf manche unantastbar, aber natürlich ist sie das nicht.

»Warum hast du mich nicht angerufen?«, frage ich. »Ich hätte doch kommen und dir beistehen können.«

Freya sieht mich an, lächelt. »Es ist ja gutgegangen«, sagt sie. »Letztlich war meine Zuversicht doch größer als die Angst, sonst wäre ich ins Krankenhaus gefahren.«

Ich nicke, nicht ganz überzeugt.

»Und wie war es in Berlin?«, fragt sie.

Wir sitzen auf dem Sofa, einander gegenüber, beide mit hochgezogenen Beinen, die Antipasti sind gegessen, ich halte mein zweites Glas Wein in der Hand. Ich weiche Freyas Blick aus, erzähle ihr detailliert von dem Interview mit Sebastian Hertel, plötzlich ist es still, und mein Herz klopft. Gleich wird sie mich fragen, ob ich mich mit ihm getroffen habe. Und ich werde ihr alles erzählen.

»Es bewegt sich«, sagt Freya stattdessen.

Ich blicke auf und sehe wieder dieses neue sanftweiche Funkeln in ihren Augen.

»Fühl mal«, sagt sie leise.

Ich beuge mich zu ihr, lege meine Hand auf ihren Bauch und spüre, wie das Baby sich bewegt. Ein ganz anderes Gefühl schießt mir in den Kopf. Serge. Serge in mir. Wie es sich anfühlt. Lust fährt mir durch den ganzen Körper. Nur ein winziger Moment. Meine Hand liegt immer noch auf Freyas Bauch.

»Marie, du hast ja Tränen in den Augen!«

Ich schrecke auf, sehe Freya an.

»Was? Ja. Ach, ich. Nein«, antworte ich.

Freya rückt ein Stück näher, sieht mich aufmerksam an. Jetzt fragt sie. Sicher hat sie gemerkt, dass ich mit meinen Gedanken ganz woanders bin.

»Johannes und du, habt ihr schon mal an ein drittes Kind gedacht?«, fragt sie stattdessen.

»Ein drittes Kind? Auf keinen Fall!«

Das wäre jetzt wirklich das Letzte.

»Willst du nicht, oder will Johannes nicht?«

»Wir beide nicht!«

Merkt sie denn gar nicht, dass sie völlig auf der falschen Fährte ist?

»Wie steht es denn mit eurer Haus- oder Wohnungssuche?«, frage ich, um das Thema zu wechseln.

Freya erzählt von Häusern, die sie besichtigt haben, und von einem, das ihnen besonders gefallen hat. Es wäre nur ein paar Schritte von uns entfernt, direkt am Innocentiapark. Eppendorf, beste Lage. Wir reden über Michel und wie es wohl sein wird, plötzlich zu viert. Freya ist sorglos und voller Zuversicht. Wunderbar wird das werden, sagt sie, und ich sehe sie an und glaube ihr. Wir reden über meine geplante Serie und noch einmal über Berlin und das Gespräch mit Sebastian Hertel. Wir sprechen über die Reportage, für die Freya gerade recherchiert, über die Kinder. Wir reden über alles, nur nicht über das, was mein Herz unruhig schlagen lässt, was mir im Kopf herumgeht und immer größer wird. Nur nicht über das, was ist und nicht sein darf, was ich unbedingt will und nicht wollen darf.

Nicht über das, was mir vorhin die Tränen in die Augen getrieben hat. Freya, verdammt, warum siehst du mir nicht an, dass in mir alles in Aufruhr ist?

»Alles gut?«, fragt Freya leise, als wir uns zum Abschied umarmen.

»Ja«, murmele ich, »alles gut.«

Alles bestens. Solange niemand ich mich hineinsieht.

Auf dem Nachhauseweg gehe ich sehr langsam. Als ich schließlich die Tür aufschließe und auf Zehenspitzen ins Schlafzimmer schleiche, bin ich erleichtert, dass Johannes schon im Bett und eingeschlafen ist. Ich gehe zu den Kindern und bin, wie jedes Mal, entzückt, dass sie im Schlaf wie Engel aussehen. Viva liegt zusammengerollt auf der Seite. Sie sieht so friedlich und zart aus, den Mund leicht geöffnet, tief im Schlaf versunken.

»Hallo Mama«, murmelt Anton, ohne aufzuwachen, als ich ihm übers Haar streiche. Es ist doch alles klar. Das hier ist mein Leben.

Die nächsten Tage versuche ich, meinen Rhythmus wieder aufzunehmen. In der Redaktion, mit den Kindern, mit Johannes. Die Einbrüche kommen plötzlich. Er fehlt mir bis in die Fingerspitzen, wenn ich an seine Hände auf meiner Haut denke, an seinen Körper auf meinem. Er fehlt mir, weil er unberechenbar ist und ich, mit ihm zusammen, auch. Er fehlt mir, weil ich bei ihm Mädchen und Frau zugleich sein kann. Mit Johannes zusammen bin ich nie das einsame Mädchen, das Geborgenheit und Schutz sucht und sich vor den dunklen Schatten flüchtet. Das Mädchen, das die Jungen zu sich einlädt, einen nach dem anderen, und mit ihnen schläft. Das Mädchen, das sich das erste Mal in einen Jungen verliebt und doch vor ihm flieht. Das Mädchen, das sich selbst das Herz bricht. Das wäre albern, lächerlich. Aber mit Serge bin ich all das. Ich vermisse sein Gespür für mich. Dass er meine Stimmungen errät, meine Gedanken. Mir fehlt sein Hadern mit sich selbst. Seine Scheu, Gefühle zu zeigen, und sein Mut, es dann doch zu tun. Seine verkantete Leidenschaft. Unmöglich, auf ihn zu verzichten.

Auf der anderen Seite sind da wir vier. Ein Spätsommerpicknick am Elbstrand, die Kinder spielen den ganzen Tag im Sand, ganz eins mit sich, Johannes liegt mit dem Kopf auf meinem Schoß, wir schauen den großen Kränen nach, berichten einander die kleinen Erfolge und Niederlagen der vergangenen Woche. Ich erzähle ihm von meiner Serie, dem Lob von Gerhard und den erstaunlich vielen Leserbriefen zu dem Interview mit Sebastian Hertel und meinem Kommentar. Er berichtet mir von einem einflussreichen Privatinvestor, den er seit einiger Zeit versucht, für sich und die Kanzlei zu gewinnen. Jetzt steht ein entscheidendes Gespräch an, das Johannes mit dem Mandanten allein führen wird. Der Ausgang dieses Gespräches wird sicher maßgeblich dafür sein, ob Johannes bald zum Partner ernannt wird oder nicht. Gemeinsam entwickeln wir Ideen, spielen Szenarien durch, denken laut. Das kann ich mit niemandem so gut wie mit ihm.

Die Planung des Gesprächs mit dem Privatinvestor ist in den kommenden Tagen vorherrschendes Thema.

Damit verbringen wir auch einen Abend zu zweit in unserem Lieblingsrestaurant. Johannes hat die Kinder zu seinen Eltern gebracht und mich überraschend aus der Redaktion abgeholt. Im ersten Moment erschrecke ich, als der Pförtner mich anruft und mir ankündigt, dass mein Mann da sei. Sie kennen ihn, er darf den Fahrstuhl zu meinem Büro im 5. Stock nehmen, ohne dass ich ihn abholen muss. *Er weiß was*, ist mein erster Gedanke. Mit klopfendem Herzen gehe ich ihm entgegen. Als ich sein Gesicht sehe, ist mir sofort klar, dass es einfach nur eine Überraschung ist. Ich freue mich. Wie immer reden wir viel und merken nicht, wie die Zeit vergeht. Ein Moment ist etwas seltsam. Ich gucke plötzlich hoch und ertappe Johannes bei einem ernsten, nachdenklichen Blick in meine Richtung. Er sieht aus, als würde er etwas wissen wollen. »Was ist?«, frage ich ihn. Aber zu meiner Erleichterung schüttelt er nur den Kopf und antwortet nicht. Ich insistiere nicht wie ich es sonst getan hätte.

Ich muss es ihm sagen. Hundertmal habe ich das schon gedacht. Und zum hundertsten Mal sage ich nichts.

An diesem Abend schlafen wir miteinander. Danach habe ich ein schlechtes Gewissen, weil ich gegenüber Serge kein schlechtes Gewissen habe. Schizophren.

***

Es ist jetzt vier Wochen her. Seit zwei Wochen ist Serge in der Türkei. Ich habe nichts von ihm gehört. Ich habe ihm einen Brief geschrieben und ihn in den Tresor meiner Bank gelegt. *Freya* steht auf dem Briefumschlag. Darin steckt der Brief in einem zweiten Umschlag, auf dem *Serge* steht. Natürlich ist das theatralisch. Trotzdem fühle ich mich besser, seit ich den Brief geschrieben und ihn eingeschlossen habe wie einen Schatz. Es ist ein langer und exzessiver Brief.

Ich schreibe, dass ich ihn mit jeder Faser vermisse, von den Haarwurzeln bis in die Fußspitzen. Dass ich mir manchmal das Haar hinters Ohr streiche und mir vorstelle, es wäre seine Hand, die ich dann auf meiner Haut spüre. Dann brennt meine Wange, und mein Ohr wird heiß. Ich sage, dass ich einen Tag meines Lebens geben würde für einen Blick in seine Augen. Oder zwei oder zehn oder zwanzig Tage. Ich schreibe ihm, auf welche Arten ich alles mit ihm Liebe machen will. Ich fabuliere, ich erfinde, ich schwärme. Ich erwähne unsere erste Begegnung in Paris, unser Wiedersehen in Hamburg und unser Wochenende in Berlin. Ich zitiere jeden Satz, jede Geste, an die ich mich erinnere. Ich beschreibe seine Stimme, sein Gesicht, den Ausdruck seiner Augen, die Form seiner Nase, die Sinnlichkeit seines Mundes. Ich beschreibe jedes Detail seines Körpers. Indem ich es zeichne, will ich es mir ins Hirn brennen. Ich will nichts, nichts vergessen. Ich will die Augen schließen können, ihn sehen und jedes Wort, jeden Blick, in Gedanken abrufen können. Es ist ein Brief gegen das Vergessen. Ich schreibe ihm, dass ich ihn liebe.

Ich liebe ihn.

Manchmal, plötzlich, überfällt mich Angst. Ein Gefühl, das aus dem Bauch in den Hals kriecht, sekundenschnell, und dann dort steckenbleibt. In meinem Kopf setzt sich der Gedanke fest, dass ich gerade meine zweite Chance auf das Glück verwirke und es keine dritte gibt. Damals habe ich Cyrus ziehen lassen, jetzt Serge. Die Vergangenheit wiederholt sich, holt mich ein. Ich muss Serge anrufen, muss ihn sehen, muss zu ihm.

Oder nein. Ich muss Johannes die Wahrheit sagen, um Absolution bitten und mit ihm glücklich sein. Aber ich tue nichts, also werde ich alles verlieren. Dann weicht die Angst wieder aus meinem Hals und meinem Kopf, macht Platz für die Zuversicht. Es wird alles gut. Es gibt nichts zu beichten, weil ich Serge nicht wiedersehen werde. Johannes ist mein Leben, wir haben alles zusammen. Es ist nichts zerbrochen, nur etwas durcheinander. Ich habe noch einmal Glück gehabt. Es wird sich alles fügen.

***

Zwei Wochen nach unserem Abend zu zweit ruft Johannes mich an einem Freitagnachmittag in der Redaktion an. Er werde Viva und Anton am frühen Abend zu seiner Mutter bringen, ich solle mir nichts vornehmen, er warte zu Hause auf mich. Seine Stimme klingt anders als sonst. Kühler, distanzierter. Vermutlich sehe ich schon Gespenster, der Fluch des schlechten Gewissens.

Als ich abends die Haustür öffne, kommt er mir nicht entgegen. Er steht am Wohnzimmerfenster und kehrt mir den Rücken zu.

»Johannes?«

Er dreht sich zu mir um. Als ich sein Gesicht sehe, weiß ich sofort, dass etwas nicht stimmt.

»Hast du mir eigentlich etwas zu sagen?«, fragt er leise, mit seltsamer Stimme.

Unwillkürlich weiche ich einen Schritt zurück. »Wie meinst du das?«

»Wie ich das meine, wie ich das meine!« Er hat die Stimme erhoben und kommt auf mich zu.

»Was ist in Berlin passiert?«, fragt er, sein Gesicht dicht vor meinem. »Ich will, verdammt noch mal, dass du es mir sagst!«

Ich schüttele den Kopf. Johannes packt mich an den Schultern und drückt mich gegen die Wand. Dabei sieht er mir die ganze Zeit ins Gesicht.

»Jetzt rede endlich«, sagt er leise, mühsam beherrscht.

»Ich habe das Wochenende in Berlin mit Serge verbracht.« Ich hätte immer gedacht, mein erster Impuls wäre, alles abzustreiten. *Nichts ist in Berlin passiert, was soll denn auch passiert sein?* Aber diese anderen Worte kommen aus meinem Mund, als hätten sie schon lange darauf gewartet, endlich ausgesprochen zu werden.

Er lässt mich los und blickt fassungslos in mein Gesicht, als würde er darauf warten, dass ich das alles zurücknehme. Dann lacht er höhnisch. Ein Lachen, wie ich es von ihm noch nie gehört habe.

»Verbracht, wie nett«, sagt er verächtlich. »Und was heißt das, wenn ich fragen darf?«

Ich sage nichts.

»Hast du ihn gefickt, oder was?«

Er spuckt mir die Worte ins Gesicht.

»Ja, habe ich«, sage ich, plötzlich ganz ruhig.

Er haut mit der Faust gegen die Wand. »Und warum?«, schreit er. »Brauchtest du mal was Neues? Frischfleisch?«

»Ich habe mit ihm gefickt, weil ich mich in ihn verliebt habe«, sage ich, so klar und deutlich ich kann.

Johannes steht einfach nur da, sagt nichts. Es geht ganz schnell. Nur eine Bewegung, dann ist es schon passiert. Er rammt seinen Kopf gegen die Wand. Mit voller Wucht. Blut spritzt.

Johannes schreit, ich schreie, beuge mich zu ihm. Er stößt mich weg, steht auf, schwankt und fällt um, bleibt liegen, rührt sich nicht. Überall Blut. Ich renne ins Bad, hole ein Handtuch, versuche, es ihm um den Kopf zu legen. Keine Reaktion. Ich sehe, dass er atmet, aber er rührt sich nicht. Bewusstlos für eine Ewigkeit, vielleicht ein oder zwei Minuten. Dann öffnet er die Augen, sieht mich an. Diesmal stößt er mich nicht weg. Er lässt sich von mir helfen. »Kannst du aufstehen?«, frage ich. Von mir gestützt, erhebt er sich und sinkt auf die Couch, sackt sofort wieder in sich zusammen. In meinem Kopf klickt es. Los, schalt ein, funktioniere! Nur zwei Straßen weiter ist ein kleines Krankenhaus. Die Uniklinik ist zwar auch hier in der Nähe, aber es würde länger dauern, dort hinzukommen. Ich renne zum Telefon und rufe ein Taxi, meine Hände zittern so sehr, dass ich drei Anläufe brauche. Ich nenne Namen und Adresse und erkläre, dass wir einen Notfall haben. Mein Mann sei gestürzt und hätte eine schlimme Platzwunde am Kopf, wir müssten nur zwei Straßen weiter, aber er wäre nicht in der Lage, zu Fuß zu gehen. Sie versprechen, binnen fünf Minuten einen Wagen zu schicken. »Ich habe ein Taxi gerufen«, sage ich zu Johannes. Er sitzt da, komisch verrenkt, die Augen ins Nichts starrend, durch das Handtuch um seinen Kopf sickert Blut. Ich habe keine Ahnung, ob er mich hören kann. »Wir fahren in das Krankenhaus hier um die Ecke. Ein Mädchen aus Antons Klasse war mal dort, als sie ein Loch im Kopf hatte. Die sollen gut sein in so was«, sage ich mit schriller Stimme. Er murmelt etwas Unverständliches, aber ich bin erleichtert, ihn sprechen zu hören. Kurz darauf klingelt es schon. Ich greife mir meine Handtasche, stütze Johannes und gehe mit ihm zum Taxi. Es ist schwer, er hält sich den Kopf dabei, jeder Schritt braucht lange, zum Glück wohnen wir im Erdgeschoss. Der Fahrer ist erschrocken und rührend hilfsbereit. Binnen drei Minuten sind wir im Krankenhaus.

Dann geht alles sehr schnell. Johannes wird auf eine Bahre gelegt, ein Arzt kommt raschen Schrittes auf uns zu, stellt mir ein paar Fragen und bittet mich dann, zu warten. Er werde Johannes untersuchen und mir dann Bescheid geben, versichert er.

Ich setzte mich. Er sei gestürzt und unglücklich gefallen, habe ich dem Arzt erzählt. Mein Mann ist mit dem Kopf gegen die Wand gelaufen. Der besonnene, ruhige, ausgeglichene Johannes. Was würde er machen, wenn ich ihn verließe? Sich vors Auto werfen, auf die Gleise, vom Hochhaus springen? Mir ist kotzübel. Ich habe keine Wahl. Ich kann ihn nicht verlassen. Ich würde alles zerstören. Unsere Familie, das Glück unserer Kinder, Johannes, alles ein Scherbenhaufen, und ich wäre schuld.

Ich bin schrecklich müde. Am liebsten würde ich mich hier in ein Krankenhausbett legen und schlafen. Am liebsten würde ich die Fassung verlieren, jammern und heulen, bis irgendein genervter Arzt mir eine Beruhigungsspritze gäbe. Am liebsten würde ich in Serges Arme sinken und sein Hemd nassweinen, bis es trieft, seine Hand auf meinem Haar spüren, seine Stimme hören, die mir ins Ohr flüstert: *Marie, alles wird gut!* Meine Augen brennen, meine Mundwinkel zucken. Verdammt. Verdammt. Serge ist nicht da. Auch kein Arzt, der mir eine Beruhigungsspritze geben könnte, und kein Krankenhausbett, in das ich mich verkriechen könnte.

Ich gehe in das weißgekachelte Krankenhausbad mit Neonbeleuchtung und sehe in den Spiegel. Verheerend. Verheult, zerzaust, kurz vor verwahrlost. Auf der Stirn und an meinen Händen Blut von Johannes, unter meinen Augen verwischte Wimperntusche. Ich wasche mir die Hände und das Gesicht, krame in meiner Tasche und finde einen Kamm, eine Haarspange und eine Probepackung Gesichtscreme. Ich mache das Beste daraus. Danach ein zweiter prüfender Blick in den Spiegel. Jetzt sehe ich nicht mehr nach griechischer Tragödie aus, sondern eher nach Hausfrau im Unglück.

Ich schlucke die Tränen und das Selbstmitleid runter, straffe die Schultern und bemühe mich um einen klaren Blick. Dann gehe ich zurück zu meinem Platz und warte.

Endlich kommt der Arzt und bittet mich, mitzukommen. Er führt mich in sein Büro, nimmt an seinem Schreibtisch Platz und bedeutet mir, mich auf den Stuhl ihm gegenüber zu setzen.

»Ihr Mann hat eine Gehirnerschütterung und eine Platzwunde am Kopf, die genäht werden musste«, sagt er ohne Einleitung. »Die Untersuchungen, die wir bisher durchführen konnten, legen den Schluss nahe, dass eine Hirnprellung und eine Gehirnquetschung auszuschließen sind. Wir werden ihn heute Nacht hierbehalten, und morgen sehen wir weiter.«

Wir sehen einander an.

»So eine Platzwunde bekommt man nicht, wenn man unglücklich stürzt.«

Ich weiche seinem Blick nicht aus.

»Mein Mann ist mit dem Kopf gegen die Wand gelaufen«, antworte ich auf eine Frage, die nicht gestellt wurde.

»Vielleicht sollten Sie Ihre Probleme künftig auf zivilere Art lösen.« Er lehnt sich zurück, schlägt die Beine übereinander und faltet die Hände. Er ist Mitte dreißig. Die Rolle, die er gerade spielt, gefällt ihm. *Fuck you*. Ich sage es nicht, aber ich forme die Worte deutlich mit den Lippen und sehe ihn dabei an. Die Farbe weicht aus seinen Wangen.

»Wie bitte?«, fragt er tonlos.

»Danke für den guten Rat.« Ich lächle maliziös.

Er guckt als Erster weg. Sein Mund zuckt.

Ich stehe auf und reiche ihm die Hand. Er ergreift sie, und sein Händedruck ist fest und warm. Erstaunlich angenehm.

»Wann kann ich meinen Mann morgen sehen?«, frage ich im Hinausgehen.

»Kommen Sie um 11.00 Uhr, nach der Visite.« Er hat sich wieder im Griff. Mit verschränkten Armen sitzt er da und wartet, dass ich endlich die Tür hinter mir schließe.

Diese Nacht werde ich nicht schlafen. Ich werde nachdenken müssen. Die Zeit ist um. Ich kann mich nicht mehr nicht entscheiden.

In der Küche schenke ich mir ein Glas Rotwein ein. Davon wird mir übel, ich trinke nie allein und in schlechter Verfassung. Also kippe ich den Wein weg und mache mir ein Brot. Seit heute Mittag habe ich nichts mehr gegessen. Mit dem Brot in der Hand gehe ich ins Wohnzimmer. An der Wand, auf dem Boden, auf dem Sofa klebt immer noch Blut. Viel Blut. Das meiste davon natürlich an der weißen Wand. Es sieht schockierend aus. Wie nach einer Schlacht. Dagegen war das zerbrochene Glas in meiner Hand Kinderkram.

Pauls Ehrenfeier in Paris, das kommt mir ewig lang her vor. Was würde er jetzt wohl sagen, mein Vater? Hiermit würde er nichts zu tun haben wollen, ganz sicher nicht.

Ich gehe ins Schlafzimmer, lege mich aufs Bett und esse mein Brot. Mit trockener Kehle würge ich es in mich hinein. Wo Serge wohl gerade ist? Vielleicht feiert er mit seiner Filmcrew irgendwo unter türkischem Sternenhimmel, vielleicht schläft er friedlich, mit sich und der Welt im Einklang, von seiner Freundin träumend. Nicht einfach nur ein heißer Fick, aber vielleicht war es für ihn eine Affäre, die nicht sein darf, keine Zukunft hat und mit der er schon abgeschlossen hat. Eine schöne Erinnerung. Vielleicht denkt er gar nicht mehr an mich. Vielleicht noch ein bisschen, mit etwas Wehmut. Ach ja, Marie, die Frau, die hätte sein können. Vielleicht war es für ihn auch einfach eine runde Sache. Ein perfektes Wochenende voller Innigkeit und Leidenschaft, aber mit klaren Fronten. Ich gehöre zu meiner Familie, er gehört zu seiner Freundin, Punkt, aus. Vielleicht würde er einfach nur Mitleid empfinden, wenn er mich jetzt hier sehen würde. Arme Marie, völlig neben der Spur. Kann doch gar nicht sein, dass sie unsere kleine Episode so aus der Bahn geworfen hat. Hätte er mich nicht längst angerufen, mir geschrieben, wenn es nicht so wäre? Scheiß auf unsere Abmachung, nichts voneinander zu hören. Wenn er mich sehen oder sprechen wollte, hätte er mich einfach angerufen, mir zumindest eine Nachricht geschickt. Er will nicht. Seit zwanzig Jahren bin ich mit Johannes zusammen, jetzt liegt er meinetwegen mit einem kaputten Kopf im Krankenhaus, und ich denke darüber nach, was Serge will und nicht will? Ich funktioniere nicht. Bis morgen muss ich aber meinen Kopf klar bekommen, retten, was noch zu retten ist. Ich hole mein Handy und wähle Freyas Nummer. Es ist mitten in der Nacht, kurz vor 2.00 Uhr. Nach dem fünften Klingeln meldet sie sich.

»Marie?«

Ich höre die Angst in ihrer Stimme. Tränen schießen mir in die Augen, schon ist mein Mund voll davon, ich kann nicht sprechen, ohne lauthals ins Telefon zu heulen.

»Was ist passiert?«, fragt Freya mit schriller Stimme. »Ist was mit den Kindern?«

»Nein, denen geht es gut. Sie sind bei Johannes' Eltern.«

»Ist was mit Johannes?«

Ja, er ist mit dem Kopf gegen die Wand gelaufen.

»Jetzt antworte doch endlich!«

Gestern waren wir noch eine glückliche Familie, jetzt sind wir ein Trümmerhaufen.

»Marie!«

»Er ist mit dem Kopf gegen die Wand gelaufen. Hier ist alles blutig. Es sieht wie im Film aus. Irgendwie surreal.«

»Was redest du denn da? Bist du bekifft oder was?«, schreit Freya. Sie weiß nicht mehr weiter. Nur dann schreit sie.

Ich seufze leise. Dieses Gespräch kommt mir plötzlich so vor, als wäre ich gar nicht wirklich beteiligt.

»Nein, Freya, ich bin nicht bekifft. Er ist mit dem Kopf gegen die Wand gelaufen, weil ich ihm gesagt habe, dass ich in Berlin mit Serge geschlafen habe.«

Ich höre Freya atmen.

»Jetzt sag was!«

»Ich weiß nicht was ich sagen soll«, antwortet sie.

»Irgendwas halt. ›Du bist wahnsinnig, wie konntest du nur?‹ Etwas in der Art.«

»Ich hatte gleich so ein komisches Gefühl, schon als du mir das erste Mal von ihm erzählt hast, nach Paris. Aber ich dachte, ich sehe Gespenster. Du und Johannes, ihr seid so eins.«

»Es ging ganz leicht«, sage ich.

»Aha.«

Freyas Stimme klingt befremdet. Kein Wunder.

»Es stimmte einfach alles«, sage ich leise. »Besser kann ich es nicht erklären.«

»Und was ist mit Johannes?«

»Er hat mich zur Rede gestellt. Vielleicht hätte ich ihn auch überzeugen können, dass da nichts ist, nichts war, aber ich habe es gar nicht versucht. Ich glaube, ich war froh, es endlich ausgesprochen zu haben. Und dann ist er mit dem Kopf gegen die Wand gerannt, mit voller Wucht.«

Tränen schießen mir in die Augen, füllen meinen Mund, ich kann nicht mehr sprechen, meine Schultern zucken, ich heule. Mein Schluchzen klingt fremd in meinen Ohren. Mein Gott, Johannes liegt mit wundem Kopf und erschüttertem Hirn im Krankenhaus, und ich habe ihm das angetan.

»Liebst du Johannes?«, fragt Freya von weit her.

»Ja, sicher«, murmele ich.

»Bitte?«

»Ja!«

»Dann hol ihn nach Hause, und sieh zu, dass alles wieder gut wird.«

Typisch Freya. Klar, strukturiert, zielorientiert. Weißt du, wie sich das anfühlt, Freya, wenn ein anderer in dir drin ist? Ein anderer als der, der dich liebt und mit dem du ein Heim, eine Familie, Kinder hast? Ein anderer als der, mit dem du dein ganzes Leben teilst? Weißt du, wie es sich anfühlt, wenn er in deinem Kopf, in deinem Herzen ist und dein Leben, von außen betrachtet, ganz normal weitergeht? Weißt du, wie es ist, wenn du dein Glück und das deiner Liebsten nicht zerstören möchtest, aber das, was es zerstören würde, unbedingt willst? Nein, das weißt du nicht. Du weißt, wie es sich anfühlt, schwanger zu sein, deinen Mann ganz und gar zu lieben, voller Freude zu sein, dass ihr bald alle vereint sein werdet. Du weißt, wie es sich anfühlt, gemeinsam Häuser anzuschauen und sie in Gedanken einzurichten. Du weißt, wie es sich anfühlt, wenn dein Baby sich in deinem Bauch bewegt. Was dein Herz höherschlagen lässt, das kannst du mit jedem teilen. Es ist ein reines, ein ordentliches Glück. Hast du eine Ahnung, was das für ein Glück ist, das ich mit Serge in Berlin empfunden habe? Es ist heftig und innig und atemlos. Es ist im Verborgenen. Es darf nicht sein, und es ist doch. Du hast keine Ahnung, Freya. Du bist weit weg von mir.

»Ich muss jetzt schlafen, Freya.«

»Bist du dir sicher, dass du allein klarkommst?«

Ihre Stimme klingt besorgt. Geht mir auf die Nerven.

»Ja, bestimmt.«

»Ganz sicher?«

»Ja!«

Ich muss es ihr noch mehrere Male bestätigen, bis sie mich endlich auflegen lässt.

Aber die Stille danach ist schwer zu ertragen. Es ist keine friedliche Stille, es summt laut in meinem Kopf. Ich bin müde und habe Angst, die Augen zu schließen. Wenn ich an das Blut im Nebenzimmer denke, richten sich die Härchen an meinen Armen auf. Ich kann nicht denken, aber ich kann auch nicht nicht denken.

Schließlich gehe ich in die Küche, hole mir die nötigen Putzmittel und reinige den Boden und das Sofa, auf dem zum Glück nur ein paar Tropfen Blut gelandet sind, Johannes hatte ja das Handtuch um den Kopf geschlungen. *Zum Glück*. So ein Schwachsinn! Als wäre das Sofa nicht vollkommen egal. Vielleicht brauchen wir gar keines mehr, jedenfalls kein gemeinsames. Die Wand kann ich natürlich nicht säubern. Ich räume alles sorgfältig wieder weg und lege mich aufs Bett, ich dämmere. Dann stehe ich wieder auf, tigere durch die Räume und höre Musik. Als der Morgen graut, ziehe ich mich aus, lege mich in Vivas Bett und schlafe tatsächlich ein. Der Wecker klingelt um 7.00 Uhr, und ich schrecke hoch. Ich stelle ihn auf 9.00 Uhr und schlafe noch einmal ein. Beim zweiten Klingeln stehe ich auf, ich habe vier Stunden geschlafen. Nachdem ich ein Bad genommen habe, ziehe ich mich an und mache mir einen Kaffee mit viel heißer Milch. Wie jeden Morgen.

Ich starre vor mich hin. Johannes weiß jetzt alles, es ist kein Versteckspiel mehr. Ich muss nicht mehr lügen. Ich könnte erleichtert sein, aber stattdessen schnürt mir Angst die Kehle zu. Angst, mein Leben zu verlieren, ich will zurück. Zurück zu Johannes, zurück zu uns. Ich will wieder glücklich sein. Ich will mein schönes Leben wiederhaben. Ich werde alles, was ich kann, dafür tun, dass es zwischen uns wieder wie früher wird. Ich werde ihm Versprechungen machen und sie nicht brechen. Wenn er mir verzeihen kann, werde ich dafür sorgen, dass er es nicht bereut. Ich werde ihm nie wieder weh tun.

Als ich zum Krankenhaus gehe, bin ich nervös und habe weiche Knie, obwohl ich mir genau zurechtgelegt habe, was ich sagen will. Dort angekommen, muss ich noch eine Stunde warten. Schließlich kommt Johannes mit einem Verband um den Kopf, blass, aber ruhigen Blickes, auf mich zu.

»Komm, wir gehen«, sagt er mit fester Stimme. Der Arzt kommt raschen Schrittes hinter uns her.

»Das ist unverantwortlich«, sagt er an mich gewandt. »Ihr Mann dürfte frühestens morgen früh die Klinik verlassen. In einigen Fällen kann es zu Spätfolgen einer Gehirnerschütterung kommen. Es können Gehirnblutungen oder Hirnschwellungen auftreten. Das ist frühestens vierundzwanzig Stunden nach dem Ereignis komplett auszuschließen. So lange müssen die Patienten zur Beobachtung im Krankenhaus bleiben.«

Johannes sieht den Arzt mit ernster Miene an, streckt seine Hand aus und schüttelt die des Arztes.

»Vielen Dank, Herr Dr. Caplan«, sagt Johannes sehr ruhig. »Sie haben alles für mich getan, was Sie konnten.«

Der Arzt nickt verdattert.

Auf dem Weg nach Hause schweigen wir beide. Unmerklich hat Johannes die Regie übernommen. Im Wohnzimmer wirft er einen kurzen Blick auf das Blut an der Wand. Langsam geht er zum Esstisch und setzt sich. Mit einer Geste bedeutet er mir, ihm gegenüber Platz zu nehmen.

»Du hast es gar nicht gewusst, oder?«, frage ich.

Er sieht mich an. Sein Blick ist kühl. Seine Augen voller Schmerz und stiller Anklage. Ich wende den Blick ab.

»Nein, ich habe nicht gewusst, was passiert ist.« Er hält kurz inne. »Als du am Samstag aus Berlin anriefst und sagtest, dass du eine Nacht länger bleiben wolltest, um dein Interview am Abend fortsetzen zu können, habe ich mir nichts dabei gedacht. Auch nicht, als am Abend zuvor dein Handy ausgeschaltet war. Selbst als ich dich Samstagabend im Hotel nicht erreicht habe, bin ich nicht misstrauisch geworden.« Er sieht mich an. »Warum auch? Wir sind seit fast zwanzig Jahren zusammen, es gab für uns nie einen Anlass, einander zu misstrauen, oder?«

Ich setze zu einer Antwort an, aber Johannes unterbricht mich sofort.

»Jetzt rede ich! Als ich dich gefragt habe, warum du dich abends nicht noch einmal gemeldet hast, sagtest du, du hättest gebadet und wärest dann gleich ins Bett gegangen. Das passte zusammen. Ich habe gedacht, du hättest meinen Anruf nicht gehört. Arglos wie ein Esel.«

Ich sehe ihn an. ›Fang bloß nicht an zu heulen. Wage ja nicht, Mitleid mit mir zu haben‹, sagt sein Blick.

»Als du aus Berlin wiederkamst, warst du verändert. Abwesend, weniger ausgeglichen, unaufmerksamer mir gegenüber. Bemüht, aber nicht wirklich da. Und du selbst hast es nicht einmal bemerkt. Oft habe ich dir angesehen, dass du mit deinen Gedanken weit weg warst. Irgendwann bist du dann wieder aufgetaucht, als wäre nichts gewesen. Ich dachte, es hätte immer noch mit deinem Vater zu tun und würde schon wieder vergehen. Aber es verging nicht.«

Er sieht mich an.

»Ich sagte mir, dass ich spinne. Dass ich Gespenster sehe. Dass es nicht stimmt, dass du mir viel seltener in die Augen siehst, mich anfasst, meine Nähe suchst. Ich sagte mir, dass wir nur wieder mehr Zeit füreinander brauchen. Also lud ich dich zum Essen ein. Mal wieder ein Abend ganz für uns, ohne die Kinder. Ich holte dich überraschend aus dem Verlag ab.« Er lächelt mich bitter an. »Du sahst erschrocken aus, als ich kam. Dann wieder dasselbe. Du hast dich bemüht, warst aber nicht wirklich da. Als würdest du deine Rolle gut spielen, aber nur mit halbem Herzen dabei sein. Später im Bett war es genauso.«

Er ballt die Faust, öffnet sie dann langsam wieder.

»Ich wollte mit dir darüber reden, aber ich kam mir albern vor. Ich sagte mir, dass es nur eine Phase ist, die vorübergeht.«

Johannes hält inne, fährt sich durchs Haar, sieht mich an. Seine Augen sehen aus wie von innen aufgekratzt, aber sein Blick ist klar und fest.

»An einem Morgen lag dein Handy auf dem Küchentisch, und du warst im Bad, hast geduscht. Ich sah das Ding an, nahm es in die Hand, ging in deine Nachrichten, sah den Namen von diesem Typ. Serge. Im Unterbewusstsein hatte ich wahrscheinlich genau danach gesucht, keine Ahnung. Jedenfalls klickte es erst in meinem Kopf, als ich den Namen sah. Ich las mir deine und seine SMS durch, da stand nichts Eindeutiges. Auch nichts Zweideutiges. Nach deinem Besuch in Berlin gab es gar keine Nachrichten mehr. Aber irgendwas hing da zwischen den Zeilen, in seinem ›Danke für gestern. Freue mich auf bald in B‹ und in deinem ›Ich mich auch sehr‹. Ich ging es noch einmal durch. Du hattest dich kurz nach Italien mit ihm getroffen, dann in Berlin. Du warst länger in Berlin geblieben, angeblich wegen deines Interviews. Langsam, sehr langsam, fing ich an, eins und eins zusammenzuzählen. Ich habe immer noch gehofft, dass es ein Hirngespinst ist. Dass ich mir Unsinn zusammenfabuliere. Ich habe mir vorgestellt, wie du mich auslachst, wenn ich dich zur Rede stelle. Und wie erleichtert ich gewesen wäre. Ich habe befürchtet, dass es vielleicht ein Flirt ist. Dass er dir im Kopf rumgeht. Ich habe niemals gedacht, dass du dich von ihm hast ficken lassen.«

Er spuckt das Wort aus. Wie gestern, nur nicht mehr wütend, sondern angewidert.

»Ich habe nicht gedacht, dass du dich in ihn verliebt hast«, fügt er müde hinzu.

Er sieht mich an. Ich kenne diesen Blick nicht. Tränen laufen mir übers Gesicht.

»Bisschen spät, um zu heulen, findest du nicht?«, fragt Johannes abfällig.

»Darf ich auch mal was sagen?«

»Nein. Jetzt nicht. Ich werde ein paar Tage wegfahren. In einer Woche bin ich wieder da. Sag den Kindern, ich bin verreist und komme nächstes Wochenende wieder.«

Er steht auf.

»Bis dahin überlege ich mir, was ich jetzt tun will. Und du tust dasselbe«, sagt er beim Hinausgehen.

Dann höre ich ihn seine Sachen packen. Fünfzehn Minuten später steht er mit seiner Tasche an der Haustür.

»Bis dann.« Er hat mir schon den Rücken zugekehrt, die Klinke in der Hand.

»Ich liebe dich«, sage ich.

Er dreht sich nicht noch einmal um, schüttelt nur den Kopf.

»Kann ich dich über Handy erreichen, wenn was mit den Kindern ist?,« rufe ich ihm ins Treppenhaus hinterher. »Ja«, antwortet er, ohne sich umzudrehen, »aber nur dann.«

Ich gehe ihm noch ein paar Schritte nach und sehe ihn draußen ins Taxi steigen. Spontan hebe ich die Hand, um ihm zu winken, so wie ich es sonst auch immer mache. Erst als ich die Hand schon erhoben habe, wird mir bewusst, was für eine groteske Geste das ist. Aber Johannes sieht sich ohnehin nicht noch einmal um.

Langsam gehe ich zurück in die Wohnung. Dort, allein mit mir, habe ich das Gefühl, dass mich totale

Einsamkeit umschließt. Grau und still. Wie damals und doch ganz anders. Nichtstun geht jetzt nicht, dann wird mich diese Stimmung grausam-sanft verschlingen.

Bevor ich morgen die Kinder abhole, muss ich den Blutfleck an der Wand entfernen. Ich erinnere mich, dass wir noch Farbe im Keller haben, und nach einigem Suchen finde ich den fast vollen Eimer. Ich schleppe ihn in die Wohnung, lege das Parkett mit alten Zeitungen aus und fange an zu malen. Es sieht schlimm aus, ich kann so etwas nicht. Aber immerhin ist es besonders gut deckende Farbe, und man sieht den Blutfleck nicht mehr. Jetzt sieht es aus wie ein sehr schönes Zimmer mit einer sehr stümperhaft gemalten Wand. Ich werde am Montag den Maler anrufen. Ich werde ihm erzählen, dass die Kinder an die schöne weiße Wand gemalt hätten und ich mich im Streichen versucht hätte.

Als ich am Tag darauf Anton und Viva bei ihren Großeltern abholen will, brauche ich für den Weg deutlich länger als sonst. Soll ich Beate gegenüber so tun, als wäre nichts? Wenn nicht, was soll ich ihr sagen? Hat Johannes ihr gegenüber etwas angedeutet?

Lächelnd kommt sie mir mit den Kindern entgegen, er hat ihr also nichts gesagt. Ich bin es müde, zu lügen oder zu heucheln. Andererseits ist es immer noch Johannes' Mutter, nicht meine. Ich sollte ihm die Entscheidung überlassen, ob und wann er ihr etwas erzählt.

»Habt ihr euch vertragen?«, fragt sie, als Anton und Viva gerade nicht in der Nähe sind.

Ich sehe sie an. »Was hat Johannes dir denn erzählt?«

»Er hat nur gesagt, dass ihr es momentan etwas schwer habt miteinander«, antwortet sie fast entschuldigend.

»Er hat es schwer mit mir. Das trifft es wohl eher.« Ich erzähle ihr, dass er für eine Woche weggefahren ist.

»Muss ich mir Sorgen machen?«

Ich sehe sie lange an. Sie guckt genauso geradeheraus und freundlich wie immer.

»Ich weiß es nicht«, antworte ich schließlich und gucke weg.

»Marie?«

Ich hebe den Blick.

»Ihr bekommt es doch hin, oder?«

»Ja!«

Was soll ich sonst sagen?

Sie lächelt. »Das ist gut.«

Die Woche ohne Johannes ist schwer und leicht zugleich. Ich weiß, was ich will. Ich wusste es schon, als ich ihn im Krankenhaus abgeholt habe.

Er fehlt mir. Er fehlt den Kindern. Ohne ihn sind wir nicht wir.

Viva bringt ein T-Shirt mit nach Hause, das sie im Kindergarten selbst gebatikt hat. Sie fragt mich nach Papa und ist tief enttäuscht, als ich ihr sage, dass er erst am Wochenende kommt. Ebenso bei Anton, der in seiner Fußballmannschaft zum Kapitän gewählt worden ist. Er besteht darauf, Johannes anzurufen. Ich bleibe bei meinem Nein. Es würde wie Taktik aussehen. Erst als ich ihm verspreche, dass wir seine Wahl am Wochenende zu viert feiern werden und er sich aussuchen kann, wie und wo, lenkt er ein.

Am Freitag ruft Johannes an. Mein Herz klopft, als ich den Hörer nehme. Wie lange ist es her, dass ich bei einem Anruf von ihm Herzklopfen bekam? Er werde Samstagmittag wiederkommen, aber wir müssten erst einmal allein sprechen. Ob ich die Kinder vormittags zu seiner Mutter bringen könne. Seine Stimme klingt ruhig, distanziert. Trotzdem vertraut, natürlich. Er werde gegen 12.00 Uhr da sein, sagt er. Ich sehe auf die Wand, die vor einer Woche voller Blut war wie nach einem Massaker. Ein Mahnmal. Sie sieht wieder makellos aus, der Maler hat gute Arbeit geleistet. Als hätte das alles nie stattgefunden. Ich frage mich, ob er noch einen Verband trägt. Ich frage mich, ob es noch ein *uns* gibt. Ob er mir verzeiht. Ob er es kann. Ob er es will.

Am nächsten Tag bringe ich Viva und Anton um 11.00 Uhr zu Beate. Dann warte ich auf Johannes. Ich habe Angst, bin aufgeregt.

Er kommt pünktlich, wie immer. Er hat seine gesunde Gesichtsfarbe wieder, seine blonden Haare verdecken halb das Pflaster auf der Stirn, er hat keinen Verband mehr um den Kopf. Er trägt Jeans, dazu ein Hemd, darunter ein T-Shirt, sportlich und klassisch wie immer. Aber, und das ist nicht wie immer, in seinen Augen liegt kein Funkeln, er lächelt nicht.

»Lass uns in den Garten gehen«, sagt er schon beim Reinkommen, »ich will nicht hier drin sein.«

Ich auch nicht, die Situation ist der vom vergangenen Samstag zu ähnlich. Draußen auf der Veranda stehen noch die Gartenmöbel. Eine Holzbank, dazu passend ein Tisch und zwei Stühle. Hier haben wir im Sommer an den Wochenenden oft gefrühstückt. Johannes und ich setzen uns, mit gebührendem Abstand, nebeneinander auf die Bank. Johannes hat die Arme verschränkt, ich habe meine Hände in den Schoß gelegt und spiele nervös mit meinem Armreif. Beide schweigen wir, den Blick geradeaus, auf den Garten, gerichtet. Dort stehen noch die gelbweißgestreiften Liegestühle, auf die jetzt die Oktobersonne scheint. Ein Fußball von Anton und eine Gießkanne von Viva liegen im Gras. Ein Stück weiter eine Schaufel und ein paar Förmchen.

»Die Kinder haben dich vermisst.«

Johannes reagiert nicht.

»Wie hast du dich entschieden?«, fragt er stattdessen.

Ich sehe ihn an, aber er richtet seinen Blick weiter geradeaus.

»Ich will dich nicht verlieren. Ich liebe dich!«

»Das hättest du dir vielleicht vorher überlegen sollen, meinst du nicht?«

»Was erwartest du denn von mir?«

»Vielleicht, dass du verzichtet hättest«, antwortet Johannes gereizt. »Und nicht gleich mit diesem Typ ins Bett steigst. Du hättest dich mal fragen können, was du bei dem suchst und ob du es nicht vielleicht auch bei mir finden kannst«, fügt er bitter hinzu.

»Ja, das wäre sicher anständig gewesen. Aber ich wollte nicht verzichten«, sage ich leise.

Er sieht mich an.

»Würdest du es rückgängig machen, wenn du könntest?«

Ich lasse mir Zeit mit meiner Antwort.

»Nein«, antworte ich schließlich.

Johannes nickt, und das macht mir Angst.

»Wirst du ihn wiedersehen?«, fragt er nach einer Weile.

»Nein!«

»Bist du sicher?«

»Ja.«

»Und wie soll ich dir das glauben?«

»Willst du es mir denn glauben?«

Er lässt mich lange auf die Antwort warten.

»Ja«, sagt er schließlich.

»Dann tu es einfach!«

Er stößt einen komischen Laut aus. Etwas zwischen Lachen und Weinen.

»Ich weiß nicht, ob es funktionieren wird«, sagt Johannes zögernd. »Ich weiß nicht, wie viel kaputtgegangen ist. Ob es reparabel ist.«

»Aber du willst es versuchen?«

»Ja.«

»Ich auch.«

Wir sehen einander an. Ich lege meine Hand auf sein Bein. Er versteift sich etwas, rückt aber nicht weg. Schließlich nimmt er meine Hand in seine. So sitzen wir da wie ein altes Ehepaar auf der Veranda, und ich habe das Gefühl, noch einmal davongekommen zu sein.

Später, als wir die Kinder abholen, ist alles einfach. Sie fliegen ihm entgegen, Anton erzählt sofort stolz von seiner Wahl zum Mannschaftskapitän, Viva will natürlich mithalten, streckt ihm ihren kleinen Bauch entgegen. Sie hat extra für ihn ihr selbstgebatiktes T-Shirt angezogen.

»Was hast du denn da oben an der Stirn gemacht, Papa?«, fragt Anton.

»Ich bin gegen die Wand gelaufen.«

»Sehr witzig, Papa. Sag mal.«

»Ich hab mich gestoßen, es ist nicht weiter schlimm. Passiert halt, wenn man nicht aufpasst.«

Er knufft Anton in den Bauch, Thema erledigt.

»Wo warst du eigentlich die ganze Zeit?«, fragt Viva.

»Ich war an der Nordsee. Ich musste mir mal in Ruhe Gedanken über ein paar Fälle machen.«

Er sei auf Amrum gewesen, hatte er mir gesagt. Mehr wollte er offenbar nicht erzählen.

***

Die nächsten Wochen bleiben seltsam. Johannes und ich tasten uns heran. Wir sind aufmerksam, umsichtig und auf der Hut. Mein intensivstes Gefühl ist Erleichterung. Darüber, keine Schuldgefühle mehr haben zu müssen, nichts mehr vortäuschen zu müssen, keine Geheimnisse mehr zu haben, keine Angst im Hals. Nichts mehr zwischen uns. Alles kann wieder gut werden. Erleichterung und Dankbarkeit dafür, dass ich nicht alles verloren habe, wieder Bodenhaftung habe, mich nicht zu spät entschieden habe.

Manchmal blitzt Serge plötzlich durch meinen Kopf, aus dem Nichts, zu schnell, um es zu verhindern. Viva nimmt meine Hand, um daraus zu lesen, und ich sehe Serge, der mir in Paris mit konzentriertem Blick die Glassplitter aus der Hand zieht. Danach seine Fingerspitzen, die sanft über meine verletzte Haut streichen. *Spürst du das*?

Wenn mich diese Bilder überfallen, blende ich sie schnell aus, schaufele mich frei. Sie sind vergangen, in meiner Gegenwart haben sie nichts mehr zu suchen und in der Zukunft schon gar nicht.

Als der Tag von Serges Rückkehr aus der Türkei kommt, gelingt mir das Ausblenden einige Zeit lang gar nicht gut. Ich sehe Serge, wie er mir am Morgen unserer Abreise aus Paris im Hotel gegenübersitzt und sich sein Blick anfühlt wie ein Kuss. Ich höre seine Stimme, als wir am ersten Abend in Berlin in seiner Wohnung ankommen und gemeinsam über die Dächer blicken. *Am schönsten ist es frühmorgens, wenn die Sonne aufgeht. Dann stehst du hier oben und weißt, dass dir die Welt gehört. Dass alles möglich ist.*

Er meldet sich nicht, weder in jener Woche noch in der darauffolgenden. Mein Verstand ist froh darüber, er ist erleichtert. Dennoch spüre ich neben der Erleichterung auch einen Stich. Es ist also auch für ihn vorbei.

Draußen ist es inzwischen klirrend kalt. In fünf Wochen ist Weihnachten. In den Zimmern von Viva und Anton hängen selbstgebastelte Adventskalender, auf dem Küchentisch steht ein Adventskranz. Ich habe schon die ersten Geschenke für die Kinder im Schrank versteckt. Alles ist wie immer.

Einmal frage ich Johannes, ob er es jemandem erzählt habe. Er schüttelt den Kopf. Nein, er habe es mit sich selber ausgemacht. Es sei ja vorbei. Warum noch mit anderen darüber reden? Ich sehe seine Anspannung, seine Verletztheit. Es ist vorbei, aber was passiert ist, sitzt tief, das sehe ich ihm an. Vielleicht wäre es besser, darüber zu reden. Aber ich insistiere nicht. Ich selbst habe es auch nur Freya erzählt. Es geht mir wie Johannes, ich will einfach nur, dass alles wieder gut ist. Ich will nicht mehr darüber reden, und ich will nicht mehr daran denken.

Im Verlag würde ich am liebsten ein paar Wochen Auszeit nehmen. Stattdessen arbeite ich die Interviews durch, die ich im Spätsommer geführt habe. Gerhard will, dass der zweite Teil der Serie in der zweiten Dezemberausgabe erscheint, und hat dafür fünf Doppelseiten vorgesehen.

Also stürze ich mich in die Arbeit. Abends, wenn Anton und Viva im Bett sind, setzte ich mich an den Computer und schreibe. Nach drei Tagen und Nächten steht mein Text. Ich bin mit dem Ergebnis sehr zufrieden.

Die Reportage erscheint plangemäß. Die darauffolgende Redaktionskonferenz beginnt wie immer mit der Blattkritik des Chefredakteurs. Natürlich äußert er sich nie zu jeder einzelnen Geschichte, aber ich bin dennoch erstaunt, dass er über meine Reportage kein Wort verliert. Vielleicht wollte er mich nicht schon wieder öffentlich loben.

Nach der Konferenz bittet er mich in sein Büro. Als wir uns dort gegenübersitzen, wirft er mir die aktuelle Ausgabe auf den Tisch, aufgeschlagen auf der Seite meiner Reportage. Was das solle, fragt er mich aufgebracht. Ich sehe ihn verständnislos an. Er holt tief Luft. Es kostet ihn sichtlich Mühe, ruhig zu bleiben.

»Diese zehn Seiten haben keinen Biss. Darin ist keine Leidenschaft für das Thema. Es ist keine scharfsinnige Analyse. Dem Text fehlt die Substanz, die Vielschichtigkeit. Sie betrachten einseitig aus nur einer Perspektive, sie suggerieren, ohne zu belegen, sie stellen ein Interview in den Fokus, in dem nichts auf den Punkt gebracht wird. Die Fragen sind vorsichtig, die Antworten vage. Was, zum Teufel, haben Sie sich dabei gedacht?«

Er sieht mich an und liest in meinem Blick, dass er mich völlig unvorbereitet trifft. Er lehnt sich zurück, stöhnt auf, und es klingt fast wie ein Jaulen.

»Verdammt noch mal, Marie, das kann doch nicht wahr sein. Sie müssen doch wenigstens gemerkt haben, was Sie da für einen Mist verzapfen! Wissen Sie, was wir daraufhin für Leserbriefe bekommen werden? Keine! Es wird einfach keine Reaktion geben. Nicht der Rede wert. Unsere Konkurrenz wird sich ins Fäustchen lachen. Das ist ein hochaktuelles Thema. Da geht was, da ist Brisanz drin. Und dann kommen Sie und servieren uns seitenlang kalten Kaffee, verdammt!«

Er schüttelt verärgert den Kopf. Dann macht er eine Bewegung zur Tür. Ich bin entlassen. »Moment noch«, höre ich ihn sagen, als ich die Klinke schon in der Hand habe. »Ich will so einen Scheiß nie wieder von Ihnen lesen, haben wir uns verstanden?« Ich nicke, ohne mich noch einmal umzudrehen.

In meinem Büro angelangt, packe ich wie in Trance meine Sachen. Ich finde die Kritik ungerechtfertigt und die Art und Weise, wie er sie vorgebracht hat, zutiefst verletzend. Wofür hält er sich? Er hat mich in Grund und Boden gestampft, als wäre ich eine talentlose Praktikantin!

Ich spiele mit dem Gedanken, Freya um ihre Meinung zu bitten, verwerfe ihn dann aber gleich wieder. Ich brauche keine zweite Instanz, und außerdem will ich keine große Geschichte daraus machen. Gerhard wird einfach einen schlechten Tag gehabt haben, und der Vorfall wird schnell vergessen sein.

***

Am dritten Advent veranstalten wir wie jedes Jahr eine Feier, zu der wir alle Freunde samt Kindern einladen. Es wird laut, turbulent und sehr fröhlich. Natürlich kommt auch Freya mit Michel und Julia. Freya und ich haben uns seit Wochen nicht zu zweit getroffen. Ungewöhnlich für uns, aber es hat sich einfach nicht ergeben. Sie passt einen geeigneten Moment ab und zieht mich zur Seite.

»Geht es dir gut?«, fragt sie.

»Ja.« Ich lächle sie an. »Ja. Uns geht's gut.«

Wie es ihr geht, brauche ich sie nicht zu fragen. Alles an ihr strahlt, ihr rotes Haar, ihre Haut, ihre Augen, die noch größer, klarer und blauer geworden zu sein scheinen. Ihr Bauch ist inzwischen unübersehbar und wirkt durch ihre schmale Gestalt noch größer.

Sie sieht mich mit ihrem Röntgenblick prüfend an.

»Ja, wirklich«, wiederhole ich und nicke bekräftigend. »Wir sind noch näher zusammengerückt durch das, was passiert ist. Und ich bin so froh, dass alles noch mal gutgegangen ist. Ich war einfach neben der Spur, wegen Paris, meiner Mutter und überhaupt. Empfänglich für etwas, was ich eigentlich gar nicht wollte.«

Ich rede und rede. Ich will in ihren Augen lesen, dass sie mich versteht, dass sie mir glaubt, aber es gelingt mir nicht. Gelegentlich nickt sie, aber ich kenne diesen Blick. Sie ist nicht überzeugt. Schließlich werden wir von Viva unterbrochen, die mich an die Hand nimmt und in die Küche führt. Der Apfelsaft ist alle, ich soll neuen holen. Als ich zurückkomme, ergibt sich keine weitere Gelegenheit für ein Gespräch zu zweit. Beim Verabschieden umarmt Freya mich länger als gewöhnlich, als fiele es ihr schwer, mich überhaupt wieder loszulassen.

Am nächsten Tag steht sie mittags mit frischen Croissants vor der Tür.

»Machst du uns einen Espresso? Ich hatte schon einen und sollte eigentlich nicht, aber ich bin ganz heiß drauf.«

Sie gibt sich betont heiter, aber ich merke, dass ihr etwas auf dem Herzen liegt und sie nicht weiß, wie sie damit rausrücken soll.

»Du hast doch was!«, sage ich schließlich, als wir uns am Küchentisch gegenübersitzen, beide unseren Milchkaffee in der Hand. »Also?«

»Liegt das nicht auf der Hand?«, fragt sie.

»Nein. Wieso?«

Ich habe wirklich keine Ahnung, worauf sie anspielt.

Ich höre Freya Luft holen, bevor sie antwortet.

»Du hast total dichtgemacht. Seit Johannes im Krankenhaus war, haben wir kein vernünftiges Wort mehr miteinander gewechselt!«

»Es hat sich eben nicht ergeben. Du hattest doch auch kaum Zeit. Ihr seid auf Häusersuche, du bist schwanger, du musst dich um Julia kümmern, du arbeitest so viel wie eh und je, da bleibt natürlich keine ruhige Minute!«

»Marie, hör doch auf! Ich habe dich mehrmals angerufen, und immer wenn es um dich ging, bist du ausgewichen, genauso wie gestern. Es kam immer wieder dieselbe Leier. Und im Übrigen hast du nicht ein einziges Mal nach mir gefragt. Du wolltest weder wissen, wie es mir geht, noch Michel, noch Julia oder dem hier.« Sie legt die Hand auf ihren Bauch. »Du hast nicht mal gefragt, ob es ein Mädchen oder ein Junge wird. Und, Marie, ein Haus haben wir schon gefunden. Wir haben vor drei Wochen den Kaufvertrag unterschrieben.«

»Und wieso hast du mir nichts davon erzählt?«

»Ich habe dir davon erzählt, nachdem wir es uns angesehen haben. Lang und breit. Du hast mhm, aha und oh gesagt und danach nicht einmal nachgefragt, was daraus geworden ist!«

»Und du hast es mir nicht erzählt, weil du mich auf die Probe stellen wolltest, oder was?«

Ich höre Freya seufzen.

»Und was sollte das vorhin mit der Leier?«, frage ich. »Du hast mich gefragt, wie es mir geht, und ich habe es dir gesagt!«

»Nein, Marie, ich habe das Gefühl, du weißt überhaupt nicht, wie es dir geht, weil du die Frage gar nicht erst an dich heranlässt, geschweige denn bereit bist, dir eine ehrliche Antwort zu überlegen.«

»Quatsch, so ein Unsinn! Was bildest du dir eigentlich ein? Dass du in mich hineinsehen kannst? Ich will einfach nach vorn schauen, das ist alles, und dafür brauche ich mich ja wohl nicht zu rechtfertigen. Du warst es doch, die zu mir sagte, ich solle zusehen, wie ich das wieder in Ordnung bringe. ›Sieh zu, dass alles wieder gut wird‹, das waren deine Worte!«

»Ja, aber ich habe nicht gesagt, sei wie die drei Affen: Nichts sehen, nichts hören, nichts sagen!«

»Ich sehe, höre und spreche sehr wohl, nur hörst du mir nicht richtig zu!«

»Du solltest dir mal selber zuhören, Marie«, platzt Freya heraus. »Immer sagst du, dass deine Mutter alles schönredet, alles weglächelt, alles unter den Tisch kehrt. Und jetzt machst du genau dasselbe!«

Plötzlich ist es sehr still. Mein Herz klopft so laut, dass sie es eigentlich hören müsste. Ich verstehe kein Wort von dem, was sie sagt, aber ich spüre, dass es weh tut. Ich bin nicht wie Eva, und Freya müsste das besser wissen als jeder andere. Ich bin nicht wie meine Mutter. Ich habe nie so ein gemeißeltes Grinsen im Gesicht, egal wie kaputt alles um mich herum ist. Ich habe nie meine Kinder im Stich gelassen, und ich würde das niemals tun.

»Marie?«

»Wird wohl besser sein, wenn du jetzt gehst«, sage ich leise in meinen Milchkaffee.

»Mein Gott, Marie, jetzt sei doch nicht so zimperlich. Wer soll dir denn sonst den Spiegel vorhalten, wenn nicht ich? Dazu sind beste Freundinnen doch da, oder?«

Den Spiegel vorhalten? Ist das verblendet oder einfach zynisch?

»Ich möchte jetzt allein sein.«

Ein drittes Mal werde ich es nicht schaffen, sie zu bitten. Ich schlucke die Tränen, will nicht, dass sie mich weinen sieht. *Hau ab, verdammt noch mal!*

»Wenn du das wirklich willst«, höre ich Freya sagen.

Ich nicke, immer noch in meinen Milchkaffee starrend. Wenn ich sie jetzt ansehe, heule ich. Ich höre sie aufstehen.

»Mensch, Marie«, sagt sie leise.

Als sie an mir vorbeigeht, streicht sie mir kurz über die Schulter, sagt »Tschüs«. Ich blicke nicht auf, habe das Gesicht schon voller Tränen. Als die Haustür hinter Freya ins Schloss fällt, zucke ich zusammen.

Was ist nur in sie gefahren? Warum ist sie so zu mir? Spielen ihre Hormone verrückt, oder was? Wann ist überhaupt Stichtag? Ende Februar, Anfang März glaube ich. Ich weiß immer noch nicht, ob es ein Junge oder ein Mädchen wird. Warum hat sie es mir nicht einfach gesagt?

Die nächsten Tage blicke ich häufiger als sonst auf mein Handy. Ich warte auf ein paar einlenkende Worte von Freya, aber es kommt nichts.

***

Erst eine Woche vor Weihnachten, an meinem Geburtstag, sehen wir uns wieder. Es ist mein vierzigster, und ich wollte ihn allein mit Johannes und den Kindern feiern, aber am frühen Abend steht plötzlich Freya vor der Tür. Angeblich spontan, doch mir scheint, sie hat sich mit Johannes abgesprochen. Es ist nicht wie sonst, ich will nicht mir ihr reden und bin froh, dass Johannes dabei ist, er spielt Freya und mir die Bälle zu, sorgt dafür, dass keine Stille aufkommt. Er ist sehr gut darin, hat ein feines Gespür für Stimmungen. Es strengt mich dennoch an, und ich wünsche mir, dass sie geht. Als sie weg ist, merke ich aber, dass ich mich doch gefreut habe, sie zu sehen.

Heiligabend verbringen wir wie immer mit Johannes' Eltern zusammen bei ihnen. Wie jedes Jahr gehen wir alle gemeinsam in die Kirche, machen danach einen Spaziergang, und Johannes' Vater verschwindet, um die Geschenke unter den Baum zu legen. Wie immer sind die Kinder bei unserer Rückkehr entzückt, dass in unserer Abwesenheit der Weihnachtsmann da war. Natürlich weiß Anton inzwischen, wer den Weihnachtsmann spielt, aber für Viva tut er weiterhin so, als würde er noch an ihn glauben. Und wie immer spielt Johannes vor der Bescherung Klavier. Erstmals, und für alle überraschend, gemeinsam mit Anton. Sie haben heimlich ein paar Stücke einstudiert und spielen vierhändig. Viva sagt mit feierlicher Miene ein Gedicht auf, das auch Johannes mit ihr eingeübt hat. Damit sie sich nicht ausgeschlossen fühlt und auch etwas vorzutragen hat. Er weiß genau, wie wichtig ihr das ist, wie eifrig sie bemüht ist, ihrem großen Bruder in nichts nachzustehen.

Ich bin gerührt. Von meinen Kindern, aber auch von Johannes. Viva bekommt ihr erstes Fahrrad und ist selig. Anton bekommt unter anderem eine Karte für ein Fußballspiel, das er unbedingt sehen wollte und für das es schon seit langem keine Karten mehr gibt. Er ist ganz andächtig, als er sie in Händen hält. Und dann sieht er Johannes an, als wäre er der Retter der Welt.

Lange nach Mitternacht, als wir wieder zu Hause und die Kinder im Bett sind, holt Johannes ein Kuvert aus seiner Jackentasche und überreicht es mir mit leuchtenden Augen. Ich öffne den Umschlag, und darin liegt eine Reise nach Rom. Eine Woche zu zweit im Mai.

Rom war unsere erste gemeinsame Reise. Da kannten wir uns gerade drei Monate. »Ich möchte, dass wir für immer zusammenbleiben.« Das hatte Johannes in Rom zum ersten Mal zu mir gesagt. Da saßen wir in einem kleinen Restaurant und aßen Pizza. Er guckte mich an, hatte eine Spur Tomatensauce am Mund, sagte diesen Satz und sah danach so seltsam erschrocken aus, dass ich lachen musste. Ich sagte ihm nichts von der Sauce, ich küsste sie ihm einfach weg.

Plötzlich stehen mir Tränen in den Augen, und ich umarme Johannes schnell. »Vielen Dank«, flüstere ich ihm ins Ohr.

Silvester feiern wir bei Frank und Sarah, zusammen mit den Kindern, die alle bis weit nach Mitternacht durchhalten. Die Stimmung ist ausgelassen und sehr fröhlich. Genau das Richtige für dieses Jahr.

Wir haben es hinter uns!

Sieben

Es passiert an einem Freitagmorgen Mitte Januar. Ich bin allein zu Hause, sitze am Schreibtisch vor meinem Computer und formuliere mühsam eine längst fällige Buchkritik. Plötzlich beginnen meine Hände so zu zittern, dass ich die Tasten nicht mehr treffe. Energisch versuche ich, trotzdem weiterzuschreiben, aber meine Finger gleiten davon. Mein Herz schlägt mir bis zum Hals, ich habe das Gefühl, keine Luft mehr zu bekommen, sitze immer noch da, versuche, ruhig ein- und auszuatmen, aber ich schnappe nach Luft und stoße komische Laute aus. Ich lasse mich auf den Boden gleiten, Embryohaltung. Ich huste, mein Herz schlägt unregelmäßig, rast, lässt sich nicht aufhalten, nicht kontrollieren. Meine Atmung auch nicht, ich bekomme irgendwie Luft, aber so wenig, es wird immer weniger, oder nicht? Es wird schwarz vor meinen Augen, dann sinke ich ins Nichts. Als ich meinen Atem wieder höre, die Augen aufschlage, habe ich keine Ahnung, wie viel Zeit vergangen ist. Eine Minute, eine Stunde? Jedenfalls lebe ich noch. Mein Herz schlägt jetzt wieder fast ruhig, ich atme normal. Mein Haar klebt mir an der Stirn, ich bin schweißgebadet, und mich friert, meine Zähne klappern. Dann versuche ich aufzustehen, halte mich an der Wand fest und ziehe mich hoch. Langsam taste ich mich zum Bad. Im Spiegel sehe ich eine fremde Frau. Alt, ängstlich, zitternd. Ich will heulen und befreit werden aus dieser Starre, aber nichts passiert, es kommen keine Tränen, es regt sich nichts. Nur mühselig schaffe ich es, mich zu entkleiden und zu duschen. Dann lege ich mir ein Handtuch um, wickele mich in eine warme Decke und lege mich auf die Couch. Ich fühle mich wie die Frau, die ich im Spiegel gesehen habe.

Eines ist mir jetzt klar: Ich kann nicht mehr einfach so weitermachen. So tun, als wäre alles gut. Als wäre nichts Schlimmes passiert. Als würde nichts zwischen Johannes und mir stehen. Als wäre ich glücklich.

Nichts ist wie vorher. Es ist etwas Schlimmes passiert.

Ich bin nicht glücklich.

Ich dachte, die Wunde wäre klein und würde schnell verheilen. Ich dachte, wir müssten es nur wirklich wollen, Johannes und ich. Aber es hat nicht funktioniert. Wir haben es nur gespielt. Haben mit Inbrunst gespielt, dass alles wie immer ist. Wir wollten es unbedingt glauben, und wir waren beide sehr gut darin, haben uns gegenseitig bestärkt.

Was, verdammt, soll ich jetzt tun? Weggehen? Ausziehen? Das kann ich den Kindern nicht antun und auch Johannes nicht. Also doch weiter daran glauben, dass das Glück zurückkehrt. Aber das tue ich nicht. Ich glaube es nicht mehr. Weg, der Glaube. Und mit ihm die Hoffnung. Wie kann das sein?

Ich stehe auf und kleide mich an. Im Bad kämme ich mich, schminke mich ein bisschen und gucke erneut in den Spiegel. Ich sehe mir wieder ähnlicher, zumindest wenn man nicht genau hinschaut.

Ich laufe, um die Kinder abzuholen, es ist an der Zeit. Dieses Wochenende bin ich allein mit ihnen. Johannes ist mit seiner Kanzlei auf Rügen, wie immer zum Jahresbeginn.

Ich könnte ausziehen, mir hier in der Nähe eine kleine Wohnung suchen. Die Kinder könnten sowohl bei mir als auch bei Johannes wohnen. Beate würde uns sicher weiterhin unterstützen. Ich könnte in der Redaktion auf eine volle Stelle gehen mit der Option, einen Tag zu Hause zu arbeiten. Es würde gehen. Viva und Anton müssten sich vorerst ein Zimmer teilen. Ich könnte mir ein Schlafsofa kaufen, dann hätte ich mehr Raum zur Verfügung.

Halt, stopp! Das ist doch Wahnsinn. Es hört sich, selbst unausgesprochen und in meinem Kopf, abwegig an.

Aber das ist die Realität, das ist die Konsequenz. Wohnung suchen. Ausziehen. Einziehen. Mehr arbeiten. Straffer organisieren. Viel mehr allein machen. Allein sein. Keine Putzfrau mehr. Keine Arbeitsteilung mehr im Haushalt. Kein gemeinsames Kochen. Kein gemeinsames Essen. Keine gemeinsamen Abende. Kein gemeinsames Lachen und Weinen mehr. Kein Teilen mehr. Keine Umarmungen mehr. Keine Küsse mehr. Keinen Mann mehr. Kein gemeinsames Leben mehr.

Meine Kinder werden leiden. Johannes wird leiden. Ich werde leiden. Wenn ich das mache, dann bin ich wie meine Mutter. Dann reiße ich auch eine Familie auseinander. Dann mache ich auch meine Kinder unglücklich. Dann denke ich auch nur an mich. Johannes liebt mich über alles, das weiß ich, das fühle ich. Ich liebe ihn auch. Es gibt keinen Menschen, der mir vertrauter ist und dem ich mehr vertraue. Keinen, der mich besser kennt. Ich schlafe gern mit ihm. Wir haben ein schönes Leben. Warum, verdammt noch mal, reicht mir das nicht?

Was erwartet mich, wenn ich gehe? Wird auf meiner Stirn dieses unsichtbare Schildchen *alleinstehende Mutter* kleben? Werde ich so etwas leise Verzweifeltes haben, das bestenfalls Mitgefühl, aber keinesfalls Verlangen hervorruft? Werde ich mich wundern, warum plötzlich so wenige Frauen und keine Männer meine Nähe suchen? Oder werde ich, wie damals mit vierzehn, die vielen Jungen, Männer zu mir einladen und mit ihnen schlafen, um nicht ganz und gar einsam zu sein? Um mich begehrt zu fühlen? Männer, von denen ich wollen werde, dass sie schnell wieder gehen und niemals wiederkommen? Männer, die froh darüber sein werden, weil sie daheim eine Familie haben und für diesen schnellen Sex mit mir nicht einmal werden zahlen müssen? Wird es irgendwann dann nicht einmal mehr diese Männer geben, weil ich für solche Spielchen nicht mehr jung und schön genug sein werde? Werde ich irgendwann alt, hässlich und allein sein? Voller Bitterkeit, weil ich das Glück meines Lebens verspielt habe?

»Mama, was ist los?« Anton klingt ängstlich, alarmiert. Seine Stimme schrill.

Ich sehe ihn an und merke erst jetzt, dass mir Tränen übers Gesicht laufen. Seitdem ich Anton und Viva abgeholt habe, sitze ich allein in der Küche, die Kinder spielen in Antons Zimmer. Er wollte mich vermutlich etwas fragen, ich habe ihn gar nicht reinkommen hören. Antons Mundwinkel zittern. Ich beeile mich, ihn zu beruhigen. Ich nehme ihn in den Arm und drücke ihn an mich, streiche ihm übers Haar.

»Es ist nichts, mein Großer«, sage ich, um eine feste Stimme bemüht. »Ich schreibe gerade an so einer schwierigen Geschichte und war ganz in Gedanken versunken. Es ist alles in Ordnung. Tut mir leid, ich wollte dich nicht erschrecken, alles ist gut, o. k.?«, flüstere ich ihm schnell und leise zu. Er nickt, löst sich von mir und läuft zurück ins Kinderzimmer.

***

Am Tag darauf rufe ich Freya an. Seit meinem Geburtstag haben wir einander noch nicht wiedergesehen. Ich wusste nicht, wie ich ihr begegnen soll, bin ihr ausgewichen, habe auf ihre Anrufe per SMS geantwortet. Auf dem Display ihres Handys erscheint jetzt mein Name. Was mache ich, wenn sie nicht rangeht? Es klingelt dreimal, dann habe ich ihre Stimme am Ohr.

»Ja?«

»Können wir uns sehen?«, frage ich schnell und ohne Einleitung. »Heute?«

»Marie? Bist du das?«

Natürlich weiß sie, dass ich das bin. Sie sieht es auf ihrem Display. Sie kennt meine Stimme in- und auswendig.

»Ja. Ich bin's!«

»Was ist, Marie?«

»Ich … es geht mir nicht gut. Das geht alles nicht mehr. Kannst du? Ich kann das nicht am Telefon.«

Sie zögert.

»Bitte!«

»Ja, natürlich komme ich. Das ist doch keine Frage! Ich überlege nur, was ich mit Julia mache. Ich habe keinen Babysitter. Michel ist in Paris, ich bin allein mit ihr.«

»Du kannst sie doch mitbringen, und dann übernachtet ihr beide hier. Johannes ist nicht da, er kommt erst Morgenabend wieder.«

Sie willigt sofort ein. Als sie kommen, nimmt Viva Julia gleich an die Hand und zieht sie in ihr Zimmer. Freya küsst mich auf die Wange, folgt mir in die Küche und plaudert mit mir, während ich uns einen Kaffee mache. Als wir uns schließlich gegenübersitzen, lege ich meine Hand auf ihre, ich will ihr danken, komme mir dann aber albern vor und ziehe meine Hand rasch zurück. Ich weiß nicht, wie ich anfangen soll.

»Ich wollte es so gern glauben«, sage ich schließlich.

Sie versteht sofort, was ich meine.

»Ja, ich weiß.«

»Ich wollte nicht, dass du versuchst, mich davon abzubringen. Ich dachte, wenn ich es unbedingt will, dann wird alles wieder gut.«

»Ich wollte dich nicht davon abbringen. Im Gegenteil! Ich habe sehr gehofft, dass ihr wieder zusammenfindet, Johannes und du. Aber nicht so. Du kannst doch nicht einfach so tun, als wäre nichts gewesen. Wie soll das funktionieren? Ich wollte, dass du endlich aufwachst. Immer wieder dieses ›Es geht mir gut. Es geht uns gut‹. Und dazu dieses Lächeln, das gar nicht deines war. Wie ferngesteuert kamst du mir vor. Das war nicht mit anzusehen.«

Ich atme tief durch, verschränke die Hände ineinander. »Trotzdem bin ich nicht wie sie«, sage ich leise.

Später, als die Kinder im Bett sind und wir beide auf dem Sofa sitzen, erzähle ich ihr alles. Von der Woche ohne Johannes, zu dritt mit den Kindern. Wie sehr ich in diesen Tagen unser Leben vermisst habe und mir gewünscht habe, es wäre wieder alles so wie vorher. Wie sehr ich Johannes vermisst habe. Wie froh ich war, als er wiederkam und sich herausstellte, dass es ihm genauso ging wie mir, dass wir uns dasselbe wünschten, immer noch. Wie sehr ich versucht habe, alles dafür zu tun, dass es zwischen Johannes und mir wieder so wird wie vorher. Wie gut es uns beiden gelungen ist, einander glauben zu machen, dass wir es geschafft haben. Ich erzähle ihr von meinem Zusammenbruch am Tag zuvor. Dass es plötzlich nicht mehr funktionierte. Keine Chance mehr, mir etwas vorzumachen.

»Und was willst du jetzt tun?«, fragt sie.

Ich weiß es nicht, will ich eigentlich sagen.

»Ich werde mir eine eigene Wohnung suchen und ausziehen«, höre ich mich stattdessen antworten.

Freya sieht mich ausdruckslos an.

»Was soll das denn jetzt?«, fragt sie. »Von einem Extrem ins andere? Das macht doch keinen Sinn. Erst tust du, als wäre nichts gewesen, jetzt willst du mir nichts, dir nichts alles hinschmeißen. Verdammt, ihr seid seit zwei Jahrzehnten zusammen, Johannes und du, da wirft man doch nicht so einfach die Flinte ins Korn!«

Ich lehne mich zurück, mühe mich, dass meine Hand nicht zittert.

»Du glaubst wohl, du weißt alles, oder?«

Freya hält meinem Blick stand.

»Nein, eben nicht! Erkläre es mir, verdammt noch mal!«

Eine Weile ist es still. Ich will es ihr erklären, will es mir selbst erklären, suche nach Worten, nach Sinn und Logik.

»Mir fehlt nichts an Johannes«, beginne ich schließlich. »Ich will ihn nicht anders, als er ist. Ich kann mit ihm laut denken, ich kann mit ihm über alles reden, kann mit ihm lachen, ich kann ich selbst sein. Ich vertraue ihm, er ist mein Heim und meine Heimat, mit ihm zusammen bin ich nie allein.«

Ich sehe Freya an, sie schluckt, hat Tränen in den Augen.

»Trotzdem sehne ich mich nach Serge«, flüstere ich. »Wenn ich mir vorstelle, er würde jetzt vor mir stehen, werden meine Hände taub und meine Knie weich. Wenn ich an seinen Blick, sein Lächeln denke, muss ich die Zähne zusammenbeißen, um nicht laut danach zu schreien.« Ich halte kurz inne, habe tatsächlich ein Jammern in der Kehle, schlucke es runter. »Ich sehne mich wie verrückt nach ihm«, fahre ich leise fort, »nach seinen Händen, seinem Körper. Aber es ist nicht einfach Leidenschaft. Nicht nur. Er hat irgendetwas tief in mir berührt, und ich will, dass er es wieder tut. Ich vermisse ihn.«

Ich blicke auf, Freya schaut in mein Gesicht, auf dem die Tränen Spuren hinterlassen haben.

»Kannst du das verstehen?«

Sie nickt.

»Ja«, sagt sie leise. »Kann ich.«

Trotz allem muss ich lächeln. Es ist das erste Mal, seit ich ihr von Serge erzählt habe, dass ich das Gefühl habe, sie versteht mich.

»Und wie geht es dir?«, frage ich mit Blick auf ihren Bauch.

Freya lächelt, etwas müde.

»Ich hätte dich gern mehr dabeigehabt, Marie.«

Ich schlucke, weiß, was sie meint. Ich war für sie nicht erreichbar in den letzten Wochen und Monaten.

»Ich hätte mich auch gern mehr dabeigehabt«, sage ich leise, »aber irgendwie konnte ich dein Glück auch nicht ertragen.«

Ich sehe sie an, selbst erstaunt über meine Worte. Aber es stimmt, ich wollte nichts wissen von dem neuen schönen Haus, von Michel und seinem Spitzenjob. Ich wollte nichts wissen von den Lobeshymnen auf Freyas Reportagen. Die Nachrichtenmagazine reißen sich um sie, bauen ihr goldene Brücken, sollte sie sich bereit erklären, exklusiv nur für sie zu schreiben.

Ihre Schwangerschaft hat sie nicht gebremst, im Gegenteil, Freya schwimmt gerade ganz oben. Ich wollte ihr Strahlen nicht sehen, wenn sie davon erzählt, das Leuchten in ihren Augen nicht sehen, wenn ihre Hände auf ihrem Bauch liegen und das Baby sich vielleicht gerade bewegt. Alles ist groß und rein und voller Zukunft.

»Ich habe dir dieses perfekte Glück ohne Ecken und Kanten missgönnt, hab mich nicht mit dir freuen können. Das war das Schlimmste daran. Dass es mich dazu brachte, mich selbst noch mehr zum Kotzen zu finden als ohnehin schon.«

»Davon wusste ich nichts«, sagt Freya betreten.

»Ich auch nicht«, sage ich leise.

Wie kann man sich selbst so fremd werden und nach außen hin trotzdem so gut funktionieren?

»Hättest du mich nicht irgendwie wachrütteln können?«, frage ich. »Du wusstest doch die ganze Zeit, dass ich völlig neben der Spur bin.«

Freya schüttelt den Kopf.

»Das ist wie mit Schlafwandlern«, sagt sie. »Wenn du versuchst, sie aufzuwecken, erzählen sie wirres Zeug. Sie reden mit dir, sie reagieren auf dich, aber sie werden nicht wach. Und was sie sagen und tun, macht keinen Sinn. Sie müssen von allein wieder aufwachen, dann sind sie wieder bei sich.«

»Hast du dir das jetzt ausgedacht?«

Freya schüttelt den Kopf.

»Nein, Michel ist Schlafwandler, und genauso kamst du mir vor in den letzten Monaten.«

»Und jetzt bin ich aufgewacht.«

»Genau.«

»Fühlt sich scheiße an«, sage ich leise.

Am nächsten Tag nimmt Freya Anton und Viva mit zu sich. Sie werden bei ihr übernachten, und am Montag bringt sie die beiden Großen in die Schule und Viva in den Kindergarten. So kann ich in Ruhe mit Johannes reden. Ich drücke Freya zum Abschied an mich, suche nach großen Worten, bringe aber nur ein »Danke« heraus.

Als Johannes am Abend nach Hause kommt, ist er bester Laune.

»Wo sind die Kinder? Ich habe euch vermisst«, sagt er, während er mir in die Küche folgt.

»Sie übernachten bei Freya und Julia.«

»Was hast du mit mir vor?«, fragt er leichthin. Ich drehe mich zu ihm um, und erst da sieht er mich richtig an. Sein Lachen verschwindet. Sein Gesicht ist dicht an meinem. Wir stehen so nah beieinander, dass ich mich nur leicht vorbeugen müsste, um ihn zu küssen. Was, wenn ich das täte? Was, wenn wir jetzt und hier Sex hätten? Was, wenn ich nicht mit ihm reden würde? Was, wenn doch alles von selbst wieder gut würde?

»Was ist?«, fragt er tonlos. Dann lauter. »Los, sag es mir! Hast du ihn wiedergesehen?«

Ich zucke zusammen, weiche einen Schritt zurück.

»Nein, hab ich nicht«, sage ich, und dann erzähle ich es ihm.

Er steht da, sieht mich befremdet an, lässt mich ausreden, schweigt.

»Dann hau doch ab!«, sagt er schließlich. »Weißt du was? Du kotzt mich an mit deinem Selbstfindungstrip. Meine Liebe, deine Kinder, zwanzig gemeinsame Jahre, unser ganzes Leben, all das reicht dir plötzlich nicht mehr! Was willst du eigentlich? Du hast diesen Kerl doch wiedergesehen, stimmt's? Was hat der, was ich nicht habe? Fickt der besser? Und meinst du, das wird dich auch in einem Jahr noch kicken? Oder in zehn? Und wenn nicht, was machst du dann? Suchst du dir dann wieder einen Neuen?«

»Ich habe ihn nicht wiedergesehen!«

»Und wirst du ihn wiedersehen?«

»Nein. Ja. Weiß ich nicht. Darum geht es doch gar nicht! Es geht um uns, verdammt noch mal.«

»Ach so«, sagt Johannes höhnisch. »Du hast mit dem Typ mal so eben ein Wochenende verbracht, bist mit ihm im Bett gewesen, aber wenn du mich verlässt, dann hat das nichts damit zu tun.«

»Genau!«

Er ballt die Fäuste. Dann öffnet er sie langsam wieder, sieht mich an.

»Hau endlich ab! Ich will dich nicht mehr sehen.«

Ich gehe mechanisch in unser Schlafzimmer, packe ein paar Sachen für die Nacht und gehe. Erst als ich im Auto sitze, wird mir bewusst, dass ich gar nicht weiß, wohin. Zu Freya will ich nicht, da sind die Kinder, und ich bin zu aufgewühlt. Eine andere Freundin, zu der ich jetzt gehen wollte, habe ich nicht. Warum bin ich so klein und schwach? Flennen, ja, das kann ich. Da fließen sie auch schon, die Tränen, wie ein Sturzbach, ich schniefe, jammere, wische mir den Rotz mit der Hand weg, heule, bis mir die Luft ausgeht und keine Tränen mehr kommen. Jetzt weiß ich erst recht nicht, wohin. Ich klappe die Sonnenblende runter, und der kleine Spiegel zeigt mir ein verquollenes Gesicht mit roten Flecken und kleinen Äuglein. Die schwarze Wimperntusche wische ich mir rasch mit den restlichen Tränen von den Wangen, aber das macht es kaum besser. So kann ich nicht einmal in ein Hotel.

Ich fahre einfach los, und eine gute halbe Stunde später bin ich an der Elbe. Ein Sonntag im Januar, abends um 22.00 Uhr. Der Strand ist menschenleer. Ich steige aus und gehe am Wasser entlang, es ist klirrend kalt und schön. Ich beschleunige meine Schritte, konzentriere mich auf meine Atmung, verscheuche damit tatsächlich für kurze Zeit alle Gedanken.

Nach zwei Stunden bin ich total erschöpft wieder an meinem Auto angelangt. Mitternacht. Was, zum Teufel, mache ich jetzt? Kann man um diese Zeit noch ein Zimmer in einem Hotel mieten? Kann man nicht, jedenfalls fühle ich mich dazu nicht in der Lage. Ausgesperrt wie ein Hund. Was fällt ihm eigentlich ein? Schließlich ist das auch meine Wohnung! Soll er doch verschwinden, wenn er mich nicht sehen will. Wieso habe ich eigentlich ein schlechtes Gewissen?

Binnen zwanzig Minuten stehe ich vor unserer Haustür. Kein Licht. Ich schließe die Tür auf und schleiche mich ins Wohnzimmer. Angezogen lege ich mich auf die Couch, ziehe mir eine Wolldecke bis zum Kinn und schließe die Augen. Als ich wieder aufwache, ist es 6.00 Uhr. Ich gehe ins Schlafzimmer und hole mir etwas zum Anziehen. Von Johannes keine Bewegung, kein Ton. Als ich mich umdrehe, sieht er mich an, ausdruckslos. Ich schrecke zusammen.

»Du bist wach.«

»Sicher. Ich war auch gestern Nacht wach. Um 1.13 Uhr bist du gekommen.«

Ich starre ihn nur an, weiß nicht, was ich sagen soll.

»Ich liebe dich«, sagt er.

»Es tut mir so leid«, flüstere ich.

»Scheiß drauf«, antwortet er und dreht sich weg.

***

Die nächsten Wochen sind schlimm. Johannes und ich reden nur das Notwendigste miteinander. Die Kinder fragen uns schon am ersten Abend, nachdem sie bei Freya waren, was los ist. Sie kennen uns so nicht miteinander. Sie spüren sofort, dass etwas nicht stimmt.

»Frag deine Mutter«, antwortet Johannes, als Anton wissen will, was los ist.

»Es ist alles gut«, sage ich beruhigend zu Anton.

»Großartig«, schreit Johannes wütend und geht aus dem Raum.

Anton sieht mich an, irritiert. Viva fängt an zu weinen. Ich beruhige beide, so gut ich kann. Ich sage ihnen, dass Johannes und ich einander momentan nicht so gut verstehen und dass wir selbst nicht genau wissen, warum.

»Was ist, wenn es nicht wieder besser wird?«

Die Frage kommt von Anton. Ich starre ihn an. Er sieht ängstlich aus, will beruhigt werden.

»Nein, das glaube ich nicht«, antworte ich feige.

»Weißt du das, oder glaubst du das?«, fragt Anton.

Ich zögere. »Das glaube ich«, sage ich schließlich.

Antons Mund zuckt leicht, und er sieht weg. Ich streiche ihm über den Kopf. »Es wird schon alles wieder gut«, flüstere ich ihm zu.

Wir reden überhaupt nicht mehr miteinander, Johannes und ich. Schleichen wie zwei Fremde aneinander vorbei. Vermeiden es, einander anzusehen. Gelegentlich streiten wir uns. Kurze, gemeine Schlagabtausche wegen Bagatellen. Johannes ist abweisend, aggressiv. Ich reagiere zornig und bissig. Gemeinsame Abende gibt es nicht mehr. Wir verschwinden beide an unseren Schreibtischen, oder einer von uns ist weg. Nachts gehen wir nie zugleich ins Bett. Einer übernachtet immer auf dem Sofa. Einmal komme ich abends spät nach Hause und höre ihn im Schlafzimmer leise weinen. Ich schleiche mich ins Bad, lege mich danach auf die Couch, und noch immer höre ich ihn. Ich weiß, dass er weiß, dass ich da bin. Dass ich hier liege, wenige Meter von ihm entfernt. Sein Weinen nervt mich. Ich will, dass er aufhört. Ich kneife mir in den Arm, bis ich richtigen Schmerz spüre. Dann suche ich mir eine neue Stelle und mache so lange weiter, bis das Weinen drüben aufhört.

***

Mitte Februar finde ich über eine Kollegin aus dem Verlag endlich eine Wohnung. Es ist ein Glücksgriff. Bezahlbar, drei Zimmer, Altbau, renoviert, zehn Gehminuten von uns entfernt. *Von uns.* Ab 1. März kann ich einziehen.

An dem Tag, als ich den Mietvertrag unterschrieben habe, bitte ich Johannes abends, sich für einen Moment mit mir in die Küche zu setzen. Er holt sich ein Bier aus dem Kühlschrank, öffnet es, setzt sich mir gegenüber und sieht mich an, beide Hände an der Flasche, als würde er sich daran festhalten wollen.

Ich dachte, er würde abweisend reagieren, kühl, vielleicht auch aggressiv. Stattdessen laufen Tränen über sein Gesicht, er sagt keinen Ton. Er birgt seinen Kopf in den Händen und weint, seine Schultern zucken. Ich bin getroffen, weiß nicht, was ich machen soll. Ich will ihn in den Arm nehmen, will ihm sagen, dass alles nur ein böser Scherz war, dass alles wieder gut ist und ich wieder da bin. Stattdessen sitze ich einfach nur da und warte, dass er wieder aufhört. Dann ist auch mein Gesicht nass von Tränen. Unser halbes Leben lang haben wir einander getröstet, und jetzt geht das plötzlich nicht mehr. Gemeinsam weinen und beide völlig allein. Ich halte das nicht mehr aus. Ich will zurück, zurück, zurück. Ich raufe mir die Haare, ich zerre daran, reiße sie mir aus.

»Hör auf damit«, sagt Johannes leise.

Er streicht mir übers Haar. So vorsichtig und zärtlich. Ich will mich an ihn klammern, bitten, dass er mich rettet. Dass er dafür sorgt, dass alles wieder gut wird.

»Ich gehe jetzt«, höre ich ihn sagen. »Ich kann heute Nacht nicht hierbleiben.«

Ein paar Tage später sagen wir es den Kindern. Wir wollen nicht zu Hause gemeinsam mit ihnen am Tisch sitzen und tiefe Trauer verbreiten, also fahren wir mit ihnen an die Elbe. Die Sonne scheint, ein schwer beladenes Containerschiff fährt an uns vorbei, Anton blickt ihm nach, alle vier haben wir etwas Warmes zu trinken in der Hand. Johannes fängt an.

»Ihr habt ja mitbekommen, dass Mama und ich uns im Moment nicht so gut verstehen.«

Anton und Viva gucken ihn fragend an. Dann mich.

»Deswegen hat Mama sich etwas überlegt.«

Johannes sieht mich an.

»Wisst ihr«, sage ich möglichst heiter, »ich brauche mal eine Auszeit.«

Kurze Pause.

»Was heißt das?«, fragt Viva.

»Von uns?«, fragt Anton.

»Nein«, beeile ich mich zu sagen, »nicht von euch. Papa und ich. Ich möchte mal für eine Weile meine eigene Wohnung haben, natürlich mit euch beiden zusammen.«

Ich sehe Anton und Viva an.

»Dann habt ihr zwei Zuhause.«

Ich könnte kotzen. Genau das haben meine Eltern auch damals zu mir gesagt! Lügner, habe ich gedacht. Ich habe dann gar kein Zuhause mehr! Anton und Viva sagen eine Weile nichts. Dann fängt Viva an zu weinen.

»Das finde ich völlig scheiße!«, schreit Anton, und läuft weg.

Ich nehme Viva auf den Arm, Johannes geht langsam hinter Anton her. Auf der Rückfahrt sagt niemand ein Wort.

Wenn man Glück töten kann, bin ich eine Mörderin.

***

Am nächsten Morgen ruft Michel an. Das Glück spritzt durchs Telefon, als seine Stimme erklingt. Nachts um 3.40 Uhr wurde Feline Sofie geboren. Ich gratuliere, ich sage, wie sehr ich mich freue, wie glücklich ich bin. Ich freue mich nicht. Ich bin nicht glücklich. Mich gibt es gar nicht.

Aber einen elenden Rest von mir gibt es doch noch, und den zwinge ich, zu funktionieren. Ich bringe Viva in den Kindergarten und Anton zur Schule. Ich besuche Freya im Krankenhaus. Ich sage mir, dass ich so tun muss, als würde ich mich freuen. *Lächele!* Aber als ich die Tür öffne und sie blass und zart in ihren Kissen liegen sehe, mit einem erschöpften Strahlen im Gesicht, da freue ich mich wirklich. Und als sie mir wenig später ihre Feline Sofie in die Arme legt, da bin ich für ein paar Sekunden genauso trunken vor Glück wie Freya selbst.

Ich stürze mich in Aktionismus. Ich kaufe Möbel, richte die neue Wohnung mit dem Nötigsten ein. Ich habe entschieden, dass jeder von uns sein eigenes Zimmer bekommt, Viva, Anton und ich. Meines wird für mich zugleich Wohn- und Schlafzimmer sein. Ich kaufe mir ein Schlafsofa und einen Schreibtisch, der zugleich auch mein Esstisch sein wird. Ich hatte es mir schön vorgestellt, meine neue Wohnung einzurichten. Aber das ist es nicht. Es ist hart und schwer.

Ich bin fast nie allein, Michel hilft mir, mehrere Kollegen aus dem Verlag bieten mir ihre Unterstützung an. Sogar Sarah ruft mich an und fragt, ob sie etwas für mich tun kann. Ich nehme jede Hilfe dankbar an, ohne würde ich es nicht schaffen. Abends, kaum dass die Kinder im Bett sind, bin ich so müde und erschöpft, dass ich sofort einschlafe. Johannes kommt abends, wenn überhaupt, so spät nach Hause, dass ich schon schlafe. Wo er die Nächte verbringt, wenn er gar nicht kommt, weiß ich nicht. Ich fühle mich tief allein. Ich habe das Gefühl dafür, was richtig und was falsch ist, verloren.

Von unseren gemeinsame Sachen nehme ich nur Bücher mit und ein paar CDs, von denen ich weiß, dass Johannes sie nicht mag. Die Kinderzimmer bleiben natürlich, wie sie sind. Anton und Viva bleiben ja hier. Nur ich nicht. Für die Kinder haben wir eine klare Abmachung getroffen. Montag und Dienstag sind sie bei Johannes und werden weiterhin mittags von Beate abgeholt, Mittwoch, Donnerstag und Freitag sind sie bei mir, die Wochenenden wechseln wir uns ab.

***

Am ersten Märzwochenende ziehe ich um. Die Kinder sind bei Johannes. Am Freitag arbeite ich nicht wie sonst zu Hause, sondern im Verlag. Spätabends fahre ich in meine neue Wohnung. Die Möbel stehen an Ort und Stelle, die Küche ist mit dem Nötigsten eingerichtet, die Vorhänge sind überall angebracht, selbst die Betten habe ich bereits frisch bezogen. Auf meinem Ess- und Schreibtisch steht ein frischer Blumenstrauß, und ein paar Bilder hängen auch schon an den Wänden. Ich wollte unbedingt, dass alles fertig ist, wenn ich das erste Mal hier übernachte, damit mich nicht das Gefühl von Fremdheit überkommt.

Die Wahrheit ist, dass ich gar kein Gefühl habe. Wesentlich weniger dramatisch, als ich gedacht habe. Ich schließe die Tür auf, trete in diese nicht besonders schick, aber nett eingerichtete kleine Wohnung und empfinde weder Angst noch Freude. Es könnte auch das Zuhause einer Freundin oder Kollegin sein, in dem ich eine Nacht verbringe. Ein Gefühl wie zu Besuch. Ich gehe sofort ins Bad, ziehe mich aus, schminke mich ab, ziehe mir meinen Pyjama an, hole mir eine Flasche Wasser aus der Küche, stelle sie mir ans Bett und lege mich hinein. Dann lese ich einen belanglosen Krimi, den ich mir schon bereitgelegt habe. Das funktioniert. Nach einem Drittel des Buches fallen mir die Augen zu, ich lösche das Licht und schlafe ein.

Am nächsten Morgen allerdings ist das Gefühl, nur eine Besucherin zu sein, vorbei. Schon beim Aufwachen ist mir sehr bewusst, wo ich hier bin und wessen Wohnung das ist. Mit dem Aufstehen und Brötchenholen klappt es noch ganz gut. Aber schon der erste Bissen meines einsamen Frühstücks bleibt mir im Hals stecken. Die Stille ist nicht erholsam, sondern gespenstisch. Die Blumen auf dem Tisch, die Bilder an den Wänden, die Fotos der Kinder, all die Kleinigkeiten, die mir das Gefühl geben sollten, nach Hause zu kommen, gruseln mich jetzt. Was mache ich hier? Ich habe mich aus meiner Familie gebeamt. Ins Aus. Ich muss krank sein. Oder verrückt. Ich lasse das Frühstück stehen, lege mich auf mein neues Schlafsofa und starre vor mich hin. Lethargisch.

Meine Gedanken wandern zu den Frühstücken samstagmorgens zu Hause. Anton und Viva immer flirrend und vergnügt, Johannes und ich mit viel Muße zum Zurücklehnen, Pläneschmieden und Gedankenschweifen-Lassen. Im Sommer, wenn wir im Garten frühstücken, vergehen Samstage, an denen wir nichts anderes machen. Machten. Diese Nähe und Heiterkeit, das Gefühl der Zusammengehörigkeit, das war mein Leben, mein Glück.

Jetzt hocke ich hier allein in meiner mühsam erkämpften neuen Freiheit, in der ersten eigenen Wohnung meines Lebens, fern von meinen Kindern, fern von meinem Mann, und fühle mich wie in einer Dunkelzelle. Selbst zum Heulen fehlt mir die Kraft. Ich glotze einfach nur stumpfsinnig vor mich hin.

So findet Freya mich, als sie nachmittags klingelt.

»Mein Gott, Marie«, sagt sie erschrocken, »so kenne ich dich gar nicht. Schließlich war es doch deine Entscheidung!«

»Na und?«, frage ich feindselig.

Sie merkt, dass mit mir nicht zu reden ist.

»Zieh dich um. Wir gehen aus.«

»Und Feline?«

»Ist frisch gestillt und bei Michel.«

»Nein, ich bleibe hier.«

Freya schüttelt den Kopf. »Zieh dich an«, beharrt sie.

Ich brauche drei Stunden, um mich fertigzumachen und mich zu überwinden, rauszugehen. Wir machen einen kurzen Abstecher zu Freya nach Hause. Michel öffnet uns die Tür, lässig entspannt, Feline auf dem Arm. Freya bringt Julia ins Bett, liest ihr noch ein paar Seiten aus Harry Potter vor. Als Feline zu schreien beginnt, lese ich weiter, und Freya stillt. So perfekt alles. Bei uns war es auch perfekt. Bis ich kam und mit der Axt draufgehauen habe. Meine Tränen merke ich erst, als die Buchstaben vor meinen Augen verschwimmen. Aber ich habe mich schnell wieder im Griff, Julia hat nichts gemerkt, zumindest tut sie so.

Freya führt mich mitten ins Leben. Wir gehen im *Vienna*, einem kleinen, schon seit Jahrzehnten angesagten Restaurant essen. Hier kann man nicht reservieren, es ist immer voll, und die Tische stehen so nah beieinander, dass kein privates Gespräch ohne fremde Zuhörer möglich ist. Ich sage nichts. Freya redet. Zu meinem Selbstmitleid kommt Ärger. Was hat sie sich dabei gedacht, mich ausgerechnet hierher zu schleppen? Als könnte mir danach sein, in einem Szenelokal dicht gedrängt unter fremden Leuten zu hocken und mit ihr über die Biographie einer französischen Politikerin zu plaudern, die ich nicht gelesen habe. Ich starre Freya an, sehe, wie ihr Mund sich bewegt, aber höre nicht auf ihre Worte. Mag sein, dass das Thema gar nicht so uninteressant ist, aber hier und jetzt ödet es mich an, und meine Höflichkeit ist auch aufgebraucht. Am besten, ich stehe einfach auf und gehe. Ich lasse Freya hier sitzen. Soll sie doch nach Hause zu Michel gehen und mit ihm weiterreden. Ich werde mir ein Taxi nehmen, mich in meinem neuen Schneckenhaus verkriechen und meine Wunden lecken.

»Ich gehe jetzt«, sage ich, und es hört sich trotzig an, wie ein Kind.

»Nein, das tust du nicht«, antwortet Freya leise und legt ihre Hand auf meine.

Ich sehe sie an. Sie hält meinem Blick stand. Ihre roten Haare fallen ihr weit bis über die Schultern, ihr Gesicht ist blass, aber strahlend. Sie trägt Jeans und eine Lederjacke, deren Farbe perfekt zu ihrem Haar passt. In ihren leuchtend blauen Augen entdecke ich etwas Ungewohntes, Sorge. Sie lächelt, drückt meine Hand, und erst jetzt begreife ich, dass ich es bin, um die sie sich sorgt.

»Vielleicht war es irre, einfach so auszuziehen.«

Meine Stimme klingt immer noch wie die eines ängstlichen Kindes. Ich will von Freya jetzt nicht die Wahrheit hören. Ich will, dass sie mir widerspricht.

»Quatsch«, sagt sie mit fester Stimme. »Es war richtig.«

Danke, Freya.

Wir bestellen eine Flasche Rotwein, von der Freya einen Schluck trinkt und ich den Rest. Danach schleppt sie mich noch in eine Bar. Ich trinke einen Wodka Lemon, fange an, Blödsinn zu reden, meine Gedanken sind nicht mehr klar, flutschen mir davon, ich beginne, das Ganze lustig zu finden und über mich selbst zu lachen.

Bis wir auf dem Nachhauseweg sind. Mir graust vor meiner neuen, leeren Wohnung. Vor meiner Haustür angekommen, verabschiede ich mich rasch von Freya. Ich wünsche mir, dass sie mich festhält und fragt, ob sie noch mit raufkommen soll. Aber sie es tut es nicht. Sie weiß, wenn ich jetzt nicht allein da hochgehe, muss ich es morgen tun. Oder übermorgen. Die Angst wird immer größer werden. *Das ist mir egal, Freya, frag mich! Ich will da jetzt nicht allein hoch.* Aber sie tut es nicht, und ich beiße die Zähne zusammen, um sie nicht darum zu bitten. Mit schweren Beinen steige ich allein die Treppen zu meiner Wohnung hinauf. Ich gehe sofort ins Bett, verkrieche mich unter der Decke und warte, dass die Gespenster kommen.

Aber es passiert etwas anderes. Ich stelle mir vor, wie es wäre, jetzt daheim im Bett zu liegen, mit Johannes. Ich warte darauf, dass mich wieder Selbstmitleid überfällt und Trauer. Stattdessen fühle ich mich erleichtert, dass ich nicht dort im Bett oder auf der Couch liege und Johannes im Nebenzimmer atmen höre. Hier bin ich zwar allein, und mir schlottern die Knie vor Angst. Aber zum ersten Mal seit Wochen spüre ich auch eine leise Hoffnung.

Als ich am nächsten Morgen aufwache, brauche ich einen kleinen Moment, um zu begreifen, wo ich bin.

Mit diesem Augenaufschlag und der Orientierungslosigkeit sind auch die Zweifel wieder da. Keine Spur mehr von der leisen Zuversicht und dem Gefühl, dass alles richtig so ist.

Ich schaffe das nicht! Ich bin nicht stark genug. Ich packe meine Sachen, gehe wieder zurück und mache mit Johannes eine Paartherapie. Ich will wieder auf der Sonnenseite stehen. Ich will wieder alles richtig machen, mich wieder mögen und alles unter Kontrolle haben. Ein ruhiges Herz haben und mit beiden Beinen auf dem Boden stehen. Ich will meinen Frieden zurück.

Im Bad sehe ich in ein müdes Gesicht. Bleich, Augenringe, matter Blick. Plötzlich blitzt mir ein anderes Spiegelbild durch den Kopf. Als ich am Morgen nach unserer ersten Nacht in Berlin bei Serge im Bad stand. Damals lag in meinen Augen ein Zauber. Ich war voller Leben. Das Herz schlug mir bis zum Hals. Jetzt fühlt es sich träge und schwer an. Fünfeinhalb Monate liegt das Wochenende mit Serge in Berlin zurück. Gefühlt sind es mindestens fünf Jahre.

Serge. Ich habe den Gedanken an ihn sorgsam kleingefaltet und in die hinterste Ecke meines Herzens verbannt. Es kostete mich alles, einfach einen Schritt nach dem anderen zu tun, um hierherzugelangen. Mehr ging nicht.

Aber die Sehnsucht ist nach wie vor da. Und sobald ich es zulasse, entfaltet sie sich und nimmt den ganzen Raum ein. So wie jetzt. Riesengroß und mächtig.

Mein Verstand schreit höhnisch dagegen an. Er mahnt mich, sie gefälligst in den Griff zu bekommen.

Er sagt mir, dass Serge mit dem, was zwischen uns war, abgeschlossen habe. Dass er zurückgekehrt sei in sein Leben, zurück zu Lucy. Froh, ohne große Blessuren und ohne Erklärungsnot mir gegenüber davongekommen zu sein. Dass ich mich lächerlich machen würde, wenn ich mit meiner Sehnsucht im Schlepptau auf ihn zuginge. Dass ich ja wohl so tief nicht sinken könne.

Meine Hoffnung gibt leise zu bedenken, dass er vielleicht auf ein Zeichen von mir wartet, nichts kaputtmachen will, nicht dazwischenfunken will.

Mein Verstand schüttelt nur mitleidig den Kopf.

Als ich ein paar Stunden später auf meinem Sofa liege und vor mich hinstarre, klingelt mein Handy. Sarah. Sie will mit mir laufen gehen und heute Abend ins Kino. Ich bin gerührt, hätte nicht erwartet, dass gerade sie sich so viel Mühe mit mir geben würde. Ich bedanke mich sehr und versichere ihr, dass es mir gutgehe, ich aber lieber allein sein wolle, um, ja, um was zu tun? Der Satz bleibt in der Luft hängen. Sie unterbricht mich, teilt mir mit, dass sie mich um 15.00 Uhr zum Laufen abholen werde, und verabschiedet sich, bevor ich noch etwas einwenden kann. Ich muss lachen. Ich hätte nicht gedacht, dass Sarah so dranbleibt, ausgerechnet sie.

Abends im Bett, als ich das Licht ausmache, bin ich geradezu ein bisschen stolz, das erste Wochenende so gut überstanden zu haben. Aber als ich die Augen schließe und auf den Schlaf warte, spüre ich einen heftigen Schmerz im Magen. Ich lege mich auf die andere Seite, doch er verschwindet nicht, im Gegenteil.

Also stehe ich auf und schleppe mich aufs Sofa. Ich ziehe die Beine an, mein ganzer Körper beginnt zu zittern. Dann wird mir schlecht, ich schaffe es gerade noch bis ins Bad. Erst nach einer gefühlten Ewigkeit gelingt es mir, wieder aufzustehen und ins Bett zurückzugehen.

Plötzlich ist da wieder dieser Schatten. Er ließ sich das erste Mal blicken, als meine Mutter nach München ging. Nachdem auch Cyrus weg war, nistete er sich dauerhaft ein, er löschte die Hoffnung und Freude, das Helle und Leuchtende in mir. Sobald ich Pauls Wohnung betrat, war er da.

Außerhalb dieser einsamen vier Wände funktionierte ich trotzdem einigermaßen. Aber einmal, Cyrus war seit ein paar Monaten weg und Paul auf einem viertägigen Kongress, vergrub ich mich zu Hause und gab mich dem Schatten hin. Ich suhlte mich darin. Ich schwänzte die Schule und blieb im Bett. Ich aß nichts, trank Pauls guten Bordeaux aus der Flasche und rauchte dazu. Es waren Cyrus' Zigaretten. Der Rest einer Packung, die ich irgendwann beim Aufräumen gefunden hatte. Etwa nach der halben Flasche Wein und der zweiten Zigarette drehte sich mir der Magen um, und mit der Hand schon vor dem Mund stürzte ich ins Bad. Dann kroch ich zurück ins Bett, zog mir die Decke über den Kopf und schlief ein. Als ich wieder aufwachte, machte ich weiter. Ich trank den Rest der Flasche und rauchte die übrigen drei Zigaretten. Dieses Mal schaffte ich es nur knapp bis zum Waschbecken. Danach blieb ich im Bett, nahezu ohne mich zu rühren. Ich stand nur auf, um auf die Toilette zu gehen und Wasser aus dem Hahn zu trinken. Am Tag, als Paul von seinem Kongress zurückkehrte, duschte ich mich frühmorgens, wusch mir die Haare, zog mich an, machte das Bad und mein Zimmer sauber, frühstückte und ging wieder in die Schule.

Von da an gab es keine Ausfälle mehr. Ich lernte, mit dem Schatten zu leben. Aber erst, als ich Johannes kennenlernte, verschwand er. Seitdem war er nie wieder aufgetaucht.

Und jetzt liege ich hier allein in meiner neuen Wohnung, und plötzlich ist mir dieser dunkle Schatten, der mich damals mit fünfzehn verfolgte, wieder ganz nah. Mit Johannes an meiner Seite konnte ich ihn in die Flucht schlagen. Aber wirklich bewältigen kann ich ihn nur allein. Damals bin ich vor ihm weggelaufen. Nicht er ist verschwunden, ich bin geflohen. Jetzt werde ich ihm die Stirn bieten. Ich werde keine Angst mehr haben vor einem beschissenen Schatten.

***

Am nächsten Morgen klingelt mein Wecker um 7.00 Uhr. In zwei Stunden muss ich in der Redaktion sein. Vorsichtig stehe ich auf, erwarte zitternde Knie, doch ich fühle mich erstaunlich sicher auf den Beinen. Der Spiegel im Schlafzimmer zeigt mir ein blasses Gesicht, aber die Augen sind nicht ohne Glanz, und um den Mund sehe ich ein zaghaftes Lächeln. Es könnte schlimmer sein.

Beim Verlag angekommen, überfallen mich plötzlich Zweifel. Was, wenn mir doch alle ansehen, dass ich letzte Nacht mit einem Gespenst gekämpft habe? Vielleicht sieht mein Lächeln irre aus und der Glanz in meinen Augen fiebrig. Alle werden die Stimme senken und mir mitleidige Blicke zuwerfen.

Nichts dergleichen passiert. Der Pförtner schenkt mir wie immer ein freundliches Lächeln, meine Kollegen blicken mich ganz normal an, und in der Redaktionskonferenz gibt es auch keine besonderen Vorkommnisse. Um 19.00 Uhr mache ich mich schließlich auf den Weg in meine neue Wohnung, gehe früh ins Bett und schlafe zwölf Stunden ohne Unterbrechung.

Mittags ruft Gerhard mich zu sich ins Büro.

»Wie geht es Ihnen?«, fragt er unvermittelt, kaum dass wir einander gegenübersitzen.

Es ist keine höfliche Frage, etwas anderes steckt dahinter. Was soll ich sagen? Was weiß er? Ich entscheide mich für die Flucht nach vorn.

»Den Umständen entsprechend gut, danke«, antworte ich, so ruhig ich kann, und lächle. Er lächelt zurück. Sein Lächeln ist so falsch wie meines.

»Und was heißt das, den Umständen entsprechend?«, fragt er.

»Ich bin zu Hause ausgezogen. Zumindest vorübergehend.«

Meine Stimme ist dünn, und meine Mundwinkel zucken. Ich zwinge mich, ihn anzusehen und meine Tränen zu schlucken. Hier und jetzt will ich auf keinen Fall anfangen zu heulen.

Er erwidert meinen Blick, nickt dann langsam.

»Das ist schwer«, sagt er. »Ich weiß das. Ich bin auch vor zwei Jahren ausgezogen.«

Ich hebe erstaunt die Augenbrauen. Davon weiß niemand etwas. Die offizielle Version lautet: Gerhard ist seit fünfzehn Jahren verheiratet, glücklich. Er und seine Frau haben vier Kinder.

»Ihre Arbeit leidet darunter«, sagt er mir ins Gesicht. »Sie machen momentan keinen guten Job. Ihre Serie hätte schon längst eine Fortsetzung finden sollen, aber in Ihrer derzeitigen Verfassung sehe ich Sie dazu nicht in der Lage. Ihr zweiter Teil war schlimmer als schlecht, er war nicht der Rede wert. Aber uns bleibt nicht mehr viel Zeit. Das Thema brennt. Wir müssen da jetzt ran.«

Er sagt es mit freundlicher Stimme, und das macht es noch schlimmer. Ich habe einen Kloß im Hals. Verdammter Mist, kann er mich nicht einfach eine Weile in Ruhe lassen? Muss er mir jetzt auch noch damit kommen?

»Sie sind eine gute Journalistin«, fährt er fort. »Sie haben ein Gespür für spannende Themen. Ihre Geschichten sind perfekt recherchiert und auf den Punkt. Der erste Teil Ihrer Serie ist Ihnen sehr gut gelungen. Da war die Leidenschaft drin, die Ihnen bis dahin gefehlt hatte. Aber in letzter Zeit sind Sie überhaupt nicht mehr bei der Sache. Der Gipfel war diese Reportage, aber auch ansonsten arbeiten Sie fahrig und halbherzig. Sehen Sie zu, dass Sie das wieder in den Griff bekommen.«

Ich nicke, um nichts sagen zu müssen.

»Und wenn Sie mal reden wollen«, sagt er etwas hölzern, »meine Tür steht offen.«

Ich sehe ihn an. Er meint es tatsächlich ernst. Es gelingt mir, einen Dank herauszupressen, und dann gehe ich. Ich schaffe es gerade noch durch das Vorzimmer, an seiner Sekretärin vorbei. Die Klinke noch in der Hand, schießen mir die Tränen in die Augen. Ungesehen flüchte ich in die nächste Toilette. Ich schließe ab, setze mich auf den Deckel und heule, so lautlos ich kann. Das Schlimmste ist, dass ich es noch nicht einmal gemerkt habe. Ich dachte tatsächlich, meine Arbeit hätte nicht darunter gelitten. Ich habe mir vorgemacht, dass ich alles unter Kontrolle hätte.

Was mache ich jetzt? Fliehe ich in meine leere Wohnung und gebe mich meinem Selbstmitleid hin, oder gehe ich jetzt in mein Büro und mache weiter mit meiner halbherzigen, fahrigen Arbeit? Eine Alternative fällt mir nicht ein. Außer einfach hier hockenzubleiben. Eine Weile mache ich das. Dann wasche ich mir das Gesicht und gehe zurück ins Büro.

Ich tue das, was ich bisher vermieden habe. Ich lese mir den zweiten Teil meiner Serie noch einmal durch. Nach der Redaktionskonferenz und dem Eklat mit Gerhard habe ich keinen Blick mehr darauf geworfen. Ich habe es als Lappalie abgetan und die Kritik von Gerhard als reichlich übertrieben verbucht.

Damit hatte ich unrecht.

Die Reportage ist genau so, wie er es mir vorgeworfen hat. In meinem Kopf war alles schlüssig und auf dem Punkt gewesen. Aber was ich da zu Papier gebracht habe, ist stümperhaft zusammengeschustert und liest sich tatsächlich wie das Werk einer fleißigen, aber talentlosen Praktikantin.

Jetzt verstehe ich auch Freyas Reaktion. Ich hatte sie schließlich doch nach ihrer Meinung gefragt. »Marie, das hast du nicht geschrieben«, hatte sie gesagt und mich dabei seltsam angesehen. Ich hatte damals nicht nachgefragt, hatte es mit einem Lächeln, das ich für echt hielt, abgetan.

Was mich am meisten erschreckt, ist die Tatsache, dass ich wirklich der Meinung war, eine gute Geschichte geschrieben zu haben.

Was ist, wenn ich momentan überhaupt nicht in der Lage bin, irgendetwas richtig einzuschätzen? Wann werde ich wissen, ob es die richtige Entscheidung war, auszuziehen? Wird es dann noch ein Zurück geben? Woher weiß ich, dass ich nicht gerade alles verliere, unwiederbringlich?

Dieses neue Leben ist Schwerstarbeit. Es raubt mir all meine Energie. Den Tag und die Nacht zu überstehen ist zu einer so großen Aufgabe geworden, dass darüber hinaus nichts mehr geht. Ich fühle mich wie eine Aufziehpuppe. Wenn mir die Fäden aus der Hand gleiten, bleibt nichts von ihr übrig.

Am nächsten Tag hole ich nachmittags die Kinder ab, zuerst Anton. Ich bin aufgeregt, mir zittern die Knie. Das erste Mal zu dritt. Fünf Tage habe ich sie jetzt nicht gesehen, also ewig. Mein Sohn begrüßt mich, als wäre nichts. Er sieht aus wie immer, er lacht wie immer. Ich bin tief erleichtert.

»Was habt ihr gemacht?«, frage ich.

»Am Wochenende waren wir bei Emilia und Nina, und am nächsten Tag haben wir mit Papa einen Ausflug gemacht. Wir waren in Bremen in so einem tollen Museum.«

»Im *Science Museum*?«

»Ja, genau!«

Gute Idee, Johannes. Weg von daheim, unter Freunden, und am nächsten Tag ein Ausflug. Es ist ein kleiner Stich, ins *Science Museum* wollten wir immer mal zu viert.

»Und gestern und vorgestern?«

»Sind wir bei Oma geblieben.«

Als wir Viva abholen, fliegt sie in meine Arme. Sie fühlt sich wunderbar an.

Mein Herz klopft, als ich die Tür zu meiner Wohnung aufschließe. Aber Anton und Viva nehmen sie ganz selbstverständlich in Besitz. Ihre Zimmer sind eingerichtet, einiges habe ich mit ihnen gemeinsam ausgesucht, einmal waren sie schon hier, als alles noch unfertig war. Sie verschwinden beide in Antons Zimmer und beginnen sofort zu spielen. Abends machen wir gemeinsam Pizza, und später legen wir uns zu dritt in Antons Bett. Ich lese besonders lange vor. *Waffelherzen an der Angel.* Ein schwedisches Kinderbuch, in dem die Großtante die besten Waffelherzen der Welt backt und ein kleiner Junge namens Trille sein Herz an das Nachbarsmädchen Lisa verliert. Ich bin an der Stelle angelangt, wo die Großtante stirbt, und Anton wie Viva sehen mich mit großen Augen an. Also lese ich weiter und immer weiter, bis wir das Buch durchhaben. Ob sie zusammen in Antons Bett einschlafen dürfen, fragt Viva, die Augen schon geschlossen. Anton nickt dazu. Ich erlaube es ihnen natürlich, und als ich eine halbe Stunde später noch einmal nach ihnen sehe, sind sie eingeschlafen, ganz nah beieinander. Nachts stehen sie plötzlich beide in meinem Zimmer, Hand in Hand. Ich lasse sie in mein Bett. Zu dritt, aneinandergekuschelt, schlafen wir wieder ein.

***

Die ersten Wochen vergehen, und langsam gewinne ich etwas Boden unter den Füßen. Ich frage mich nicht mehr jedes Mal, wenn ich die Wohnungstür aufschließe, was ich hier eigentlich mache. Nicht jeder Tag ist ein Kraftakt. Manchmal, wenn Anton und Viva nicht da sind, kommt der Schatten von damals zurück, aber er hat seinen Schrecken verloren. Wenn er da ist, spüre ich zwar keine Freude, aber er hat nicht mehr die Kraft, mir die Hoffnung zu rauben und mich ins Dunkel zu ziehen. Er ist einfach nur da, bringt etwas Grau mit sich, und eines Tages wird er für immer verschwinden, da bin ich sicher.

Dass der Schatten mir nichts mehr anhaben kann, bringt mich zu dem Entschluss, Eva anzurufen und ihr alles zu erzählen. Sie ist meine Mutter, sie sollte wissen, was passiert ist. Eines Abends, nachdem ich die Kinder ins Bett gebracht habe, wähle ich ihre Nummer.

»Marie, schön, von dir zu hören«, tönt sie übertrieben fröhlich ins Telefon. »Wie geht es euch, alles gut?« Einen Moment bin ich versucht, einfach *ja* zu sagen, eine Weile mit ihr über nichts zu reden und dann aufzulegen. *Schön, dass wir mal wieder gesprochen haben, Mama.*

»Es war schon mal besser.«

»Was heißt das?«

»Wir haben uns getrennt, Johannes und ich. Zumindest erst einmal. Ich bin ausgezogen.«

Eine Weile ist es still in der Leitung. Eva ist sprachlos, das kommt selten vor.

»Du weißt ja, wie das ist«, sage ich boshaft. »Allerdings wohnen wir nur ein paar Straßen voneinander entfernt, und das wird auch so bleiben. Ich würde niemals in eine andere Stadt ziehen und meine Kinder hier alleinlassen!«

Was rede ich da?

Eva schnappt nach Luft.

»Marie«, sagt sie mühsam beherrscht, »wir haben in Paris darüber geredet, ich habe mich von dir anschreien lassen, ich habe mich entschuldigt, ich habe dir gesagt, dass ich dich niemals verletzen wollte, aber ich bin nicht bereit, mich jedes Mal neu anschreien zu lassen und immer wieder zu entschuldigen.«

Es klingt wie ein Spruch, den sie auswendig gelernt hat. Hast du das vor dem Spiegel geübt, Eva? Hast du am Ende dein Evalächeln aufgesetzt? Das, was ich so ätzend finde?

Recht hat sie trotzdem. Ich kann und will sie nicht verstehen. Ich will ihr auch nicht glauben, dass es ihr leidtut. Ich will ihr nicht verzeihen, und das wissen wir beide.

So, wie die Dinge liegen, macht es überhaupt keinen Sinn, dass wir miteinander reden.

»Wie geht es den Kindern?«, höre ich Eva fragen, als wäre nichts gewesen.

»Ganz gut so weit. Sie sind beide sehr stabil.«

Was rede ich für einen Unsinn? Ich habe keine Ahnung, wie es Anton und Viva geht, ich bange um ihre kleinen Seelen und hoffe nichts mehr, als dass ich ihnen mit meiner Trennung keine bleibenden Wunden zufüge.

»Und dir?«

»Es wird schon. Und euch?«, schiebe ich schnell hinterher, bevor sie nachhaken kann. »Wie geht es dir und Leo?«

Sie erzählt, ich höre zu, schalte ab, horche auf, als ich tatsächlich seinen Namen höre. Serge.

»Was ist mit Serge?«, frage ich.

Meine Mutter müsste das Zittern in meiner Stimme spüren. Sie müsste mein Herz klopfen hören.

»Wie gesagt«, antwortet sie stattdessen, »ich glaube, Serge und Lucy arbeiten beide sehr viel. Er meldet sich selten bei uns, so ist er halt. Aber seit er mit ihr zusammen ist, macht Leo sich keine Sorgen mehr um ihn, das ist wirklich ein Glück!«

Serge und Lucy. ›Seit er mit ihr zusammen ist, macht Leo sich keine Sorgen mehr um ihn, das ist wirklich ein Glück.‹ Diese Worte greifen wie spitze Nägel nach meinem Herzen. Es schmerzt weit mehr, als ich befürchtet habe.

Er ist also noch mit ihr zusammen.

Sie ist sein Glück.

Großartig.

Oder weiß Eva gar nichts? Ist es nur ihr übliches Getue? Vielleicht ist sie völlig ahnungslos, und Leo und sie haben seit Monaten nichts mehr von Serge gehört. Vielleicht steht Serges Leben auf dem Kopf, und sie wissen es gar nicht.

Vielleicht. Vielleicht aber auch nicht.

Ich will jetzt mit meinen Gedanken allein sein und beeile mich, Eva loszuwerden.

»Und melde dich, wenn ich was für euch tun kann«, sagt sie, als wir uns endlich verabschieden.

Bestimmt nicht, Eva.

Wieder so ein Gespräch. War ich nicht schon in Paris zu dem Schluss gekommen, endlich richtig mit Eva zu reden oder überhaupt nicht mehr?

Um richtig mit ihr zu reden, müsste ich aber bereit sein, ihr eine Chance zu geben.

Ich wähle Evas Nummer ein zweites Mal, sie nimmt sofort ab.

Ich sage ihr, dass ich eine Weile keine Verbindung mehr wolle, keinen Kontakt.

Sie reagiert erstaunlich ruhig. Kein Protest, kein Abwiegeln, kein gutes Zureden. Sie stimmt mir einfach zu. Wenn ich das so wünsche, sagt sie, werde sie es akzeptieren.

Als ich mich verabschieden will, hält sie mich noch einmal zuruck.

»Marie?«, fragt sie.

»Ja?«

»Gibst du mir ein Zeichen, wenn du bereit bist, mit mir zu reden?«

»Ja, sicher«, sage ich. »Das kann aber eine Weile dauern.«

»Das weiß ich, Marie. Ich meine auch nicht diesen Austausch von Höflichkeiten der letzten Jahre, ich meine richtig reden. Mir ist bewusst, dass du dafür noch Zeit brauchst.«

»Austausch von Höflichkeiten? Du hast doch dieses Geplänkel immer zelebriert!«

Eva bleibt ganz ruhig.

»Mag sein, Marie. Aber nur, weil ich wusste, dass du zu mehr nicht bereit bist, und weil ich die Verbindung zu dir nicht ganz verlieren wollte.«

Ich hole tief Luft, will zuschnappen, lasse es aber.

Sie hat recht.

»Ja, das stimmt«, sage ich zögernd, »zu mehr war ich nicht bereit. Und bin es auch jetzt nicht.«

Nach dem Telefonat mit Eva bleibt die vertraute Resignation diesmal aus. Endlich habe ich es geschafft, ihr zu sagen, was ich wirklich will. Und sie hat, wider Erwarten, nicht versucht, mich davon abzubringen. Sie hat meine Entscheidung einfach akzeptiert. All die Jahre fand ich dieses oberflächliche Getue zwischen Eva und mir unerträglich. Aber erst jetzt wird mir bewusst, dass nur ich daran etwas ändern konnte.

Acht

Drei Wochen nach meinem Umzug, Ende März, ruft Johannes an. Er will mich sehen. Allein, ohne die Kinder. Wir treffen uns bei einem kleinen Italiener, den ich vor ein paar Tagen im Vorbeigehen entdeckt habe. Ein paar Straßen von meiner neuen Wohnung entfernt. Wir waren beide noch nie zuvor dort. Unbelastetes Terrain. Anton und Viva sind bei Beate.

Ein Date mit Johannes. Ihn so lange nicht allein gesehen zu haben und mich jetzt mit ihm zu treffen, wissend, dass wir danach nicht zusammen heimgehen werden, dass wir kein gemeinsames Zuhause mehr haben, ist ein seltsames Gefühl. Verloren und auch ein bisschen aufregend.

Als ich komme, ist er schon da. Das Restaurant ist fast leer. Johannes sitzt an einem Tisch an der Wand, ein Glas Rotwein vor sich. Als ich reinkomme, hebt er sofort den Blick. Ich erschrecke, weil er mir so vertraut ist. Wie viele Male habe ich ihm schon in die Augen gesehen, wie viele Male ihn geküsst, in den Arm genommen, mit ihm gelacht, geweint, geflucht?

Er steht auf, ich gehe auf ihn zu, will ihn spontan umarmen, bleibe dann aber abrupt vor ihm stehen und gebe ihm stattdessen einen Kuss, eigentlich auf die Wange, aber ich streife dabei seinen Mund. Dann umarme ich ihn doch, aber nur kurz. Wir setzen uns, beide etwas verlegen.

Ich betrachte ihn. Natürlich nimmt man den anderen wahr, wenn man ihn täglich sieht, auch nach Jahren und Jahrzehnten noch. Wir haben das jedenfalls immer getan. Trotzdem sehe ich ihn jetzt mit anderen Augen. Mit gebührendem Abstand ist der Blick klarer. Er ist ein attraktiver Mann. ›Er sieht aus wie ein smarter Student aus bestem Hause‹, hatte Freya damals, als ich ihr Johannes vorstellte, etwas ironisch kommentiert. Bis auf die etwas ergrauten Schläfen und die feinen Linien um die leuchtend blauen Augen sieht er immer noch so aus. Schmaler ist er in den letzten Monaten geworden. Blasser und ernster. Aber nicht gebrochen. Sein Blick ist wach und geradeheraus.

»Wie geht es dir?«, fragt er.

»Ich weiß nicht. Und dir?«

Er lacht bitter. »Was glaubst du wohl, wie es mir geht?«

Es klingt anklagend, und dazu habe ich keine Lust. Ich sehe ihn an. »Warum wolltest du mich treffen?«

»Ich wollte dich sehen.«

»Um mir ein schlechtes Gewissen zu machen?«

»Nein«, sagt er betont ruhig. »Ich wollte dir etwas erzählen. Ich habe mich vor ein paar Tagen mit einer Kollegin getroffen. Sie ist neu bei uns in der Kanzlei. Ich war mit ihr essen, und danach bin ich mit zu ihr gegangen. Ich habe mit ihr geschlafen.«

Ich sehe ihn erstaunt an, aber er starrt auf sein Glas.

»Glückwunsch!«

Jetzt hebt er den Blick, und in seinen Augen sind Tränen.

»Hör auf«, sagt er leise. »Ich habe das gemacht, weil ich wissen wollte, wie das ist mit einer anderen. Für mich gab es immer nur uns. Und dann war für dich da plötzlich jemand anders. Ich wollte erfahren, wie das ist, nach so vielen Jahren plötzlich Sex mit einer anderen zu haben. Ich dachte, vielleicht verstehe ich dich dann besser. Und weißt du was? Jetzt verstehe ich dich noch weniger.«

Er lächelt bitter, schüttelt den Kopf.

»Die Sache an sich hat sogar funktioniert. Ich fand die Frau attraktiv, und ich habe gemerkt, dass ich ihr gefalle. Also habe ich sie zum Abendessen eingeladen, ein bisschen mit ihr geflirtet, und dann bin ich mit zu ihr gegangen. Ich war erstaunt, wie einfach das alles ging. Als ich merkte, dass sie will, hat mich das angemacht, und dann ging alles wie von selbst. Der Sex war nicht das Problem. Das Schlimme kam danach. Als diese fremde Frau neben mir lag.«

Es tut mir weh, seinem Blick standzuhalten.

»Weißt du, Marie, so einsam, wie ich mich in dem Moment gefühlt habe, kann man allein gar nicht sein.«

Ich habe einen Kloß im Hals, kann nichts sagen.

»Wie konnte ein Fremder in dir Platz finden, ich verstehe das nicht! Da war doch überall schon ich!«

Er steht abrupt auf, entschuldigt sich. Als er zurückkommt, hat er sich wieder im Griff.

»Ich habe mich nicht mit dir getroffen, um dir das zu erzählen. Ich wollte dir sagen, dass ich dich liebe. Und du, liebst du mich?«

Ich wende den Blick ab.

»Du bist der Vater meiner Kinder«, sage ich. »Du bist mein halbes Leben. Keiner ist mir so vertraut wie du.«

»Ja oder nein?«

»Ja, aber …«

Johannes unterbricht mich, schüttelt den Kopf. »*Ja, aber* ist kein *Ja*. Ich will ein *Ja*. Und ich werde nicht so schnell aufgeben.« Er sieht mir in die Augen. »Hast du ihn wiedergesehen?«

Ich wende den Blick ab. »Nein, habe ich nicht.«

Johannes nickt. »Aber du wirst ihn wiedersehen.«

Er klingt sehr ruhig, fast gelassen.

»Ich habe einen langen Atem, Marie«, fügt er leise, fast sanft, hinzu.

»Was soll das sein, eine Liebeserklärung oder eine Kampfansage?«

Er lächelt sein neues, trauriges Lächeln.

»Beides. Übrigens habe ich unsere Reise umgebucht.«

Ich sehe ihn fragend an.

»Rom!«

Mein Gott, Rom hatte ich völlig vergessen.

»Wie meinst du das, umgebucht?«

»Ich habe mir einen Gutschein ausstellen lassen für genau ein Jahr später.«

Als wir gehen, bringt er mich bis vor meine Haustür. Dort nimmt er mich kurz in den Arm. »Bis bald«, sagt er, dreht sich um und geht. Er sieht sich nicht noch einmal um.

Ich blicke ihm lange nach. Ich kenne keinen Menschen besser als Johannes. Aber trotzdem lerne ich ihn gerade neu kennen. Ich hätte mir nicht vorstellen können, dass er seinen Kopf mit aller Wucht gegen die Wand schlägt. Ich wusste nicht, dass er selbst jetzt, so stark mitgenommen und voller Schmerz, immer noch diese Kraft und Ruhe haben würde. Ich wusste nicht, dass er so klar sein würde.

Ich möchte gern daran glauben, dass Johannes und ich nächstes Jahr um diese Zeit nach Rom fahren. Ohne aber.

***

Am darauffolgenden Wochenende sind Anton und Viva bei mir.

»Wäre doch schön, wenn Papa jetzt auch hier wäre«, sagt Viva plötzlich morgens beim Frühstück.

Ich blicke in ihre großen Kinderaugen, und mein Herz sinkt tief, als ich die Traurigkeit darin sehe.

»Können wir das mal machen?«, hakt sie nach.

Ich bringe es nicht übers Herz, etwas anderes zu tun, als zu nicken. »Ja«, sage ich lächelnd, »das machen wir mal.«

Ich fürchte Antons Reaktion, höre ihn schon auf den Tisch hauen und fluchen, aber er sieht mich nur ernst an, viel zu viel Wissen in seinem Blick.

Als Anton und Viva kurz darauf in ihre Zimmer

gehen und ich allein am Tisch sitze, stelle ich es mir vor. Wir vier hier zusammen an einem Samstagmorgen beim Frühstück. Aber das Bild wird nicht lebendig. Stattdessen ist plötzlich ein anderes in meinem Kopf. Serge sitzt hier mit Anton, Viva und mir in der Küche. Er erzählt eine Geschichte, die Kinder lachen, ich blicke auf seine gestikulierenden Hände und spüre sie auf meiner Haut. *Als er das erste Mal mit seinen Fingerspitzen die Innenfläche meiner Hand berührt hat, mir das erste Mal meine Haare aus dem Gesicht strich, meine Wange gestreift hat.* Ich spüre seinen Blick, tauche ein in dieses Grün. Als es mir endlich gelingt, mich von den Bildern loszureißen und aufzustehen, um den Küchentisch abzuräumen, schwanke ich tatsächlich. Ich sinke wieder zurück auf meinen Stuhl, schlucke heftig an meiner Sehnsucht und finde erst wieder ins Hier und Jetzt, als Viva in die Küche stürmt, weil sie in ihrem Zimmer irgendetwas umgekippt hat.

Ein paar Tage später komme ich abends vom Verlag nach Hause, und Johannes steht vor meiner Haustür. Ich sehe sofort, dass etwas nicht stimmt.

»Wo sind die Kinder?« Ich höre selbst die Panik in meiner Stimme.

»Bei meiner Mutter. Sie übernachten heute dort. Ich will mit dir reden.«

Das passt mir nicht. Wir sind nicht verabredet, ich will nicht, dass er mir vor meiner Wohnung auflauert. Ich möchte, dass er geht.

»Was ist? Ist etwas passiert?«

»Ja. Nein.« Er sieht mich an. Unsicher, nervös.

»Du wirkst so neben der Spur. So kenne ich dich gar nicht.«

Er lacht bitter.

»Nein, in dieser Verfassung bin ich ja sonst auch allein«, antwortet er und starrt mich an.

»Was soll das? Mir geht es auch oft schlecht im Moment. Deswegen stelle ich mich noch lange nicht in dieser Verfassung vor deine Haustür und starre dich anklagend an!«

Er erhebt die Stimme. »Ich habe dich ja auch nicht verlassen. Du bist gegangen. Erinnerst du dich? DU hast MICH verlassen!«

»Komm«, sage ich beschwichtigend und berühre ihn leicht am Arm. »Lass und ein paar Schritte gehen.«

In meine Wohnung will ich nicht mit ihm, und hier stehen bleiben will ich auch nicht. Schweigend gehen wir nebeneinander her. Obwohl wir zunächst an der Straße entlanglaufen und gelegentlich ein Auto an uns vorbeifährt, kommt es mir sehr still vor. Ich höre nur das Klackern meiner Absätze und das Rascheln von Johannes' Mantel, wenn er die Arme beim Gehen bewegt. Inzwischen sind wir in dem Park angelangt, der bei mir um die Ecke liegt. Jetzt knirscht Sand unter unseren Füßen. Ansonsten weiterhin Stille. Zwischen uns ist ein Abstand von etwa einem halben Meter.

»Ich komme damit nicht klar«, sagt Johannes nach einer Weile leise. »Ich schaffe es nicht. Ich wache nachts auf und fange an zu heulen. Ich denke nur noch an dich. Ich kann mich auf nichts konzentrieren. Die Kinder stellen jede Frage dreimal, bis ich endlich reagiere und sie frage, was sie gesagt haben. Das Einzige, was geht, ist arbeiten. Ich arbeite wie ein Verrückter. Weißt du was? Heute haben sie mich zum Partner ernannt! Du weißt, wie lange ich darauf hingearbeitet habe. Und dann ist es endlich so weit, und ich kann mich nicht darüber freuen. Kein bisschen. Es ist mir völlig egal. Weißt du, wie oft ich mir vorgestellt habe, dass wir das zusammen feiern? Die Highlights des Lebens, plötzlich alles scheißegal!«

Ich bin erschlagen, weiß nicht, was ich sagen soll. Ausgerechnet jetzt machen sie ihn zum Partner! Eigentlich wäre Johannes nach Hause gekommen und hätte dieses wunderbare Funkeln in den Augen gehabt. Dann hätte er mich durch die Luft gewirbelt, hätte gesagt, was ich schon vorher erraten hätte, und ich hätte mich genauso kindisch gefreut wie er. Stattdessen gehen wir schweren Schrittes nebeneinander her, beide den Blick auf den Boden gerichtet, keiner sagt ein Wort. Ich bleibe abrupt stehen. Johannes geht einfach weiter.

»Bitte bleib stehen!«

Er tut es, aber ohne sich umzuwenden. Ich gehe zu ihm, stelle mich vor ihn hin, er sieht mich immer noch nicht an. Ich lege die Arme um ihn, habe Angst, dass er mich wegstößt, aber das tut er nicht. Dann, langsam, hebt auch er die Arme und legt sie mir um die Taille. Jetzt stehen wir da, eng umschlungen wie ein Liebespaar, das wir nicht sind, und wissen beide nicht weiter.

»Lass uns trotzdem feiern!«, sage ich schließlich.

Wir gehen zu dem kleinen Italiener, bei dem wir

auch letztes Mal waren, und ich lade ihn zum Essen ein. Nachdem wir angestoßen haben, greift er in seine Hosentasche, holt ein kleines Kästchen hervor und schiebt er mir über den Tisch. Ich sehe ihn erstaunt an. Sein Blick ist traurig, und doch funkeln seine Augen. Ich öffne die Schachtel vorsichtig und starre auf das, was darin liegt. Ein Anhänger, ein Topas, strahlend blau. Ich erkenne ihn sofort, so einen Stein gibt es kein zweites Mal. Dieses Leuchten ist einzigartig. Plötzlich stehe ich wieder mit Johannes in diesem winzigen Juwelierladen in Cervo, er legt mir die Kette um den Hals, und beide betrachten wir im Spiegel diesen wunderbaren Stein auf meiner Haut. Wir sind ein Paar. Er ist mein Mann. Seine Hand auf meiner nackten Schulter, sein liebender Blick sind das Normalste der Welt.

»Marie!« Johannes berührt leicht meine Hand, und ich zucke zurück, blicke ihn erschrocken an, brauche eine Sekunde, um wieder zu wissen, wo ich bin.

»Woher hast du den?«, frage ich leise.

»Ich hatte das Kästchen schon eingesteckt, als du mit Anton zur Kirche gingst.« Johannes starrt gedankenverloren auf den Stein. »Nach Antons Verschwinden und diesem schrecklichen Streit zwischen uns fand ich nicht, dass es der richtige Moment war, um ihn dir zu geben.« Er zieht die Schachtel ein Stück zu sich heran und dreht sie zwischen seinen Fingern hin und her. »Aber mit dem richtigen Moment ist das so eine Sache. Seit diesem Tag in Cervo habe ich danach gesucht und ihn nicht gefunden. Jetzt sitzen wir hier, du hast mich völlig aus der Bahn geworfen, mein Herz ist nur noch ein wunder Punkt, und trotzdem finde ich, hier und jetzt ist der perfekte Augenblick, um ihn dir zu geben.«

Behutsam nimmt Johannes die Kette, so dass der Stein in der Luft baumelt, und hält sie mir hin. Eine Sekunde zögere ich. Dann nehme ich den Stein in meine Hand. Ich öffne den Verschluss der Kette und lege sie mir um den Hals. Johannes lächelt. Es ist fast ein feierlicher Moment, und plötzlich habe ich Angst, dass ich ihm damit zu viel verspreche. Ich setze zu einer Erklärung an, aber Johannes unterbricht mich.

»Ich weiß, Marie. Es ist kein Versprechen. Aber zumindest ist noch nicht alles verloren, oder?«

Zögernd schüttele ich den Kopf.

»Nein?«, hakt er noch einmal nach.

»Nein.«

Johannes hebt sein Glas, und wir stoßen an.

»Auf die Hoffnung«, sagt er.

Nachdem wir die Flasche Wein geleert haben, trinken wir noch eine und dann noch ein Glas oder zwei. Als wir gehen, sind wir beide ziemlich betrunken. Bis zu meiner Wohnung sind es eigentlich nur drei Minuten, aber wir brauchen zwanzig. Dort angekommen, bestehe ich darauf, dass er mit dem Taxi nach Hause fährt. Mit Mühe schaffe ich es, mit meinem Handy eines zu rufen. Dann setzen wir uns gemeinsam auf die Stufen vor meiner Haustür und warten.

»Herzlichen Glückwunsch, Partner. Ich freue mich sehr«, sage ich so deutlich wie möglich.

»Danke für die bezaubernde Feier, Prinzessin« antwortet er sehr langsam und mit jedem Wort ringend.

Als das Taxi kommt, schwanken wir Arm in Arm dorthin. Ich warte, bis er abgefahren ist. Dann gehe ich langsam die Stufen zu meiner Wohnung hinauf.

Der Abend mit Johannes klingt noch die nächsten Tage nach. Johannes gibt mir, selbst jetzt, das Gefühl, nicht allein auf der Welt zu sein. Wir können gemeinsam lachen und gemeinsam weinen, immer noch. Seine Ernennung zum Partner haben wir trotz allem zusammen gefeiert, und es war ein funkelnder Abend.

Aber trotzdem geht es so nicht. So geht es nicht vor und nicht zurück. Ich bin ausgezogen, es ist nicht die richtige Zeit für funkelnde Abende mit Johannes. Ich will das nicht, ich will mich besinnen, ich brauche Abstand. ›Wäre doch schön, wenn Papa jetzt auch hier wäre‹, hatte Viva kürzlich beim Frühstück gesagt. Aber es ist nicht Johannes gewesen, den ich mir bei ihren Worten herbeigesehnt habe, sondern Serge. Am nächsten Tag rufe ich Johannes an und sage ihm, dass ich ihn eine Weile nicht sehen will. Ich erwarte, dass er gereizt reagiert, ungehalten.

»Ich weiß«, sagt er stattdessen sehr ruhig. »Mir geht es auch so. Ich liebe dich.«

Dann legt er auf. Plötzlich wünsche ich mir, er hätte mich angefleht, gebeten oder gebettelt. Dann hätte ich vielleicht erleichtert sein können, ihn eine Weile nicht zu sehen. Doch so fehlt er mir schon, als ich den Hörer noch in der Hand halte.

Am Morgen danach kommt Gerhard unverhofft in mein Büro und legt mir einen Zettel mit einer Meldung auf den Tisch.

»Für den nächsten Teil Ihrer Serie«, sagt er. »Machen Sie was draus.«

Ich greife nach dem Stück Papier und lese, was darauf steht. Eine fünfzehnjährige Gymnasiastin aus Hamburg hat sich das Leben genommen.

Nachdem ich mir ein erstes Bild gemacht habe, telefoniere ich mit dem Schulleiter und bitte ihn um ein Gespräch. Er lehnt ab. Ich erkläre ihm, dass die Presse sich auf jeden Fall auf ihn und die Schule stürzen wird. Ich merke, dass er zu zögern beginnt. Also rede ich weiter in aller Ruhe auf ihn ein. Ich spüre, dass er in dieser Geschichte ein wichtiger Schlüssel ist, ich brauche dieses Gespräch. Schließlich habe ich ihn so weit. Wir vereinbaren einen Termin für den kommenden Tag.

Ich rede mit einem Schulleiter, der sich allzu selbstsicher und professionell gibt, um seine Betroffenheit zu verbergen. Ich merke an seinem Blick, dass da noch etwas anderes ist als das zur Schau getragene nüchterne Bedauern, und warte geduldig. Schließlich bricht es aus ihm heraus, dass er tief berührt ist und sich schlimme Selbstvorwürfe macht. Ein sensibler Mann, der sich mir anvertraut, weil wir in unserem Gespräch an einen Punkt kommen, an dem wir beide vergessen, dass ich Journalistin bin. Das Mädchen ist zu ihm gekommen und hat sich ihm anvertraut. Er hat sie darin bestärkt, dass ihr nach dem Abitur alle Türen offen stehen werden, hat betont, wie stolz er darauf ist, sie als Schülerin zu haben, hat ihr Interesse und ihre Begabungen gelobt. Er hat kein Verständnis für ihre Ängste gezeigt, weil er sie nicht erkannt hat, wie er selbst sagt. Er hätte nie gedacht, dass sie gefährdet sein könnte.

Ich schreibe diese Reportage, ohne Rücksicht zu nehmen. Ich denke nicht darüber nach, wen ich damit verletzten könnte oder wer mir etwas übelnehmen könnte. Ich schreibe, als ginge es um mein Leben.

Ich bin wütend, und ich habe Angst. Mir wird dieser Tage bewusst, wie wichtig mir meine Arbeit ist und wie wenig selbstverständlich es ist, dass ich sie habe. Es gibt kein besseres Nachrichtenmagazin, und ich will nirgendwo anders arbeiten.

Donnerstagabend lege ich Gerhard den Artikel auf den Tisch. Schon am nächsten Tag bekomme ich ihn mit der Hauspost zurück. Erst auf den zweiten Blick sehe ich, dass oben links mit schwarzer Tinte ein Wort geschrieben steht: »*Ja!*« Darunter sein Kürzel.

Für alle überraschend, bringt Gerhard die Story als Titelgeschichte. Am Ende des Artikels die Ankündigung, dass wir das Thema ›Bildung in Deutschland‹ künftig regelmäßig im Heft haben werden. Autorin: Marie Conrad. Als ich den Titel sehe, rast mein Herz, und als ich auch noch den Hinweis auf die Serie mit meinem Namen darin lese, schwebe ich. Nach dem Nackenschlag davor, was für ein Wahnsinnsgefühl!

Ab diesem Moment bin ich wieder da. Ich stürze mich in die Arbeit, oft auch abends und an den Wochenenden, wenn die Kinder bei Johannes oder schon im Bett sind. Die Resonanz auf die Reportage ist groß. Freya gratuliert mir und kommentiert mit süffisantem Grinsen, dass ich damit dann ja wohl meine Buchbesprechungs-Kuschelecke verlassen hätte. Ich wende ein, dass ich auch vorher nicht nur Buchbesprechungen geschrieben hätte, aber ich weiß, was sie meint, und ich weiß auch, dass sie recht hat. Ich habe mich vor die Tür getraut.

***

Die Wochen vergehen schnell. Beruflich habe ich endlich wieder Boden unter den Füßen, aber darüber hinaus weiß ich immer noch nicht, wie es weitergehen soll. Der Alltag funktioniert, ich bin wieder im Tritt, aber sobald ich mit mir allein bin, drehe ich mich im Kreis. Ich denke und komme nicht zur Ruhe. Johannes fehlt mir, alles an ihm. Unser Familienglück fehlt mir. Dennoch will ich nicht zurück, jedenfalls nicht jetzt. Ich habe das Gefühl, meine Heimat verloren zu haben, aber ich sehne mich nicht danach, in Johannes' Armen zu liegen und in ihnen einzuschlafen. Manchmal überfällt mich die Angst davor, dass es kein Zurück mehr geben könnte. Was, wenn ich es schließlich will und es zu spät ist? Johannes wird mir die Tür nicht bis in alle Ewigkeit offen halten.

Zugleich wird meine neue Wohnung immer mehr Zuhause für mich. Ich weiß nicht, ob das eine Phase ist, die vorübergeht, oder der Beginn von etwas Neuem. Immer noch gibt es Momente, in denen es mir absolut unwirklich vorkommt, dass Johannes nicht an meiner Seite ist. Undenkbar, dass wir unser Leben nicht mehr teilen. Dann wieder, und manchmal sind nur fünf Minuten dazwischen, kommt es mir gut und richtig vor, dass es so ist, wie es ist.

Und Serge, ja Serge. ›Ich denke jeden Tag an dich.‹ Seine Worte beim Abschied. Ich frage mich, ob das noch stimmt. Ob es jemals gestimmt hat.

Inzwischen ist es Ende April. Ich bin seit acht Wochen in meiner neuen Wohnung. Unser gemeinsames Wochenende in Berlin ist fast sieben Monate her. Seitdem habe ich nichts von Serge gehört.

Vielleicht werde ich irgendwann einmal eine nette, belanglose SMS von ihm bekommen.

Hi Marie, ewig her, dass wir uns gesehen haben. Hab höllisch viel zu tun, bin ständig unterwegs, aber es geht mir gut. Hoffe dir auch. LG Serge.

Oder so ähnlich. Allein bei der Vorstellung, eine solche Nachricht von ihm zu bekommen, dreht sich mir der Magen um. Dann lieber keine. Ich weiß, dass es ein Versteckspiel ist, das keinen Sinn macht, aber ich bin noch nicht bereit, es aufzugeben. Solange wir nichts voneinander hören, kann ich an der Hoffnung festhalten, dass seine Abschiedsworte immer noch stimmen. ›Ich denke jeden Tag an dich.‹ Wenn es für ihn vorbei ist, würde ich das sofort am Klang seiner Stimme hören. Allein der Gedanke fühlt sich an, als würde mein Herz von innen aufgekratzt. Dann lieber weiter Verstecken spielen.

Am Wochenende fahre ich mit den Kindern an die Nordsee. Spontan, am Samstagmorgen nach dem

Frühstück. Viva und Anton sind begeistert. So etwas haben wir zu viert noch nie gemacht. Mit Eifer packen sie selbst ihre Reisetaschen. Es soll unbedingt eine Insel sein, beschließen wir.

Ich entscheide mich für Sylt, da sind wir schneller als auf Föhr oder Amrum. Über die Kurverwaltung finden wir in Kampen ein Zimmer mit Frühstück. Es ist leer im Ort und auch am Strand. Die Sonne scheint, die Strandkörbe stehen schon, und wir haben fast alles für uns. Es ist perfekt. Viva und Anton bauen eine gigantische Burg, mit Muscheln verziert und unterirdischen Gängen. Ich liege in einem Strandkorb, mit hochgelegten Füßen, und sehe ihnen zu. Seit langer Zeit gelingt es mir das erste Mal, länger als ein paar Minuten einfach an nichts zu denken. Ich kann die Augen schließen und das Meer riechen, ohne mich mit bangem Herzen zu fragen, was, verdammt noch mal, denn nun aus meinem Leben werden soll.

Abends fahren wir nach List an den Hafen. Dort ist es nicht ganz so menschenleer. Viele Familien. Mama, Papa, Kinder. Vollständig eben.

Tagsüber habe ich ihn überhaupt nicht vermisst, aber hier fehlt Johannes plötzlich. Wir setzen uns in eines der Fischlokale und bestellen Krabben mit Rührei für Anton, Pommes mit Fischstäbchen für Viva und Seeteufel für mich. Wäre Johannes jetzt hier, würde er ebenfalls Fisch bestellen, und wir würden uns gegenseitig probieren lassen. Dem anderen die Gabel hinhalten, der schließt erst die Augen und riecht, dann erst öffnet er den Mund und schmeckt. Natürlich ist es eine Bagatelle und völlig unwichtig. Dennoch steigen mir jetzt ausgerechnet wegen dieses blöden Fisches die Tränen in die Augen. Dann sagt Anton irgendetwas Lustiges, Viva kreischt vor Lachen, und der Moment vergeht. Als wir später alle drei im Bett liegen und ich schon fast eingeschlafen bin, denke ich vage, dass es gut so ist, wie es ist. Viva liegt auf meiner einen, Anton auf meiner anderen Seite. Wir sind auch zu dritt ein Ganzes. Beide sind gerade eingeschlafen und sehen wunderbar friedlich und gesund aus mit ihren von der Seeluft rosigen Wangen.

Wir hier zu dritt, das ist nicht falsch. Nur anders als zu viert.

***

Spätestens auf der Autofahrt zurück nach Hamburg ist es vorbei damit, an nichts denken zu können. Was wünsche ich mir? Vermisse ich Johannes, und sehne ich mich zu ihm zurück, oder sehne ich mich nach der glücklichen Vergangenheit mit ihm, die nicht mehr ist? Weine ich um ihn, weil ich ihn will, oder weine ich um ihn, weil ich ihn nicht mehr will? Und Serge. Ist er echt, oder ist er eine Fata Morgana? Gibt es den Serge, von dem ich träume und nach dem ich mich sehne, oder erträume ich mir einen Serge, den es gar nicht gibt?

Die Fragen kreisen in meinem Kopf wie ein Mantra. Und immer und immer wieder finde ich keine Antworten. ›Geduld, abwarten, kommen lassen‹, hat Freya kürzlich zu mir gesagt. Sie habe ja keine Ahnung, wovon sie rede, habe ich ihr vorgeworfen. Das könne sein, aber dennoch wisse sie, dass es das einzig Richtige sei. Ich habe geseufzt und ihr recht gegeben. Aber es gelingt mir einfach nicht. Ich habe keine Geduld, ich kann nicht abwarten und kommen lassen schon gar nicht.

»Papa ist immer so traurig, seit du nicht mehr zu Hause bist«, sagt Viva plötzlich in meine Gedanken hinein.

»Jetzt hör doch auf«, fährt Anton sie grob an.

Sie fängt leise an zu weinen. »Aber es stimmt doch«, beharrt sie mit dünner Stimme.

Ich fahre, den Blick starr nach vorn gerichtet, Viva und Anton sitzen hinten. Am liebsten würde ich auf der Stelle anhalten und meine Kleine fest in den Arm nehmen, trösten. Aber ich bin mitten auf der Autobahn. Dann muss ich wenigstens etwas sagen. Aber was?

»Papa ist vielleicht im Moment häufiger traurig, aber das wird nicht so bleiben«, höre ich mich sagen.

»Woher weißt du das?«, fragt Viva.

Ich weiß es nicht, ich weiß gar nichts. Ich hoffe es.

»Ich weiß es nicht, aber ich glaube es«, sage ich mit bemüht heiterer Stimme.

Das ist eine Lüge. Glauben und hoffen ist nicht dasselbe.

»Warum kommst du nicht einfach zurück?«, fragt Viva. »Dann wäre Papa nicht mehr traurig.«

»Jetzt hör doch mal auf!«, raunzt Anton aufgebracht.

»Ist ja gut«, sage ich, aber Viva weint schon hemmungslos.

Ich halte bei der nächsten Gelegenheit. Ein öder Rastplatz. Wir steigen alle drei aus dem Auto, und ich nehme beide fest in den Arm.

»Ich liebe euch über alles«, sage ich leise. »Und wir werden immer eine Familie sein. Auch wenn wir nicht unter einem Dach leben.« Mit Mühe beherrsche ich meine Stimme.

Jetzt weint Anton, und das ist schrecklich, weil er sich so sehr müht, es nicht zu tun. Ich drücke ihn ganz fest.

»Ist doch nicht schlimm, wenn man weint«, flüstere ich ihm ins Ohr. »Danach fühlt man sich besser.«

»Nicht immer«, murmelt Anton.

Als wir uns endlich alle beruhigt haben, steigen wir wieder ein und fahren weiter.

Abends beim Zubettgehen schläft Viva noch während des Vorlesens ein. Als ich Anton gute Nacht sage, hält er mich fest.

»Das war toll auf Sylt. Und es stimmt gar nicht, dass Papa immer traurig ist.«

Wen will er schützen, Johannes oder mich? Oder uns beide? Ich will ihm diese Last von den schmalen Schultern nehmen, aber ich weiß nicht, wie. Ich streiche ihm übers Haar und sage ihm, dass er sich keine Sorgen zu machen brauche über Johannes oder mich. Wir könnten gut auf uns selbst aufpassen. Ich lächle ihn an, aber er bleibt ernst und nickt, ohne etwas zu sagen. Er glaubt mir nicht. Ich beuge mich zu ihm und gebe ihm einen Kuss. »Du wirst sehen« flüstere ich, »alles wird gut.«

In der Nacht träume ich von dem Rastplatz, auf dem wir haltgemacht haben. Wir drei dort auf einer Bank sitzend, eng beieinander, Anton und Viva weinen, ich tröste sie. Wir fahren los, und kurz darauf merke ich, dass wir Viva vergessen haben. Ich blicke nach hinten und sehe nur Anton und den leeren Sitz. Voller Panik halte ich auf dem Seitenstreifen, zu wenden ist unmöglich. Schreiend versuche ich, Autos anzuhalten, erfolglos. Ich suche eine Notrufsäule, finde aber keine, versuche, über Handy die Polizei zu verständigen, aber sie können mich nicht verstehen. Die ganze Zeit habe ich Viva im Kopf, wie sie allein auf diesem gottverlassenen Rastplatz direkt an der Autobahn hockt. Schutzlos, ausgeliefert. Schließlich nehme ich Anton an die Hand und laufe mit ihm auf dem Standstreifen zurück zum Rastplatz. Es ist weit, ich fühle und höre nichts mehr, nur Antons Hand, und als wir tatsächlich irgendwann auf dem Rastplatz ankommen, ist Viva verschwunden. Gellend will ich ihren Namen schreien, öffne meinen Mund, aber es kommt kein Laut heraus. Stattdessen schreit Anton den Namen seiner Schwester aus Leibeskräften.

Ich wache auf, schweißgebadet und starr vor Schreck. Antons Schrei ist noch in meinem Kopf. Aus meinem Mund kommt ein Jammerlaut, ein Wimmern. Die Angst steckt mir im Hals. Einen Moment bin ich wie gelähmt, unfähig, aufzustehen. Dann steige ich sehr langsam mit weichen Knien aus dem Bett und gehe in Vivas Zimmer. Als ich sie dort friedlich schlafen sehe, kommt endlich die Erleichterung. Ich habe nur geträumt. Obwohl das Bett schmal ist und Anton auch schon neben Viva liegt, lege ich mich dazu. In meinem Kopf ist immer noch der Satz, der meinen Traum begleitet hat. *Du hast nicht auf sie aufgepasst*. Das schreckliche Gefühl, sie nicht beschützen zu können.

Am Morgen wache ich als Erste auf und betrachte die beiden schlafenden Gesichter. Engelgleich sehen sie aus. So viele Male habe ich sie schon so gesehen, und immer wieder rührt es mich. Glaube, Liebe, Hoffnung, nie spüre ich sie mehr als in solchen Momenten. Den Glauben an das Leben, die Hoffnung, dass alles gut wird, und die Liebe, die alles möglich macht.

Als Viva und ich uns vor der Schule von Anton verabschieden, fällt es mir ungewohnt schwer, ihn gehen zu lassen. Heute ist Montag, ich werde ihn erst Mittwochnachmittag wiedersehen. Ich weiß, dass er vor der Schule weder geküsst noch umarmt werden will, also halte ich ihm nur meine Handfläche hin, und er schlägt ein. »Tschüs Mama, bis übermorgen.« Und dann ist er auch schon weg, ohne sich noch einmal umzudrehen.

Nachdem ich Viva in den Kindergarten gebracht habe, fahre ich in die Redaktion. Als ich mittags mit einem Sandwich allein in meinem Büro sitze, plingt mein Handy. Eine neue Nachricht.

Noch 335 Tage bis Rom. Wir werden fliegen! Dein Johannes

Plötzlich habe ich den Duft in der Nase. Samstagmorgens vom Brötchenholen hat Johannes mir immer

Schokolade mitgebracht. Keine Tafel, sondern frisch gebrochen und unverhüllt, aus einem kleinen Laden bei uns um die Ecke. Ich liebe diesen Duft und den ersten Bissen vorm Frühstück. In den letzten Monaten habe ich das vermisst. Einmal habe ich mir selbst Schokolade dort gekauft. Ich habe die Nase tief in die Tüte gesteckt. Aber nichts.

Ich gehe auf Antworten.

Denke gerade an den wunderbaren Duft der frisch gebrochenen Schokolade, die du mir morgens immer zum Frühstück mitgebracht hast!

Dann stelle ich mir vor, dass Johannes am kommenden Wochenende morgens überraschend mit einer Tüte Schokolade vor meiner Haustür steht.

Das gefällt mir nicht. Dieser Duft, dieses Ritual am Morgen ist eine schöne Erinnerung. Aber kein Wunsch für das, was kommt. Der Gedanke an die Schokolade erfüllt mich mit Wehmut, nicht mit Sehnsucht.

Ich lösche meine Antwort.

Ein schöner Gedanke, schreibe ich stattdessen, und sende die Nachricht, ohne nochmals zu überlegen.

Nachmittags telefoniere ich mit Freya. Sie sei gerade an einer heißen Geschichte dran, erzählt sie, daher arbeite sie jede freie Minute, die Feline ihr lasse. Es gehe um Korruption im großen Stil, und es habe auch etwas mit dem Konzern zu tun, für den Michel in Paris gearbeitet habe.

»Solltest du dann nicht lieber die Finger davon lassen, wenn es mit Michels Unternehmen zu tun hat?«

»Wieso denn das?«, fragt Freya konsterniert.

»Hast du Michel schon davon erzählt?«

»Nein, ich habe gerade erst herausgefunden, dass der Konzern offensichtlich involviert ist.«

»Klingt konfliktträchtig.«

»Marie, du spinnst. Konflikte sind mein Job. Ich finde heraus, was herauszufinden ist, wer Dreck am Stecken hat, und dann publiziere ich es. Du bist selbst Journalistin, verdammt noch mal, du weißt doch, wie es geht.«

Ich bin mir nicht sicher, dass Michel das genau so sieht. Ich halte es für ein heikles Thema, und wenn sie die Geschichte erst einmal publik gemacht hat, ohne Michel einzuweihen, ist es zu spät. Ich werde noch einmal in Ruhe bei einem Glas Wein mit Freya darüber reden.

Jetzt wechsle ich das Thema und erzähle ihr kurz von unserem Wochenende zu dritt auf Sylt, von Vivas Ausbruch auf der Rückfahrt und von meinem Traum.

Sie seufzt.

»Marie, hör doch auf, dich ständig schuldig zu fühlen, das hilft niemandem.«

»Du hast gut reden.«

»Okay. Dann erfülle die Träume deiner Kinder, gib deine Wohnung auf, pack deine Sachen, und geh zu Johannes zurück.«

»Das kann ich nicht.«

»Kannst du nicht, oder willst du nicht zurück?«

»Ich will nicht!«

Johannes fehlt mir, seine Nähe, unser schönes Leben, unser Zuhause. Aber nach Serge sehne ich mich. Serge ist verletzt und zugleich voller Kraft und Energie, er ist unberechenbar und sanft, leidenschaftlich und kompromisslos. Ich sehne mich nach dieser Intensität, von ihm fühle ich mich erkannt, so wie ich heute bin und so wie ich damals war. Mit ihm zusammen schließt sich beides nicht mehr aus, ist mir das dunkle Mädchen, das ich früher einmal war, nicht mehr fremd. Mit ihm kann ich alles sein, auch zerbrechlich, abgründig und verletzlich.

»Eben!«, unterbricht Freya meine Gedanken, »Du hast eine Entscheidung getroffen, Marie, und das hast du bewusst und mit allen Konsequenzen getan. Also hör auf, ständig ein schlechtes Gewissen zu haben. Anton und Viva sind verwirrt. Sie haben Angst. Aber sie gehen offen damit um, sie reden darüber, jeder auf seine Art. Sie haben einander, es geht ihnen nicht schlecht. Also behandele sie auch nicht so. Wenn du den beiden das Gefühl gibst, ihnen gegenüber schuldig zu sein, dann werden sie irgendwann auch glauben, dass du das bist. Du bist nicht schuldig.«

Danach ist es eine ganze Weile still in der Leitung.

»Es ist das erste Mal, das ich es ausgesprochen habe«, sage ich unvermittelt, »auch vor mir selbst.«

»Was meinst du?«

»Dass ich nicht zurückwill.«

»Und was ist mit Serge?«, fragt Freya.

»Ich habe nichts von ihm gehört.«

»Das war nicht die Frage!«

»Es wird ja wohl seinen Grund haben, dass er sich nicht gemeldet hat!«

Freya atmet hörbar ein und aus.

»Marie, was soll das? Du hast den Mut gehabt, den schwierigen Weg zu gehen und dir nichts vorzumachen. Du hattest eigentlich ein sehr schönes Leben, eine wunderbare Familie, eigentlich war alles perfekt. Aber für dich eben nicht mehr. Du hast eine schwere Entscheidung getroffen, du hast dich von Johannes getrennt und bist ausgezogen. Du bist dir selbst treu geblieben und hast dafür einen hohen Preis gezahlt. Und jetzt willst du allen Ernstes wie ein kleines Mädchen darauf warten, dass der Prinz geritten kommt?«

»Ich habe Angst, Freya, kapierst du das nicht? Was, wenn er mich nicht mehr will? Oder wenn er nur eine schöne Illusion war, die sich bei näherem Hinsehen in Luft auflöst?«

»Darum geht es doch, genau diesen Fragen musst du dich jetzt stellen!«

»Ich bin aber noch nicht so weit.«

»Doch, bist du. Du drückst dich nur vor den Antworten.«

Sie hat recht.

»Bist du noch da?«, fragt Freya schließlich.

Ich räuspere mich.

»Ja.«

»Weißt du noch, was du mir über Serge erzählt hast?«, fragt sie sanft. »Du hast gesagt, er hätte irgendetwas tief in dir berührt und du willst, dass er es wieder tut.«

Ich lächele.

Ja, es stimmt. Ich will, dass er es wieder tut. Ich wollte es die ganze Zeit.

»Schon gut, Freya«, sage ich. »Ich habe schon verstanden.«

»Also rufst du ihn an?«

Ich nicke.

»Ja«, sage ich. »Ich rufe ihn an.«

Das Gespräch mit Freya hat etwas bewirkt. Meine Gedanken kreisen nicht mehr, sie haben ein paar feste Punkte gefunden. Die waren vorher auch schon da, aber ich habe sie nicht richtig gesehen, weil mir mein schlechtes Gewissen im Weg stand und weil mir der Mut gefehlt hat.

Jetzt bin ich so weit. Ich will nicht mehr Verstecken spielen. Ich hole mein Handy, und weil mir schon bei dem Gedanken an den Namen, den ich gleich auswählen werde, die Knie zittern, setze ich mich an den Küchentisch. Ohne Zögern tippe ich mit dem Zeigefinger auf *Serge* und dann auf seine Mobilnummer. Ich halte das Telefon an mein Ohr, und als ich das Klingeln höre, schmecke ich meinen Herzschlag.

»Serge, hallo«, meldet er sich nach dem dritten Klingelton.

Ich schlucke.

»Hier ist Marie.«

Eine kleine Ewigkeit ist es still in der Leitung.

»Ich weiß, dass du es bist«, sagt er dann, und seine Stimme klingt sanft und rau zugleich.

Er weiß, dass ich es bin.

Also los jetzt.

Nur vier Worte, und dann habe ich es geschafft.

Ich schlucke mein Herzklopfen.

Und dann springe ich.

»Können wir uns sehen?«, frage ich klar und deutlich.

»Bist du sicher, dass du mich sehen willst?«

»Ja!«

»Warum?«

»Ich sehne mich nach dir.«

Ich sehne mich nach dir. Der Satz ist einfach so aus meinem Mund gekommen, mein Verstand war nicht schnell genug, um ihn zurückzuhalten.

Gleich wird er lachen, den Worten ihr Gewicht nehmen. Ich drücke das Handy fester an mein Ohr, aber es bleibt still in der Leitung.

»Ich will dich auch sehen«, höre ich schließlich Serges Stimme ganz nah.

Ich schlucke. Am liebsten würde ich ihn bitten, es noch einmal zu sagen. Noch zweimal, zehnmal, immer wieder. *Ich will dich auch sehen.* Erst jetzt wird mir bewusst, wie sehr ich auf diese Worte gehofft habe und wie groß meine Angst war, er könnte etwas anderes sagen.

»Willst du wissen, warum?«, fragt er. »Weißt du noch, was ich zu dir gesagt habe, als wir uns in Berlin verabschiedet haben?«

Ich denke jeden Tag an dich.

»Ja, ich weiß es noch.«

»Ich will dich sehen, weil es stimmt«, sagt Serge.

GUILLAUME MUSSO
Weil ich Dich liebe
Roman
Übersetzt von Claudia Puls
288 Seiten
ISBN 978-3-7466-3010-6

Wie viel Schmerz kann die Liebe aushalten?

Die glückliche Ehe von Nicole und Mark zerbricht am rätselhaften Verschwinden ihrer kleine Tochter Layla. Die verzweifelte 15-jährige Evie überfällt auf offener Straße den Psychologen Connor McCoy. Die exaltierte Milliardärstochter Alyson Harrison will nicht mehr weiterleben. Werden die aus der Bahn geratenen Seelen wieder zu sich zurückfinden?

Ein Roman über Liebe, Freundschaft und Verlust – anrührend und spannend bis zur letzten Seite.

»Ein explosiver Cocktail aus Spannung, Gefühl und Phantasie.« Elle

Mehr Informationen erhalten Sie unter www.aufbau-verlag.de oder in Ihrer Buchhandlung.

atb aufbau taschenbuch

CORINA BOMANN
Und morgen am Meer
Roman
350 Seiten. Broschur
ISBN 978-3-7466-2985-8

Grenzenlose Liebe

1989: Woche für Woche schneidet Milena den Sound des Westens mit und macht Mixtapes, die sie mit ihrer Freundin Sabine tauscht. Doch die Welt von David Bowie & Co. wird immer ein Traum für sie bleiben, da sie leider auf der falschen Seite der Mauer lebt. Als sie zufällig den Westberliner Claudius kennenlernt, entspinnt sich eine zarte Liebe zwischen den beiden, die schon bald verraten wird. Doch Milena möchte wenigstens einmal in ihrem Leben das Mittelmeer sehen, und so entschließen sie sich, alles zu wagen.

Eine berührende Liebesgeschichte der Bestsellerautorin Corina Bomann.

»Einfühlsame Liebesgeschichte in Zeiten der deutschen Teilung: romantisch und relevant!« Radio Bremen | Saarländischer RF

Mehr Informationen erhalten Sie unter www.aufbau-verlag.de oder in Ihrer Buchhandlung.

atb aufbau taschenbuch

ELLEN BERG
Ich will es doch auch!
(K)ein Beziehungs-Roman
304 Seiten
ISBN 978-3-7466-3076-2
Auch als E-Book erhältlich

Frikadelle zum Frühstück

Charlotte ist Ärztin, hat einen tollen Job, eine tolle Wohnung, tolle Freunde – nur leider keinen Mann. Und das mit 39! Langsam wird es eng. Da taucht plötzlich Uwe auf, der attraktive, aber ziemlich ungehobelte Klempner. Geht gar nicht. Tja, geht doch! Denn Hals über Kopf verliebt sich Charlotte in sein umwerfendes Lächeln und seine unkonventionelle Art: Buletten zum Frühstück, Tanzen im Regen, Poolbillard in düsteren Kneipen. Charlotte ist selig, ihr Umfeld entsetzt. Downdating? Das kann doch nichts werden! Was willst du denn mit dem?

»Herrlich fieser Humor.« cosmopolitan

Mehr Informationen erhalten Sie unter www.aufbau-verlag.de oder in Ihrer Buchhandlung.

atb aufbau taschenbuch

CHRISTINA BEUTHER
Aber so was von Amore
Roman
266 Seiten
ISBN 978-3-7466-3039-7

Liebe all´arrabbiata

Nachdem Polly von ihrem Verlobten sitzen gelassen wurde, kommt ihr die Möglichkeit in Italien einen Beitrag für eine Kunstsendung zu drehen, mehr als gelegen. In der Toskana wird sie nicht nur von Sonnenschein begrüßt, sondern auch von der Künstlerin Liv, die vor Energie und Lebensfreude nur so sprüht. Laue Sommerabende, Pasta, Vino und endlose Gespräche – plötzlich sieht das Leben wieder ganz anders aus!
Und dann taucht in der Villa nebenan Besuch auf: Leo ist selbstbewusst, hat ein strahlendes Lächeln und ist der arroganteste Mensch, den es gibt, findet Polly. Am besten ignorieren! Dumm nur, dass er ihr andauernd über den Weg läuft. Ziemlich schnell muss sich Polly eingestehen, dass sie doch häufiger an ihn denkt, als ihr lieb ist. Und das scheint nicht nur ihr so zu gehen …

Eine romantische Sommerkomödie mit Chaosgarantie – Bridget Jones auf Italienisch.

Mehr Informationen erhalten Sie unter www.aufbau-verlag.de oder in Ihrer Buchhandlung.

atb aufbau taschenbuch